Petits *Classiques*
LAROUSSE

P9-EDT-263

Collection fondée par Félix Guirand,
Agrégé des Lettres

Pierre
et Jean

Guy de **Maupassant**

Roman

Édition présentée,
annotée et commentée
par Christian MICHEL,
ancien élève de l'École normale supérieure,
maître de conférences à l'université de Picardie
Jules-Verne (Amiens)

© Éditions Larousse 2008
ISBN : 978-2-03-583922-0

SOMMAIRE

Avant d'aborder l'œuvre

Pierre et Jean

Guy de Maupassant

186 Avez-vous bien lu ?

Pour approfondir

AVANT D'ABORDER
L'ŒUVRE

Fiche d'identité de l'auteur

Maupassant

Nom : Guy de Maupassant.

Naissance : le 5 août 1850.

Famille : les parents de Guy, Gustave et Laure, se séparent en 1860. Guy est élevé par sa mère, en compagnie de son frère cadet Hervé. Sa mère, Laure le Poittevin, est issue d'une famille liée de longue date avec celle de Flaubert ; Guy devient bientôt un ami intime de ce dernier. Son frère est atteint de folie en 1889 et enfermé à l'asile.

Études : au séminaire d'Yvetot, où il entre en classe de 6e en 1863 et dont il s'enfuit plusieurs fois, rétif à l'enseignement des religieux. Il en est finalement exclu et il achève sa scolarité auprès de sa mère avant d'entrer au lycée de Rouen en 1867. Il est reçu bachelier en 1869.

Professions : dès 1872, fonctionnaire dans l'administration centrale. Il se fait mettre en disponibilité en 1881, quand il commence à vivre de sa plume.

Domiciles : à Paris, essentiellement, mais aussi dans sa villa d'Étretat, « La Guillette ». Il multiplie en outre les voyages : en France, dans le Valais, en Bretagne, en Corse, en Normandie, dans le Sud de la France et à l'étranger (Italie, Angleterre, Algérie, Tunisie, etc.).

Carrière : il commence par écrire de médiocres pièces de théâtre ainsi que des poèmes. En 1880, avec la publication de *Boule de suif*, Maupassant trouve sa voie : l'écriture de nouvelles et de romans. Dès lors, les succès s'enchaînent : *La Maison Tellier* (1881), *Mademoiselle Fifi* (1882), *Les Contes de la Bécasse* (1883), *Bel-Ami* (1885), *Le Horla* (1886-1887), *Pierre et Jean* (1887)...

Santé : il contracte la syphilis, une maladie sexuellement transmissible qu'on ne sait pas guérir à l'époque, et dont les premiers symptômes se font ressentir dès 1878. Sa santé se dégrade à partir de 1888. Très irritable, il est victime d'hallucinations et ressent les premiers accès de paralysie. En 1892, il est atteint de sénilité et tente de se suicider.

Mort : le 6 juillet 1893, à la clinique du docteur Blanche, à Passy.

Pour ou contre

Maupassant ?

Pour

Henry JAMES :

« Son œil choisit sans hésitation, ni scrupules, presque avec impudence : il saisit l'élément particulier où réside le caractère de l'objet ou de la scène et, en l'exprimant avec une brièveté magistrale, il nous en donne une peinture convaincante et originale. »

« Pierre et Jean », Fornightly Review, mars 1888.

Charles VIGNIER :

« Cette qualité essentielle du romancier digne de ce nom, cette qualité majeure qui permet de créer en dehors de soi [...] des personnages doués de vie, M. de Maupassant la possède. Il excelle, sinon à restituer dans son intégrité la vie de ses personnages, du moins à offrir l'apparence de la vie. »

L'Événement, 19 janvier 1888.

Contre

Henry JAMES :

« Le monde qu'il nous donne à voir est presque toujours laid, et même lorsqu'il ne l'est pas, on remarque, dans sa facilité à généraliser, une sorte de survol hautain et méprisant. »

« Pierre et Jean », Fornightly Review, mars 1888.

Edmont de GONCOURT :

« Guiches, dimanche dernier, faisait la meilleure critique de ce talent de second ordre : il disait que [les livres de Maupassant] se lisaient, mais ne se relisaient pas. »

Journal, 9 janvier 1888.

Repères chronologiques

Vie et œuvre de Maupassant

1850
Naissance le 5 août 1850.

1854
Les Maupassant s'installent à Paris.

1856
Naissance de son frère, Hervé.

1860
Séparation des parents, installation de Guy, Hervé et de leur mère à Étretat.

1863-1868
Élève au séminaire d'Yvetot, puis au lycée de Rouen.

1869
Reçu bachelier.
Fréquentation de Louis Bouilhet.
Rencontre avec Gustave Flaubert.

1870
Mobilisation de Maupassant.

1871
Témoin de la Commune.

1872
Fonctionnaire. Rencontre les principaux écrivains de l'époque au cours des jeudis de Mallarmé et aussi par l'entremise de Flaubert.

1875
Membre du groupe qui se forme autour de Zola à Médan.

1877
Contracte la syphilis.
Participe au dîner fondateur du naturalisme chez Trapp.

1880
Mort de son ami Gustave Flaubert.
Début de sa collaboration au journal *Le Gaulois*.
Les Soirées de Médan, recueil contenant *Boule-de-Suif*.

Événements politiques et culturels

1852
Napoléon III empereur.

1855
Exposition de *L'Atelier du peintre* (Courbet), exclu de l'Exposition universelle.

1856
Flaubert, *Madame Bovary*.

1857
Baudelaire, *Les Fleurs du mal*.
Jules Champfleury, *Manifeste du réalisme*.

1864
Loi reconnaissant le droit de grève.

1868
Lautréamont, *Les Chants de Maldoror*.

1869
Flaubert, *L'Éducation sentimentale*.

1870
Guerre franco-prussienne (juillet-septembre).
Capitulation de la France, chute de l'Empire et proclamation de la République.

1871
Insurrection de la Commune de Paris.
Annexion de l'Alsace et de la Lorraine.

1872
Zola, *La Curée*.

1873
Démission de Thiers.
Gouvernement de Mac-Mahon.
Rimbaud, *Une saison en enfer*.

1874
Première exposition impressionniste.

Vie et œuvre de Maupassant	Événements politiques et culturels
1881 *La Maison Tellier.*	**1875** **Constitution de la IIIe République.** Bizet, *Carmen.*
1882 *Mademoiselle Fifi.*	**1876** Victoire républicaine aux élections. Mallarmé, *L'Après-midi d'un faune.*
1883 Problèmes de vue. *La Main ; Apparition ; Lui ? ;* *Les Contes de la bécasse ; Une vie.*	**1877** Dissolution de la chambre des députés par Mac-Mahon. Victoire républicaine aux élections. Flaubert, *Trois Contes.*
1884 Suit les cours de Charcot à la Salpétrière. Début des troubles nerveux. *La Chevelure ; Miss Hariet ;* *Les Sœurs Rondoli ; Clair de lune ;* *Au Soleil.*	**1878** Zola s'installe à Médan. Exposition universelle.
	1879 Vallès, *L'Enfant.*
1885 *Lettre d'un fou ; Contes du jour* *et de la nuit ; Bel-Ami.*	**1880** Zola, *Le Roman expérimental.* Traduction de Schopenhauer en France.
1886 *Le Horla* (1re version) ; *Toine ;* *La Petite Roque.*	**1884** Liberté syndicale.
1887 *Le Horla* (2e version) ; *Mont-Oriol.*	**1885** Zola, *Germinal.*
1888 **Le Roman ; Le Rosier de Madame** **Husson ; Pierre et Jean ; Sur l'eau.**	**1886** Rimbaud, *Les Illuminations.*
1889 Maladie et internement de son frère Hervé. *Fort comme la mort ; L'Évolution* *du roman au xixe siècle.*	**1887** Démission du président de la République Jules Grévy, élection de Sadi-Carnot. **Fin du naturalisme : Manifeste** **des Cinq.**
1890 *L'Inutile Beauté ; La Vie errante ;* *Notre Cœur.*	**1889** Échec du général Boulanger. Chute de Bismarck, avènement de Guillaume II.
1891 Débuts de paralysie générale.	
1892 Tentative de suicide et internement.	**1892** Scandale de Panamá.
1893 **Meurt le 6 juillet à Paris.**	

Fiche d'identité de l'œuvre

Pierre et Jean

Auteur :
Guy de Maupassant.

Genre :
« petit roman », selon
Maupassant.

Forme :
récit en prose.

Structure :
9 chapitres.

Personnages : 6 personnages principaux, 6 personnages secondaires.

Personnages principaux : Gérôme Roland, le père. Ancien bijoutier à Paris, retraité désormais au Havre. Vit de ses rentes. Passionné de canotage et de pêche. Louise Roland, la mère. « Économe bourgeoise un peu sentimentale » et ancienne maîtresse de Maréchal, un ami de la famille. Pierre Roland, le fils aîné, brun. Vient de finir ses études de médecine. Pense s'installer au Havre. Jean Roland, le fils cadet, blond. Licencié récemment en Droit, s'apprête à devenir avocat. Madame Rosémilly, voisine des Roland, jeune et séduisante veuve, au solide sens pratique.

Personnages secondaires : Le pharmacien Marowsko ; la serveuse de brasserie ; le matelot Papagris, dit Jean-Bart ; Joséphine, la domestique des Roland ; Maître Lecanu, le notaire des Roland ; Léon Maréchal, l'ancien amant de Madame Roland.

Lieu, moment et durée de l'action : en Normandie, dans la ville du Havre et ses environs, Trouville et Saint-Jouin, en 1888. Le récit s'étend sur une durée de deux mois, entre l'époque des moissons (fin de l'été) et l'automne (7 octobre, jour du départ de la *Lorraine*).

Sujet : La famille Roland apprend que Jean hérite de la fortune de Léon Maréchal, un ancien ami de la famille qui vient de mourir. Intrigué et jaloux, Pierre mène l'enquête et découvre que Jean est le fils illégitime de Maréchal et de sa mère. L'équilibre familial est bouleversé par cette révélation…

Pour ou contre
Pierre et Jean ?

Pour

Henri TROYAT :

« Plus ramassé que les autres romans de Maupassant, [*Pierre et Jean*] vaut surtout par l'économie des moyens, la concentration dramatique et le flamboiement des caractères chauffés à blanc. »

Maupassant, 1989.

Adolphe BADIN :

« Ce qui donne à cette effrayante situation [la constatation par deux jeunes hommes que leur mère a failli dans sa jeunesse et a souillé l'honneur paternel] un relief encore plus saisissant, c'est que chacun des personnages est dessiné avec une intensité de vie tout à fait extraordinaire, et que le cadre lui-même dans lequel l'action se déroule, est reproduit avec une exactitude quasi photographique. »

La Nouvelle Revue, 1988.

Contre

Guy de MAUPASSANT :

« *Pierre et Jean* aura un succès littéraire, mais non pas un succès de vente. Je suis sûr que le livre est bon..., mais il est cruel, ce qui l'empêchera de se vendre. »

Lettre à sa mère, septembre 1887.

Firmin BOISSIN :

« Nous voudrions ne pas rencontrer [dans *Pierre et Jean*] ce pessimisme à la mode, désolé, désolant et douloureux qui s'y trouve trop. »

Polybiblion, avril 1888.

11

Pour mieux lire l'œuvre

✤ Au temps de Maupassant

Pierre et Jean est le quatrième roman de Maupassant. Il est publié à Paris en feuilleton dans *La Nouvelle Revue* du 1er décembre 1887 au 1er janvier 1888 ; puis en volume, la même année, chez l'éditeur Ollendorff. Il est précédé alors de l'essai intitulé « Le Roman », qui a été d'abord publié dans *Le Figaro* du 7 janvier 1881. L'essai, sans lien organique avec le roman, a été choisi pour augmenter la taille du volume, trop mince sinon.

Origine(s) du roman

Selon Maupassant, *Pierre et Jean* trouve son inspiration dans un fait divers. C'est ce qu'il écrit dans une lettre adressé à Édouard Estaunié (2 février 1888) pour se justifier de la ressemblance entre son roman et celui de ce jeune auteur peu connu, qui a pour titre *Stéphane*.

Mais une amie proche de Maupassant, Hermine Lecomte de Noüy, propose une autre version dans un livre de souvenirs paru en 1903 (*En regardant passer la vie...*) : « C'est un fait réel qui lui a donné l'idée d'écrire ce livre. Un de ses amis vient de faire un héritage de huit millions. [...] Il paraît que le père du jeune homme était vieux, la mère jeune et jolie. Guy a cherché comment le don d'une pareille fortune pouvait s'expliquer ; il a fait une supposition qui s'est impo-sée à lui [...]. »

Le thème de *Pierre et Jean*, la mère coupable et l'enfant illégitime, trouve aussi un écho dans la vie de Maupassant, telle qu'il a pu en fantasmer les origines. Ses parents, mal assortis, se disputaient sou-vent et violemment (voir *Garçon, un bock !*), la mère reprochant au père ses nombreuses infidélités. Par ailleurs, la mère de Maupassant, Laure le Poittevin, était une amie d'enfance de Flaubert. L'hypothèse a ainsi été faite, sans jamais pouvoir être confirmée, que Flaubert était le père de Maupassant. Ce dernier se sentait, en tout cas, bien plus le fils – spirituel – de Flaubert que de son propre père, Gustave de Maupassant. Par ailleurs, Maupassant a eu, entre 1883 et 1887, trois enfants avec Joséphine Litzelmann, qu'il ne reconnaîtra pas, tout en pourvoyant à leurs besoins matériels.

« Enrichissez-vous ! »

Le XIXᵉ siècle est en France une période de modernisation et de croissance économique, qui connaît deux temps : de 1840 à 1860 (première révolution industrielle, liée au développement de la machine à vapeur, du chemin de fer et de la métallurgie), et de 1896 à 1913 (deuxième révolution industrielle, liée cette fois au développement de l'automobile et de l'électricité). Ces révolutions industrielles ont été rendues possibles par la « révolution bancaire », qui a modernisé les banques de dépôt et les banques d'affaires, et permet désormais la levée en masse, sous forme de prêts, des capitaux nécessaires aux grandes entreprises et aux grands travaux.

Par ailleurs, la politique d'expansion coloniale, en Afrique, à Madagascar, à Annam, au Tonkin, etc., connaît un développement important à partir de 1880, sous l'impulsion de Léon Gambetta et de Jules Ferry. Elle sert le développement industriel du pays par l'afflux massif des matières premières. Parallèlement, la France se dote d'infrastructures ferroviaires et commerciales qui facilitent les déplacements des personnes et le transport des marchandises. Le Havre, d'où Pierre embarque à la fin du roman pour les États-Unis d'Amérique, est ainsi à cette époque l'un des ports les plus importants de France et le berceau de la Compagnie générale transatlantique, qui exploite les paquebots transatlantiques.

La prospérité économique se double d'une stabilité politique liée à l'enracinement de la République, troisième du nom, après le séisme de la défaite de 1870 et la chute de l'Empire. Cette période profite à la grande bourgeoisie (bourgeoisie d'affaires et financière, haute fonction publique), mais aussi à la petite bourgeoisie, ces classes moyennes que Gambetta appelle les « couches nouvelles », et auxquelles appartiennent M. et Mme Roland, lui, « bijoutier modeste », elle, « petite boutiquière » (IV, l. 362-363).

Pour mieux lire l'œuvre

Monsieur Roland, ancien commerçant en retraite, vit en effet désormais de ses rentes et emploie une domestique. Ses fils s'apprêtent à embrasser des carrières libérales (droit, médecine) qui leur permettront d'accéder à la « bonne bourgeoisie des talents » (Jean-Marie Mayeur). Le monde que Maupassant met en scène est dominé par une valeur unique, l'argent, comme l'indiquent, par exemple, les choix de carrière successifs de Pierre, motivés par la seule volonté de s'enrichir (« Au début de toutes ses tentatives de carrière nouvelle, l'espoir de la richesse vite acquise soutenait ses efforts et sa confiance [...] », III, l. 4-6). Le choix qu'il fait finalement, devenir médecin, n'est d'ailleurs aucunement motivée par le souci de soulager les maux de ses contemporains, mais uniquement par celui de faire fortune rapidement (« Combien de médecins étaient devenus millionnaires en peu de temps ! », III, l. 9-10), et les lignes qui suivent le montrent faisant le détail minutieux de ce qu'une année d'exercice lui permettrait d'accumuler (III, l. 15-26).

L'annonce de l'héritage est aussi l'occasion d'une scène savoureuse : les Roland, tout à leur joie de cette richesse inattendue, en oublient d'exprimer les regrets de circonstance, avant de se reprendre, tardivement et maladroitement. La tristesse d'avoir perdu un ami prétendument cher est instantanément balayée par la joie que provoque l'annonce de cette fortune soudaine.

Enfin, la relation de séduction entre Jean et Mme Rosémilly établit une équivalence paradoxale entre parler d'amour et « parler d'affaires » (VI, l. 367). L'amitié et l'amour ne valent rien, seul importe l'argent, valeur bourgeoise par excellence, et les personnages de *Pierre et Jean* ne peuvent que souscrire au mot d'ordre célèbre de Guizot, « Enrichissez-vous ! », qui prend dans *Pierre et Jean* une tonalité cocasse.

✤ Maupassant réaliste ?

Un art nouveau en peinture

Ami et « disciple » (« Le roman », l. 398) de Flaubert, Maupassant défend, comme son maître, le réalisme en littérature.

Jules Husson Fleury, dit Champfleury, est le premier à avoir employé le terme, en 1851, pour décrire la peinture de Courbet. Ce dernier, républicain convaincu, abandonne, après 1848, ses « défroques romantiques » pour peindre la réalité sociale contemporaine sous un jour nouveau. Paysans, ouvriers et petites gens deviennent ainsi des sujets à part entière, représentés sans souci de pittoresque, comme des individus singuliers et non plus seulement comme des types abstraits (l'Ouvrier, le Paysan, le Nécessiteux, etc.).

Dans le même temps, il bouleverse la hiérarchie des genres en choisissant d'inscrire des scènes de genre, habituellement réservées aux petits formats, dans des toiles aux dimensions utilisées habituellement pour des sujets nobles. Enfin, la touche évolue : les compositions ne sont plus savantes et virtuoses, mais simples et épurées ; la palette des couleurs est volontairement réduite et maigre, le modelé, schématique, et les coups de pinceau sont parfois préservés. Cette nouvelle manière fait scandale : les tableaux de Courbet sont ainsi refusés par le jury de l'Exposition universelle de 1855.

Vérité et vraisemblance

Champfleury est aussi le théoricien du réalisme en littérature, qui doit être selon lui au service d'une représentation objective et impartiale de la réalité : « Le romancier réaliste ne juge pas, ne condamne pas, n'absout pas. Il expose les faits ». En réaction à l'idéalisme et au romantisme, qui « ont voulu nous donner une vision déformée, surhumaine, poétique [...] de la vie » (Maupassant, « Le roman », l. 105-107), les récits de Maupassant mettent en scène des personnages qui ne sont plus des personnages d'exception ni des héros – pas plus que des anti-héros, qui ne seraient qu'une forme

Pour mieux lire l'œuvre

inversée de héros –, mais des personnages banals, *médiocres*, dans les deux sens du terme : à la fois moyens et incapables d'une action noble ou seulement désintéressée.

Par ailleurs, le réalisme suppose la transparence du regard : « Pour nous émouvoir, comme il [le romancier réaliste] l'a été lui-même par le spectacle de la vie, il doit la reproduire devant nos yeux avec une scrupuleuse ressemblance » (« Le roman », l. 151-153). La théorie du réalisme pourrait se résumer à un mot d'ordre : « Rien que la vérité et toute la vérité » (l. 193). Mais Maupassant sait que cette ambition est démesurée, car « raconter tout serait impossible, [...] un choix s'impose donc – ce qui est une première atteinte à la théorie de toute la vérité » (« Le roman », l. 201-205). Le réalisme n'est donc pas une écriture de l'objectivité, une « photographie banale de la vie » (l. 199), mais l'art de « donner l'illusion complète du vrai » (l. 229). Il en conclut que « les Réalistes de talent devraient s'appeler plutôt des Illusionnistes » (l. 232-233), car ils « devront souvent corriger les événements au profit de la vraisemblance et au détriment de la vérité » (l. 195-196).

Un réalisme stylisé

Malgré ces réserves, la démarche de Maupassant est proche, pourtant, de celle des réalistes. Hermine Lecomte de Noüy indique ainsi qu'il s'est rendu en Normandie pour s'imprégner des lieux de l'action de son futur roman : « [...] nous devons aller samedi au Havre pour qu'il se pénètre des paysages, des bassins et des mouvements du port, d'une façon absolument juste. » Sa technique est réaliste aussi, dans son effort pour garantir l'impersonnalité du récit par la multiplication des points de vue et par la mobilisation fréquente du discours indirect libre.

Mais Maupassant prend ses distances par rapport aux exigences réalistes. Son récit ne se développe pas aux dimensions d'une vie, mais se concentre sur un moment de crise qui va bouleverser la vie harmonieuse d'une famille. S'il met en scène des personnages banals, il refuse la banalité du récit : il n'évite en effet aucunement « tout enchaînement d'événements qui paraîtrait exceptionnel » (« Le roman », l. 143-144), puisqu'il met bien en scène une « catastrophe émouvante » (l. 168-169) : l'annonce de l'héritage inattendu et les bouleversements affectifs qu'elle entraîne. Enfin, les descriptions sont relativement rares et toujours subordonnées à l'expression des états d'âme des personnages, dans une relation de miroir entre le monde et l'homme.

Maupassant est donc bien un écrivain réaliste, mais il défend un réalisme stylisé, aux antipodes du naturalisme qui a l'ambition de représenter le monde dans toute sa complexité et sous toutes ses facettes, y compris les plus triviales.

L'essentiel

S'inspirant d'un fait divers, Maupassant met en scène une famille emblématique de la petite bourgeoisie de l'époque, sa médiocrité, sa vulgarité ostentatoire et son goût de l'argent. Son écriture est réaliste, mais le réalisme qu'il défend est un réalisme stylisé, « illusionniste ». Maupassant resserre ainsi l'action sur un moment de crise et privilégie la représentation schématisée des personnages et des paysages.

✤ L'œuvre aujourd'hui

Enfant illégitime, adultère de la mère, honneur bafoué du père, les thèmes de *Pierre et Jean* ne sont, apparemment, plus d'actualité aujourd'hui. Le recul de la religion, la libéralisation des mœurs, la révolution sexuelle et l'émancipation des femmes ont rendu caducs le monde et les valeurs qui sont ceux de la famille Roland et de leurs amis. Pourtant, la quête – l'enquête – effrénée de Pierre est sous-tendue par une interrogation qui est immémoriale, et donc toujours

Pour mieux lire l'œuvre

actuelle. L'enquête sur le passé de la mère est aussi une quête des origines, celles de son frère bien sûr, mais aussi des siennes propres. Interrogeant le passé, Pierre veut connaître la vérité sur son frère : est-il, oui ou non, le fils de son père ? Mais qui ne voit que cette question vaut aussi pour lui ? La réponse qu'apporte le roman est étonnante.

La situation est, en apparence, limpide. Pierre est le fils légitime, Jean est le fils illégitime. Pourtant, c'est le fils légitime qui mène l'enquête, quand le fils illégitime ne s'inquiète nullement. En outre, à mesure de la progression de l'action, Pierre, le fils légitime, ne se reconnaît plus dans son père biologique, « dont ces manies, les affirmations niaises, les opinions vulgaires et la médiocrité trop visible l'irritaient sans cesse » (IV, l. 48-50). Et finalement, c'est lui qui sera rejeté comme le « mauvais fils » (III, l. 424), alors que Jean et sa mère s'accommodent avec facilité de la situation.

Jean s'entend d'ailleurs à merveille avec son père, au grand dam de Pierre (V, l. 69-76). On peut même aller plus loin : Jean, le fils illégitime, ressemble beaucoup à ce père qui n'est pourtant pas le sien. Par son indolence naturelle, voire sa mollesse, mais aussi la complaisance dont il fait preuve lorsqu'il apprend ses origines, il est une figure en miroir de Roland.

La leçon du roman recoupe donc celle des Anciens : « *mater semper certissima est, pater semper incertus* » (« La mère est toujours certaine, le père toujours incertain »). Cet adage romain, que Freud aimait à rappeler, signifie que si le lien à la mère est biologique, et donc en quelque sorte « certain », le lien au père est abstrait, symbolique, et donc « incertain ». Cette affirmation vaut pour tout enfant, quelle que soit l'époque, quel que soit le lieu et quelle que soit la société.

Notons, à cet égard, que cette incertitude est encore renforcée à notre époque par les progrès de la science. Les techniques nouvelles de procréation assistée (insémination artificielle, fécondation par micro-injection, fécondation *in vitro*, etc.) rendent encore plus *incertains* filiation et ascendance, et confirment que la paternité est une fiction, un « mensonge » (« Ils [Roland et Jean] croyaient s'aimer parce qu'un mensonge avait grandi entre eux. C'était un mensonge qui faisait cet amour paternel et cet amour filial, un mensonge impossible à dévoiler et que personne ne connaîtrait jamais que lui, le vrai fils » V, l. 75-78), mais un *mentir vrai*.

✎ L'essentiel

Le thème de *Pierre et Jean*, malgré la différence d'époque et l'évolution des mœurs, est toujours d'actualité. Le roman montre en effet de façon exemplaire que la relation paternelle est une relation complexe, qui ne saurait se résumer aux seuls liens du sang. La paternité est une relation symbolique, et être « fils (ou fille) de » ne se confond pas avec être « né de ».

Pierre et Jean. Gravure de Georges Lemoine, 1903.

Pierre et Jean

Guy de Maupassant

Roman publié pour la première fois en 1888

Le roman

JE N'AI POINT L'INTENTION de plaider[1] ici pour le petit roman qui suit. Tout au contraire les idées que je vais essayer de faire comprendre entraîneraient plutôt la critique du genre d'étude psychologique que j'ai entrepris dans *Pierre et Jean*.

5 Je veux m'occuper du Roman en général.

Je ne suis pas le seul à qui le même reproche soit adressé par les mêmes critiques, chaque mois que paraît un livre nouveau.

Au milieu de phrases élogieuses, je trouve régulièrement celle-ci sous les mêmes plumes :

10 « Le plus grand défaut de cette œuvre, c'est qu'elle n'est pas un roman à proprement parler. »

On pourrait répondre par le même argument :

« Le plus grand défaut de l'écrivain qui me fait l'honneur de me juger, c'est qu'il n'est pas un critique. »

15 Quels sont en effet les caractères essentiels du critique ?

Il faut que, sans parti pris, sans opinions préconçues[2], sans idées d'école, sans attaches avec aucune famille d'artistes, il comprenne, distingue et explique toutes les tendances les plus opposées, les tempéraments les plus contraires, et admette les recherches d'art

20 les plus diverses.

Or, le critique qui, après *Manon Lescaut, Paul et Virginie, Don Quichotte, Les Liaisons dangereuses, Werther, Les Affinités électives, Clarisse Harlowe, Émile, Candide, Cinq-Mars, René, Les Trois Mousquetaires, Mauprat, Le Père Goriot, La Cousine Bette, Colomba,*

25 *Le Rouge et le Noir, Mademoiselle de Maupin, Notre-Dame de Paris, Salammbô, Madame Bovary, Adolphe, Monsieur de Camors, L'Assommoir, Sapho,* etc., ose encore écrire : « Ceci est un roman et cela n'en est pas un », me paraît doué d'une perspicacité qui ressemble fort à de l'incompétence.

---

1. **Plaider :** défendre une cause devant les juges.
2. **Opinions préconçues :** préjugés.

30 Généralement ce critique entend par roman une aventure plus ou moins vraisemblable, arrangée à la façon d'une pièce de théâtre en trois actes dont le premier contient l'exposition, le second l'action et le troisième le dénouement.

Cette manière de composer est absolument admissible à la condi-
35 tion qu'on acceptera également toutes les autres.

Existe-t-il des règles pour faire un roman, en dehors desquelles une histoire écrite devrait porter un autre nom ?

Si *Don Quichotte* est un roman, *Le Rouge et le Noir* en est-il un autre ? Si *Monte-Cristo* est un roman, *L'Assommoir* en est-il un ?
40 Peut-on établir une comparaison entre les *Affinités électives* de Goethe, *Les Trois Mousquetaires* de Dumas, *Madame Bovary* de Flaubert, *M. de Camors* de M. O. Feuillet et *Germinal* de M. Zola ? Laquelle de ces œuvres est un roman ? Quelles sont ces fameuses règles ? D'où viennent-elles ? Qui les a établies ? En vertu de quel
45 principe, de quelle autorité et de quels raisonnements ?

Il semble cependant que ces critiques savent d'un façon certaine, indubitable[1], ce qui constitue un roman et ce qui le distingue d'un autre qui n'en est pas un. Cela signifie tout simplement que, sans être des producteurs, ils sont enrégimentés[2] dans une école, et
50 qu'ils rejettent, à la façon des romanciers eux-mêmes, toutes les œuvres conçues et exécutées en dehors de leur esthétique[3].

Un critique intelligent devrait, au contraire, rechercher tout ce qui ressemble le moins aux romans déjà faits, et pousser autant que possible les jeunes gens à tenter des voies nouvelles.
55 Tous les écrivains, Victor Hugo comme M. Zola, ont réclamé avec persistance le droit absolu, droit indiscutable de composer, c'est-à-dire d'imaginer ou d'observer, suivant leur conception personnelle de l'art. Le talent provient de l'originalité, qui est une manière spéciale de penser, de voir, de comprendre et de juger. Or, le critique
60 qui prétend définir le Roman suivant l'idée qu'il s'en fait d'après les romans qu'il aime, et établir certaines règles invariables de composition, luttera toujours contre un tempérament d'artiste apportant une manière nouvelle. Un critique, qui mériterait absolument ce

---

1. **Indubitable :** indiscutable.
2. **Enrégimentés :** embrigadés.
3. **Esthétique :** critères de définition du Beau.

nom, ne devrait être qu'un analyste sans tendances, sans préfé-
65 rences, sans passions, et, comme un expert en tableaux, n'apprécier
que la valeur artiste de l'objet d'art qu'on lui soumet. Sa compré-
hension, ouverte à tout, doit absorber assez complètement sa per-
sonnalité pour qu'il puisse découvrir et vanter les livres même qu'il
n'aime pas comme homme et qu'il doit comprendre comme juge.
70 Mais la plupart des critiques ne sont, en somme, que des lecteurs,
d'où il résulte qu'ils nous gourmandent[1] presque toujours à faux[2]
ou qu'ils nous complimentent sans réserve et sans mesure.
Le lecteur, qui cherche uniquement dans un livre à satisfaire la
tendance naturelle de son esprit, demande à l'écrivain de répondre
85 à son goût prédominant, et il qualifie invariablement de remar-
quable ou de bien écrit l'ouvrage ou le passage qui plaît à son ima-
gination idéaliste[3], gaie, grivoise[4], triste, rêveuse ou positive[5].
En somme, le public est composé de groupes nombreux qui nous crient :
– Consolez-moi.
90 – Amusez-moi.
– Attristez-moi.
– Attendrissez-moi.
– Faites-moi rêver.
– Faites-moi rire.
95 – Faites-moi frémir.
– Faites-moi pleurer.
– Faites-moi penser.
Seuls, quelques esprits d'élite[6] demandent à l'artiste :
– Faites-moi quelque chose de beau, dans la forme qui vous
100 conviendra le mieux, suivant votre tempérament.
L'artiste essaie, réussit ou échoue.
Le critique ne doit apprécier le résultat que suivant la nature de
l'effort ; et il n'a pas le droit de se préoccuper des tendances[7].

---

1. **Gourmandent :** critiquent avec sévérité.
2. **À faux :** de façon erronée.
3. **Idéaliste :** qui rêve d'idéal.
4. **Grivoise :** licencieuse, égrillarde.
5. **Positive :** objective.
6. **Esprits d'élite :** esprits supérieurs.
7. **Tendances :** écoles et mouvements littéraires et artistiques.

Cela a été écrit déjà mille fois. Il faudra toujours le répéter.

105 Donc après les écoles littéraires qui ont voulu nous donner une vision déformée, surhumaine, poétique, attendrissante, charmante ou superbe de la vie, est venue une école réaliste ou naturaliste qui a prétendu nous montrer la vérité, rien que la vérité et toute la vérité.

110 Il faut admettre avec un égal intérêt ces théories d'art si différentes et juger les œuvres qu'elles produisent, uniquement au point de vue de leur valeur artistique en acceptant *a priori* les idées générales d'où elles sont nées.

Contester le droit d'un écrivain de faire une œuvre poétique ou 115 une œuvre réaliste, c'est vouloir le forcer à modifier son tempérament, récuser son originalité, ne pas lui permettre de se servir de l'œil et de l'intelligence que la nature lui a donnés.

Lui reprocher de voir les choses belles ou laides, petites ou épiques[1], gracieuses ou sinistres, c'est lui reprocher d'être conformé[2] 120 de telle ou telle façon et de ne pas avoir une vision concordant avec la nôtre.

Laissons-le libre de comprendre, d'observer, de concevoir comme il lui plaira, pourvu qu'il soit un artiste. Devenons poétiquement exaltés pour juger un idéaliste et prouvons-lui que son rêve est 125 médiocre, banal, pas assez fou ou magnifique. Mais si nous jugeons un naturaliste, montrons-lui en quoi la vérité dans la vie diffère de la vérité dans son livre.

Il est évident que des écoles si différentes ont dû employer des procédés de composition absolument opposés.

130 Le romancier qui transforme la vérité constante, brutale et déplaisante, pour en tirer une aventure exceptionnelle et séduisante, doit, sans souci exagéré de la vraisemblance, manipuler les événements à son gré, les préparer et les arranger pour plaire au lecteur, l'émouvoir ou l'attendrir. Le plan de son roman n'est 135 qu'une série de combinaisons ingénieuses conduisant avec adresse au dénouement. Les incidents sont disposés et gradués vers le point culminant et l'effet de la fin, qui est un événement capital et décisif, satisfaisant toutes les curiosités éveillées au début, mettant

---

1. **Épiques :** héroïques.
2. **Conformé :** constitué.

140 une barrière à l'intérêt, et terminant si complètement l'histoire
racontée qu'on ne désire plus savoir ce que deviendront, le lendemain, les personnages les plus attachants.

Le romancier, au contraire, qui prétend nous donner une image
exacte de la vie, doit éviter avec soin tout enchaînement d'événements qui paraîtrait exceptionnel. Son but n'est point de nous
145 raconter une histoire, de nous amuser ou de nous attendrir, mais
de nous forcer à penser, à comprendre le sens profond et caché
des événements. À force d'avoir vu et médité, il regarde l'univers,
les choses, les faits et les hommes d'une certaine façon qui lui est
propre et qui résulte de l'ensemble de ses observations réfléchies.
150 C'est cette vision personnelle du monde qu'il cherche à nous
communiquer en la reproduisant dans un livre. Pour nous émouvoir, comme il l'a été lui-même par le spectacle de la vie, il doit la
reproduire devant nos yeux avec une scrupuleuse ressemblance. Il
devra donc composer son œuvre d'une manière si adroite, si dissi-
155 mulée, et d'apparence si simple, qu'il soit impossible d'en apercevoir et d'en indiquer le plan, de découvrir ses intentions.

Au lieu de machiner[1] une aventure et de la dérouler de façon
à la rendre intéressante jusqu'au dénouement, il prendra son ou
ses personnages à une certaine période de leur existence et les
160 conduira, par des transitions naturelles, jusqu'à la période suivante.
Il montrera de cette façon, tantôt comment les esprits se modifient
sous l'influence des circonstances environnantes, tantôt comment
se développent les sentiments et les passions, comment on s'aime,
comment on se hait, comment on se combat dans tous les milieux
165 sociaux, comment luttent les intérêts bourgeois, les intérêts d'argent,
les intérêts de famille, les intérêts politiques.

L'habileté de son plan ne consistera donc point dans l'émotion
ou dans le charme, dans un début attachant ou dans une catastrophe émouvante, mais dans le groupement adroit de petits faits
170 constants d'où se dégagera le sens définitif de l'œuvre. S'il fait tenir
dans trois cents pages dix ans d'une vie pour montrer quelle a été,
au milieu de tous les êtres qui l'ont entourée, sa signification particulière et bien caractéristique, il devra savoir éliminer, parmi les
menus événements innombrables et quotidiens tous ceux qui lui

---

1. **Machiner** : combiner, agencer.

175 sont inutiles, et mettre en lumière, d'une façon générale, tous ceux qui seraient demeurés inaperçus pour des observateurs peu clairvoyants et qui donnent au livre sa portée, sa valeur d'ensemble.

On comprend qu'une semblable manière de composer, si différente de l'ancien procédé visible à tous les yeux, déroute souvent
180 les critiques, et qu'ils ne découvrent pas tous les fils si minces, si secrets, presque invisibles, employés par certains artistes modernes à la place de la ficelle unique qui avait nom : l'Intrigue.

En somme, si le Romancier d'hier choisissait et racontait les crises de la vie, les états aigus de l'âme et du cœur, le Romancier
185 d'aujourd'hui écrit l'histoire du cœur, de l'âme et de l'intelligence à l'état normal. Pour produire l'effet qu'il poursuit, c'est-à-dire l'émotion de la simple réalité et pour dégager l'enseignement artistique qu'il en veut tirer, c'est-à-dire la révélation de ce qu'est véritablement l'homme contemporain devant ses yeux, il devra n'employer
190 que des faits d'une vérité irrécusable et constante.

Mais en se plaçant au point de vue même de ces artistes réalistes, on doit discuter et contester leur théorie qui semble pouvoir être résumée par ces mots : *« Rien que la vérité et toute la vérité. »*

Leur intention étant de dégager la philosophie de certains faits
195 constants et courants, ils devront souvent corriger les événements au profit de la vraisemblance et au détriment de la vérité, car *Le vrai peut quelquefois n'être pas vraisemblable.*

Le réaliste, s'il est un artiste, cherchera, non pas à nous montrer la photographie banale de la vie, mais à nous en donner la vision
200 plus complète, plus saisissante, plus probante[1] que la réalité même.

Raconter tout serait impossible, car il faudrait alors un volume au moins par journée, pour énumérer les multitudes d'incidents insignifiants[2] qui emplissent notre existence.

Un choix s'impose donc, – ce qui est une première atteinte à la
205 théorie de toute la vérité.

La vie, en outre, est composée des choses les plus différentes, les plus imprévues, les plus contraires, les plus disparates[3] ; elle est brutale, sans suite, sans chaîne, pleine de catastrophes inexpli-

---

1. **Probante :** convaincante.

2. **Insignifiants :** sans importance.

3. **Disparates :** hétérogènes, variées.

210 cables, illogiques et contradictoires qui doivent être classées au chapitre *faits divers*.

Voilà pourquoi l'artiste, ayant choisi son thème, ne prendra dans cette vie encombrée de hasards et de futilités que les détails caractéristiques utiles à son sujet, et il rejettera tout le reste, tout l'à-côté.

215 Un exemple entre mille:

Le nombre des gens qui meurent chaque jour par accident est considérable sur la terre. Mais pouvons-nous faire tomber une tuile sur la tête d'un personnage principal, ou le jeter sous les roues d'une voiture, au milieu d'un récit, sous prétexte qu'il faut 220 faire la part de l'accident ?

La vie encore laisse tout au même plan, précipite les faits ou les traîne indéfiniment. L'art, au contraire, consiste à user de précautions et de préparations, à ménager des transitions savantes et dissimulées, à mettre en pleine lumière, par la seule adresse de 225 la composition, les événements essentiels et à donner à tous les autres le degré de relief qui leur convient, suivant leur importance, pour produire la sensation profonde de la vérité spéciale qu'on veut montrer.

Faire vrai consiste donc à donner l'illusion complète du vrai, 230 suivant la logique ordinaire des faits, et non à les transcrire servilement[1] dans le pêle-mêle de leur succession.

J'en conclus que les Réalistes de talent devraient s'appeler plutôt des Illusionnistes.

Quel enfantillage, d'ailleurs, de croire à la réalité puisque nous 235 portons chacun la nôtre dans notre pensée et dans nos organes. Nos yeux, nos oreilles, notre odorat, notre goût différents créent autant de vérités qu'il y a d'hommes sur la terre. Et nos esprits qui reçoivent les instructions de ces organes, diversement impressionnés[2], comprennent, analysent et jugent comme si chacun de nous 240 appartenait à une autre race.

Chacun de nous se fait donc simplement une illusion du monde, illusion poétique, sentimentale, joyeuse, mélancolique, sale ou lugubre suivant sa nature. Et l'écrivain n'a d'autre mission que de

---

1. **Servilement :** comme un esclave, de façon mécanique.
2. **Impressionnés :** affectés.

reproduire fidèlement cette illusion avec tous les procédés d'art
245 qu'il a appris et dont il peut disposer.

Illusion du beau qui est une convention humaine ! Illusion
du laid qui est une opinion changeante ! Illusion du vrai jamais
immuable[1] ! Illusion de l'ignoble qui attire tant d'êtres ! Les
grands artistes sont ceux qui imposent à l'humanité leur illusion
250 particulière.

Ne nous fâchons donc contre aucune théorie puisque chacune
d'elles est simplement l'expression généralisée d'un tempérament
qui s'analyse.

Il en est deux surtout qu'on a souvent discutées en les oppo-
255 sant l'une à l'autre au lieu de les admettre l'une et l'autre: celle du
roman d'analyse pure et celle du roman objectif. Les partisans de
l'analyse demandent que l'écrivain s'attache à indiquer les moindres
évolutions d'un esprit et tous les mobiles[2] les plus secrets qui
déterminent nos actions, en n'accordant au fait lui-même qu'une
260 importance très secondaire. Il est le point d'arrivée, une simple
borne, le prétexte du roman. Il faudrait donc, d'après eux, écrire
ces œuvres précises et rêvées où l'imagination se confond avec
l'observation, à la manière d'un philosophe composant un livre de
psychologie, exposer les causes en les prenant aux origines les plus
265 lointaines, dire tous les pourquoi de tous les vouloirs et discerner
toutes les réactions de l'âme agissant sous l'impulsion des intérêts,
des passions ou des instincts.

Les partisans de l'objectivité (quel vilain mot !) prétendant, au
contraire, nous donner la représentation exacte de ce qui a lieu
270 dans la vie, évitent avec soin toute explication compliquée, toute
dissertation[3] sur les motifs, et se bornent à faire passer sous nos
yeux les personnages et les événements.

Pour eux, la psychologie doit être cachée dans le livre comme
elle est cachée en réalité sous les faits dans l'existence.

275 Le roman conçu de cette manière y gagne de l'intérêt, du mouvement dans le récit, de la couleur, de la vie remuante.

---

1. **Immuable :** invariable.
2. **Mobiles :** causes.
3. **Dissertation :** développement.

Donc, au lieu d'expliquer longuement l'état d'esprit d'un personnage, les écrivains objectifs cherchent l'action ou le geste que cet
état d'âme doit faire accomplir fatalement à cet homme dans une
280 situation déterminée. Et ils le font se conduire de telle manière,
d'un bout à l'autre du volume, que tous ses actes, tous ses mouvements, soient le reflet de sa nature intime, de toutes ses pensées, de
toutes ses volontés ou de toutes ses hésitations. Ils cachent donc la
psychologie au lieu de l'étaler, ils en font la carcasse de l'œuvre,
285 comme l'ossature[1] invisible est la carcasse du corps humain. Le
peintre qui fait notre portrait ne montre pas notre squelette.

Il me semble aussi que le roman exécuté de cette façon y gagne
en sincérité. Il est d'abord plus vraisemblable, car les gens que
nous voyons agir autour de nous ne nous racontent point les
290 mobiles auxquels ils obéissent.

Il faut ensuite tenir compte de ce que, si, à force d'observer les
hommes, nous pouvons déterminer leur nature assez exactement
pour prévoir leur manière d'être dans presque toutes les circonstances, si nous pouvons dire avec précision : « Tel homme de tel
295 tempérament, dans tel cas, fera ceci », il ne s'ensuit point que nous
puissions déterminer, une à une, toutes les secrètes évolutions de
sa pensée qui n'est pas la nôtre, toutes les mystérieuses sollicitations[2] de ses instincts qui ne sont pas pareils aux nôtres, toutes
les incitations confuses de sa nature dont les organes, les nerfs, le
300 sang, la chair, sont différents des nôtres.

Quel que soit le génie d'un homme faible, doux, sans passions,
aimant uniquement la science et le travail, jamais il ne pourra se
transporter assez complètement dans l'âme et dans le corps d'un
gaillard exubérant[3], sensuel[4], violent, soulevé par tous les désirs et
305 même par tous les vices, pour comprendre et indiquer les impul-
sions et les sensations les plus intimes de cet être si différent, alors
même qu'il peut fort bien prévoir et raconter tous les actes de sa vie.

En somme, celui qui fait de la psychologie pure ne peut que se
substituer à tous ses personnages dans les différentes situations

1. **Ossature :** charpente.
2. **Sollicitations :** stimulations.
3. **Exubérant :** débordant de vie.
4. **Sensuel :** qui aime les plaisirs de la vie.

310 où il les place, car il lui est impossible de changer ses organes, qui sont les seuls intermédiaires entre la vie extérieure et nous, qui nous imposent leurs perceptions, déterminent notre sensibilité, créent en nous une âme essentiellement différente de toutes celles qui nous entourent. Notre vision, notre connaissance du monde

315 acquise par le secours de nos sens, nos idées sur la vie, nous ne pouvons que les transporter en partie dans tous les personnages dont nous prétendons dévoiler l'être intime et inconnu. C'est donc toujours nous que nous montrons dans le corps d'un roi, d'un assassin, d'un voleur ou d'un honnête homme, d'une courtisane[1],

320 d'une religieuse, d'une jeune fille ou d'une marchande aux halles, car nous sommes obligés de nous poser ainsi le problème : « si *j*'étais roi, assassin, voleur, courtisane, religieuse, jeune fille ou marchande aux halles[2], qu'est-ce que *je* ferais, qu'est-ce que *je* penserais, comment est-ce que *j*'agirais ? » Nous ne diversifions donc

325 nos personnages qu'en changeant l'âge, le sexe, la situation sociale et toutes les circonstances de la vie de notre *moi* que la nature a entouré d'une barrière d'organes infranchissable.

L'adresse consiste à ne pas laisser reconnaître ce *moi* par le lecteur sous tous les masques divers qui nous servent à le cacher.

330 Mais si, au seul point de vue de la complète exactitude, la pure analyse psychologique est contestable, elle peut cependant nous donner des œuvres d'art aussi belles que toutes les autres méthodes de travail.

Voici, aujourd'hui, les symbolistes[3]. Pourquoi pas ? Leur rêve

335 d'artistes est respectable ; et ils ont cela de particulièrement intéressant qu'ils savent et qu'ils proclament l'extrême difficulté de l'art.

Il faut être, en effet, bien fou, bien audacieux, bien outrecuidant[4] ou bien sot, pour écrire encore aujourd'hui ! Après tant de maîtres

340 aux natures si variées, au génie si multiple, que reste-t-il à faire

---

1. **Courtisane :** prostituée.
2. **Halles :** emplacement ou bâtiments où se tenait le marché central des denrées alimentaires.
3. **Symbolistes :** partisans, tels Verlaine, Rimbaud ou Mallarmé, d'un art fondé sur une vision symbolique et spirituelle de la vie.
4. **Outrecuidant :** vaniteux.

qui n'ait été dit ? Qui peut se vanter, parmi nous, d'avoir écrit une page, une phrase qui ne se trouve déjà, à peu près pareille, quelque part ? Quand nous lisons, nous, si saturés d'écriture française que notre corps entier nous donne l'impression d'être une pâte faite
345 avec des mots, trouvons-nous jamais une ligne, une pensée qui ne nous soit familière, dont nous ayons eu, au moins, le confus pressentiment ?

L'homme qui cherche seulement à amuser son public par des moyens déjà connus, écrit avec confiance, dans la candeur[1] de sa
350 médiocrité, des œuvres destinées à la foule ignorante et désœuvrée. Mais ceux sur qui pèsent tous les siècles de la littérature passée, ceux que rien ne satisfait, que tout dégoûte parce qu'ils rêvent mieux, à qui tout semble défloré[2] déjà, à qui leur œuvre donne toujours l'impression d'un travail inutile et commun, en arrivent à
355 juger l'art littéraire une chose insaisissable, mystérieuse, que nous dévoilent à peine quelques pages des plus grands maîtres.

Vingt vers, vingt phrases, lus tout à coup nous font tressaillir jusqu'au cœur comme une révélation surprenante ; mais les vers suivants ressemblent à tous les vers, la prose qui coule ensuite res-
360 semble à toutes les proses.

Les hommes de génie n'ont point, sans doute, ces angoisses et ces tourments, parce qu'ils portent en eux une force créatrice irrésistible. Ils ne se jugent pas eux-mêmes. Les autres, nous autres qui sommes simplement des travailleurs conscients et tenaces[3],
365 nous ne pouvons lutter contre l'invincible découragement que par la continuité de l'effort.

Deux hommes par leurs enseignements simples et lumineux m'ont donné cette force de toujours tenter : Louis Bouilhet[4] et Gustave Flaubert[5].

---

1. **Candeur :** naïveté.
2. **Défloré :** déjà vu.
3. **Tenaces :** acharnés.
4. **Louis Bouilhet :** poète rouennais (1822-1869) et ami de Flaubert. Maupassant correspond avec lui au temps de ses années de lycée et rencontre Flaubert par son intermédiaire.
5. **Gustave Flaubert :** romancier (1821-1880) et ami de la mère de Maupassant.

370   Si je parle ici d'eux et de moi, c'est que leurs conseils, résumés en peu de lignes, seront peut-être utiles à quelques jeunes gens moins confiants en eux-mêmes qu'on ne l'est d'ordinaire quand on débute dans les lettres.

    Bouilhet, que je connus le premier d'une façon un peu intime, 375 deux ans environ avant de gagner l'amitié de Flaubert, à force de me répéter que cent vers, peut-être moins, suffisent à la réputation d'un artiste, s'ils sont irréprochables et s'ils contiennent l'essence du talent et de l'originalité d'un homme même de second ordre, me fit comprendre que le travail continuel et la connaissance 380 profonde du métier peuvent, un jour de lucidité, de puissance et d'entraînement, par la rencontre heureuse d'un sujet concordant[1] bien avec toutes les tendances de notre esprit, amener cette éclosion de l'œuvre courte, unique et aussi parfaite que nous la pouvons produire.

385   Je compris ensuite que les écrivains les plus connus n'ont presque jamais laissé plus d'un volume et qu'il faut, avant tout, avoir cette chance de trouver et de discerner, au milieu de la multitude des matières qui se présentent à notre choix, celle qui absorbera toutes nos facultés, toute notre valeur, toute notre puissance 390 artiste.

    Plus tard, Flaubert, que je voyais quelquefois, se prit d'affection pour moi. J'osai lui soumettre quelques essais. Il les lut avec bonté et me répondit : « Je ne sais pas si vous aurez du talent. Ce que vous m'avez apporté prouve une certaine intelligence, mais 395 n'oubliez point ceci, jeune homme, que le talent – suivant le mot de Chateaubriand – n'est qu'une longue patience. Travaillez[2]. »

    Je travaillai, et je revins souvent chez lui, comprenant que je lui plaisais, car il s'était mis à m'appeler, en riant, son disciple.

    Pendant sept ans je fis des vers, je fis des contes, je fis des nou- 400 velles, je fis même un drame détestable. Il n'en est rien resté. Le

---

1. **Concordant :** s'accordant.
2. **Travaillez :** Maupassant se trompe, et attribue à Chateaubriand une phrase de Buffon (« Le génie n'est qu'une plus grande aptitude à la patience »), comme il l'indique lui-même : « On a publié hier dans le supplément littéraire du *Figaro* une étude de moi sur le Roman contemporain, où je fais dire à Flaubert une bêtise en attribuant à Chateaubriand un mot de Buffon. »

maître lisait tout, puis le dimanche suivant, en déjeunant, développait ses critiques et enfonçait en moi, peu à peu, deux ou trois principes qui sont le résumé de ses longs et patients enseignements.

405 « Si on a une originalité, disait-il, il faut avant tout la dégager ; si on n'en a pas, il faut en acquérir une. »

Le talent est une longue patience. Il s'agit de regarder tout ce qu'on veut exprimer assez longtemps et avec assez d'attention pour en découvrir un aspect qui n'ait été vu et dit par personne. Il y a, dans tout, de l'inexploré, parce que nous sommes habitués 410 à ne nous servir de nos yeux qu'avec le souvenir de ce qu'on a pensé avant nous sur ce que nous contemplons. La moindre chose contient un peu d'inconnu. Trouvons-le. Pour décrire un feu qui flambe et un arbre dans une plaine, demeurons en face de ce feu et de cet arbre jusqu'à ce qu'ils ne ressemblent plus, pour nous, à 415 aucun autre arbre et à aucun autre feu.

C'est de cette façon qu'on devient original.

Ayant, en outre, posé cette vérité qu'il n'y a pas, de par le monde entier, deux grains de sable, deux mouches, deux mains ou deux nez absolument pareils, il me forçait à exprimer, en quelques phrases, 420 un être ou un objet de manière à le particulariser[1] nettement, à le distinguer de tous les autres êtres ou de tous les autres objets de même race ou de même espèce.

« Quand vous passez, me disait-il, devant un épicier assis sur sa porte, devant un concierge qui fume sa pipe, devant une station 425 de fiacres[2], montrez-moi cet épicier et ce concierge, leur pose, toute leur apparence physique contenant aussi, indiquée par l'adresse de l'image, toute leur nature morale, de façon à ce que je ne les confonde avec aucun autre épicier ou avec aucun autre concierge, et faites-moi voir, par un seul mot, en quoi un cheval de 430 fiacre ne ressemble pas aux cinquante autres qui le suivent et le précèdent. »

J'ai développé ailleurs ses idées sur le style. Elles ont de grands rapports avec la théorie de l'observation que je viens d'exposer.

Quelle que soit la chose qu'on veut dire, il n'y a qu'un mot pour 435 l'exprimer, qu'un verbe pour l'animer et qu'un adjectif pour la qua-

---

1. **Particulariser :** faire ressortir la dimension individuelle et singulière.
2. **Fiacres :** voitures tirées par des chevaux et qu'on loue pour une course (équivalent des taxis actuels).

lifier. Il faut donc chercher, jusqu'à ce qu'on les ait découverts, ce mot, ce verbe et cet adjectif, et ne jamais se contenter de l'à-peu-près, ne jamais avoir recours à des supercheries, même heureuses, à des clowneries de langage pour éviter la difficulté.

440 On peut traduire et indiquer les choses les plus subtiles en appliquant ce vers de Boileau :
D'un mot mis en sa place enseigna le pouvoir[1].

Il n'est point besoin du vocabulaire bizarre, compliqué, nombreux et chinois[2] qu'on nous impose aujourd'hui sous le nom
445 d'écriture artiste, pour fixer toutes les nuances de la pensée ; mais il faut discerner avec une extrême lucidité toutes les modifications de la valeur d'un mot suivant la place qu'il occupe. Ayons moins de noms, de verbes et d'adjectifs au sens presque insaisissables, mais plus de phrases différentes, diversement construites, ingé-
450 nieusement coupées, pleines de sonorités et de rythmes savants. Efforçons-nous d'être des stylistes excellents plutôt que des collectionneurs de termes rares.

Il est, en effet, plus difficile de manier la phrase à son gré[3], de lui faire tout dire, même ce qu'elle n'exprime pas, de l'emplir de sous-
455 entendus, d'intentions secrètes et non formulées, que d'inventer des expressions nouvelles ou de rechercher, au fond de vieux livres inconnus, toutes celles dont nous avons perdu l'usage et la signification, et qui sont pour nous comme des verbes morts.

La langue française, d'ailleurs, est une eau pure que les écrivains
460 maniérés[4] n'ont jamais pu et ne pourront jamais troubler. Chaque siècle a jeté dans ce courant limpide ses modes, ses archaïsmes[5] prétentieux et ses préciosités[6], sans que rien surnage de ces tentatives inutiles, de ces efforts impuissants. La nature de cette langue

---

1. **D'un mot mis en sa place enseigna le pouvoir** : Boileau, *Art poétique*, Chant I, vers 133, à propos de Malherbe : « Enfin Malherbe vint, et le premier en France, / Fit sentir dans les vers une juste cadence : / D'un mot mis en sa place enseigna le pouvoir, / Et réduisit la Muse aux règles du devoir. »
2. **Chinois** : compliqué à l'excès.
3. **À son gré** : selon sa volonté.
4. **Maniérés** : affectés, précieux.
5. **Archaïsmes** : expressions anciennes qui ne sont plus en usage.
6. **Préciosités** : expressions affectées.

est d'être claire, logique et nerveuse. Elle ne se laisse pas affaiblir,
465 obscurcir ou corrompre.

Ceux qui font aujourd'hui des images, sans prendre garde aux
termes abstraits, ceux qui font tomber la grêle ou la pluie sur la
propreté des vitres, peuvent aussi jeter des pierres à la simplicité de
leurs confrères ! Elles frapperont peut-être les confrères qui ont un
470 corps, mais n'atteindront jamais la simplicité qui n'en a pas.

Guy de Maupassant
La Guillette, Étretat, septembre 1887.

Clefs d'analyse

Action et personnages

1. Citez les deux contraintes qui rendent impossible, selon Maupassant, l'ambition des réalistes de dire « rien que la vérité et toute la vérité » (l. 193).

2. Quel est le sujet du « roman d'analyse » ? Du « roman objectif » ?

3. Comment l'intrigue est-elle agencée dans le « roman d'analyse » ? Dans le « roman objectif » ?

4. Comment le personnage est-il représenté dans le « roman d'analyse » ? Dans le « roman objectif » ?

Langue

5. Quel est le sens du mot « catastrophe » (l. 168-169) ? Quel est son sens étymologique ?

6. « J'en conclus que les Réalistes de talent devraient s'appeler plutôt des Illusionnistes » (l. 232-233). Quelle est cette figure de style ? Quelle est l'étymologie du mot « personnage » ? En quoi la signification première du mot rencontre-t-elle la théorie du personnage de Maupassant dans la préface ?

7. Quel sens donnez-vous à l'expression employée par Maupassant « machiner une aventure » (l. 157) ? Qu'est-ce qu'un *deus ex machina* ? Quelle est la différence entre « vérité » et « vraisemblance » ?

Genre ou thèmes

8. Précisez les caractéristiques des deux genres de romans que Maupassant distingue (le « roman d'analyse » et le « roman objectif »).

9. Auquel des deux genres distingués par Maupassant *Pierre et Jean* appartient-il ?

Écriture

10. En vous appuyant sur votre propre expérience de la lecture, augmentez la liste, établie par Maupassant (l. 89-97), de ce qu'un lecteur attend d'un roman.

Pour aller plus loin

11. Cherchez, dans les œuvres des frères Goncourt, ou chez d'autres représentants de l'écriture artiste, un extrait exemplaire de « vocabulaire bizarre, compliqué, nombreux et chinois » (l. 443-444) que dénonce Maupassant.

12. Définissez les caractéristiques de la littérature symboliste, que Maupassant ne fait qu'évoquer brièvement (l. 334-337).

13. Par l'étude comparée de *Pierre et Jean* et d'une nouvelle de Flaubert (« Un cœur simple », par exemple), précisez les points communs et les différences entre les deux écrivains.

✳ À retenir

Selon le modèle du théâtre classique évoqué par Maupassant (l. 30-33), la structure d'un roman se décompose en trois temps : la situation initiale, qui est perturbée par un élément extérieur ; la crise, qui décrit les conséquences de la perturbation et les réactions des personnages ; le dénouement, qui entraîne une nouvelle stabilité par la résolution du conflit.

I

« ZUT ! » s'écria tout à coup le père Roland, qui depuis un quart d'heure demeurait immobile, les yeux fixés sur l'eau, et soulevant par moments, d'un mouvement très léger, sa ligne descendue au fond de la mer.

Mme Roland, assoupie à l'arrière du bateau, à côté de Mme Rosémilly invitée à cette partie de pêche, se réveilla, et tournant la tête vers son mari :

« Eh bien !... eh bien !... Jérôme ! »

Le bonhomme, furieux, répondit :

« Ça ne mord plus du tout. Depuis midi je n'ai rien pris. On ne devrait jamais pêcher qu'entre hommes ; les femmes vous font embarquer toujours trop tard. »

Ses deux fils, Pierre et Jean, qui tenaient, l'un à bâbord[1], l'autre à tribord, chacun une ligne enroulée à l'index, se mirent à rire en même temps et Jean répondit :

« Tu n'es pas galant pour notre invitée, papa. »

M. Roland fut confus et s'excusa :

« Je vous demande pardon, madame Rosémilly, je suis comme ça. J'invite les dames parce que j'aime me trouver avec elles, et puis, dès que je sens de l'eau sous moi, je ne pense plus qu'au poisson. »

Mme Roland s'était tout à fait réveillée et regardait d'un air attendri le large horizon de falaises et de mer.

Elle murmura :

« Vous avez cependant fait une belle pêche. »

Mais son mari remuait la tête pour dire non, tout en jetant un coup d'œil bienveillant sur le panier où le poisson capturé par les trois hommes palpitait vaguement encore, avec un bruit doux d'écailles gluantes et de nageoires soulevées, d'efforts impuissants et mous, et de bâillements dans l'air mortel.

---

1. **Bâbord** : terme marin, côté gauche, s'oppose à « tribord », côté droit.

30   Le père Roland saisit la manne[1] entre ses genoux, la pencha, fit couler jusqu'au bord le flot d'argent des bêtes pour voir celles du fond, et
leur palpitation d'agonie s'accentua, et l'odeur forte de leur corps, une
saine puanteur de marée, monta du ventre plein de la corbeille.

     Le vieux pêcheur la huma vivement, comme on sent des roses,
35 et déclara :

     « Cristi ![2] ils sont frais, ceux-là ! » Puis il continua :

     « Combien en as-tu pris, toi, docteur ? » Son fils aîné, Pierre, un
homme de trente ans à favoris[3] noirs coupés comme ceux des
magistrats, moustaches et menton rasés, répondit :

40   « Oh ! pas grand-chose, trois ou quatre. » Le père se tourna vers
le cadet :

     « Et toi, Jean ? » Jean, un grand garçon blond, très barbu, beau-
coup plus jeune que son frère, sourit et murmura :

     « À peu près comme Pierre, quatre ou cinq. » Ils faisaient, chaque
45 fois, le même mensonge qui ravissait le père Roland.

     Il avait enroulé son fil au tolet[4] d'un aviron, et, croisant ses bras,
il annonça :

     « Je n'essayerai plus jamais de pêcher l'après-midi. Une fois dix
heures passées, c'est fini. Il ne mord plus, le gredin, il fait la sieste
50 au soleil. » Le bonhomme regardait la mer autour de lui avec un
air satisfait de propriétaire.

     C'était un ancien bijoutier parisien qu'un amour immodéré de la
navigation et de la pêche avait arraché au comptoir dès qu'il eut
assez d'aisance pour vivre modestement de ses rentes[5].

55   Il se retira donc au Havre, acheta une barque et devint matelot
amateur. Ses deux fils, Pierre et Jean, restèrent à Paris pour conti-
nuer leurs études et vinrent en congé de temps en temps partager
les plaisirs de leur père.

     À la sortie du collège, l'aîné, Pierre, de cinq ans plus âgé que
60 Jean, s'étant senti successivement de la vocation pour des pro-

---

1. **Manne :** panier en osier, et, par métaphore, don céleste.
2. **Cristi :** juron familier, abréviation de « Sacristi ».
3. **Favoris :** touffes de barbe poussant sur les joues.
4. **Tolet :** cheville qui sert de point d'appui à l'aviron.
5. **Rentes :** revenus périodiques versés en échange de la souscription d'une
obligation.

fessions variées, en avait essayé, l'une après l'autre, une demi-douzaine, et, vite dégoûté de chacune, se lançait aussitôt dans de nouvelles espérances.

En dernier lieu la médecine l'avait tenté, et il s'était mis au tra-
65 vail avec tant d'ardeur qu'il venait d'être reçu docteur après d'assez courtes études et des dispenses de temps obtenues du ministre. Il était exalté, intelligent, changeant et tenace, plein d'utopies, et d'idées philosophiques.

Jean, aussi blond que son frère était noir, aussi calme que son
70 frère était emporté, aussi doux que son frère était rancunier, avait fait tranquillement son droit et venait d'obtenir son diplôme de licencié en même temps que Pierre obtenait celui de docteur.

Tous les deux prenaient donc un peu de repos dans leur famille, et tous les deux formaient le projet de s'établir au Havre s'ils par-
75 venaient à le faire dans des conditions satisfaisantes.

Mais une vague jalousie, une de ces jalousies dormantes qui grandissent presque invisibles entre frères ou entre sœurs jusqu'à la maturité et qui éclatent à l'occasion d'un mariage ou d'un bon-heur tombant sur l'un, les tenait en éveil dans une fraternelle et
80 inoffensive inimitié. Certes ils s'aimaient, mais ils s'épiaient. Pierre, âgé de cinq ans à la naissance de Jean, avait regardé avec une hostilité de petite bête gâtée cette autre petite bête apparue tout à coup dans les bras de son père et de sa mère, et tant aimée, tant caressée par eux.

85 Jean, dès son enfance, avait été un modèle de douceur, de bonté et de caractère égal ; et Pierre s'était énervé, peu à peu, à entendre vanter sans cesse ce gros garçon dont la douceur lui semblait être de la mollesse, la bonté de la niaiserie et la bienveillance de l'aveuglement. Ses parents, gens placides[1], qui rêvaient pour leurs
90 fils des situations honorables et médiocres[2], lui reprochaient ses indécisions, ses enthousiasmes, ses tentatives avortées, tous ses élans impuissants vers des idées généreuses et vers des professions décoratives.

Depuis qu'il était homme, on ne lui disait plus : « Regarde Jean et
95 imite-le ! » mais chaque fois qu'il entendait répéter :

---

1. **Placides :** calmes.
2. **Médiocres :** moyennes, communes, ordinaires (sens ancien).

« Jean a fait ceci, Jean a fait cela », il comprenait bien le sens et l'allusion cachés sous ces paroles.

Leur mère, une femme d'ordre, une économe bourgeoise un peu sentimentale, douée d'une âme tendre de caissière, apaisait sans
100 cesse les petites rivalités nées chaque jour entre ses deux grands fils, de tous les menus faits de la vie commune. Un léger événement, d'ailleurs, troublait en ce moment sa quiétude[1], et elle craignait une complication, car elle avait fait la connaissance pendant l'hiver, pendant que ses enfants achevaient l'un et l'autre leurs étu-
105 des spéciales, d'une voisine, Mme Rosémilly, veuve d'un capitaine au long cours, mort à la mer deux ans auparavant. La jeune veuve, toute jeune, vingt-trois ans, une maîtresse femme[2] qui connaissait l'existence d'instinct, comme un animal libre, comme si elle eût vu, subi, compris et pesé tous les événements possibles, qu'elle jugeait
110 avec un esprit sain, étroit et bienveillant, avait pris l'habitude de venir faire un bout de tapisserie et de causette, le soir, chez ces voisins aimables qui lui offraient une tasse de thé.

Le père Roland, que sa manie de pose marine[3] aiguillonnait[4] sans cesse, interrogeait leur nouvelle amie sur le défunt capitaine, et
115 elle parlait de lui, de ses voyages, de ses anciens récits, sans embarras, en femme raisonnable et résignée qui aime la vie et respecte la mort.

Les deux fils, à leur retour, trouvant cette jolie veuve installée dans la maison, avaient aussitôt commencé à la courtiser, moins
120 par désir de lui plaire que par envie de se supplanter[5].

Leur mère, prudente et pratique, espérait vivement qu'un des deux triompherait, car la jeune femme était riche, mais elle aurait aussi bien voulu que l'autre n'en eût point de chagrin.

Mme Rosémilly était blonde avec des yeux bleus, une couronne
125 de cheveux follets[6] envolés à la moindre brise et un petit air crâne[7],

---

1. **Quiétude :** tranquillité.
2. **Maîtresse femme :** femme volontaire.
3. **Pose marine :** attitude affectée par laquelle Roland joue au marin.
4. **Aiguillonnait :** stimulait.
5. **Se supplanter :** l'emporter sur l'autre.
6. **Follets :** capricieux et irréguliers.
7. **Crâne :** courageux.

hardi, batailleur, qui ne concordait point du tout avec la sage méthode de son esprit.

Déjà elle semblait préférer Jean, portée vers lui par une similitude de nature. Cette préférence d'ailleurs ne se montrait que par
130 une presque insensible différence dans la voix et le regard, et en ceci encore qu'elle prenait quelquefois son avis.

Elle semblait deviner que l'opinion de Jean fortifierait la sienne propre, tandis que l'opinion de Pierre devait fatalement être différente. Quand elle parlait des idées du docteur, de ses idées
135 politiques, artistiques, philosophiques, morales, elle disait par moments : « Vos billevesées[1]. » Alors, il la regardait d'un regard froid de magistrat qui instruit le procès des femmes, de toutes les femmes, ces pauvres êtres.

Jamais, avant le retour de ses fils, le père Roland ne l'avait invitée
140 à ses parties de pêche où il n'emmenait jamais non plus sa femme, car il aimait s'embarquer avant le jour, avec le capitaine Beausire, un long-courrier[2] retraité, rencontré aux heures de marée sur le port et devenu intime ami, et le vieux matelot Papagris, surnommé Jean-Bart[3], chargé de la garde du bateau.

145 Or, un soir de la semaine précédente, comme Mme Rosémilly qui avait dîné chez lui disait : « Ça doit être très amusant, la pêche ? » l'ancien bijoutier, flatté dans sa passion, et saisi de l'envie de la communiquer, de faire des croyants à la façon des prêtres, s'écria :

« Voulez-vous y venir ?
150 – Mais oui.

– Mardi prochain ?

– Oui, mardi prochain.

– Êtes-vous femme à partir à cinq heures du matin ? »

Elle poussa un cri de stupeur :
155 « Ah ! mais non, par exemple. » Il fut désappointé[4], refroidi, et il douta tout à coup de cette vocation.

Il demanda cependant :

« À quelle heure pourriez-vous partir ?

---

1. **Billevesées :** paroles vides de sens.
2. **Long-courrier :** capitaine au long cours.
3. **Jean-Bart :** nom d'un célèbre corsaire français.
4. **Désappointé :** déçu.

– Mais... à neuf heures !

160 – Pas avant ?

– Non, pas avant, c'est déjà très tôt ! » Le bonhomme hésitait. Assurément on ne prendrait rien, car si le soleil chauffe, le poisson ne mord plus, mais les deux frères s'étaient empressés d'arranger la partie, de tout organiser et de tout régler séance tenante.

165 Donc, le mardi suivant, la *Perle* avait été jeter l'ancre sous les rochers blancs du cap de la Hève ; et on avait pêché jusqu'à midi, puis sommeillé, puis repêché, sans rien prendre, et le père Roland, comprenant un peu tard que Mme Rosémilly n'aimait et n'appré-ciait en vérité que la promenade en mer, et voyant que ses lignes

170 ne tressaillaient plus, avait jeté, dans un mouvement d'impatience irraisonnée, un *zut* énergique qui s'adressait autant à la veuve indifférente qu'aux bêtes insaisissables.

Maintenant, il regardait le poisson capturé, son poisson, avec une joie vibrante d'avare ; puis il leva les yeux vers le ciel, remarqua que

175 le soleil baissait : « Eh bien ! les enfants, dit-il, si nous revenions un peu ? » Tous deux tirèrent leurs fils, les roulèrent, accrochèrent dans les bouchons de liège les hameçons nettoyés et attendirent.

Roland s'était levé pour interroger l'horizon à la façon d'un capitaine :

180 « Plus de vent, dit-il, on va ramer, les gars ! » Et soudain, le bras allongé vers le nord, il ajouta :

« Tiens, tiens, le bateau de Southampton. »

Sur la mer plate, tendue comme une étoffe bleue, immense, lui-sante, aux reflets d'or et de feu, s'élevait là-bas, dans la direction

185 indiquée, un nuage noirâtre sur le ciel rose. Et on apercevait, au-dessous, le navire qui semblait tout petit de si loin.

Vers le sud, on voyait encore d'autres fumées, nombreuses, venant toutes vers la jetée du Havre dont on distinguait à peine la ligne blanche et le phare, droit comme une corne sur le bout.

190 Roland demanda :

« N'est-ce pas aujourd'hui que doit entrer la *Normandie* ? »

Jean répondit :

« Oui, papa.

– Donne-moi ma longue-vue, je crois que c'est elle, là-bas. » Le

195 père déploya le tube de cuivre, l'ajusta contre son œil, chercha le point, et soudain, ravi d'avoir vu :

« Oui, oui, c'est elle, je reconnais ses deux cheminées.

Voulez-vous regarder, madame Rosémilly ? » Elle prit l'objet qu'elle dirigea vers le transatlantique lointain, sans parvenir sans doute à le mettre en face de lui, car elle ne distinguait rien, rien que du bleu, avec un cercle de couleur, un arc-en-ciel tout rond, et puis des choses bizarres, des espèces d'éclipses, qui lui faisaient tourner le cœur. Elle dit en rendant la longue-vue :

« D'ailleurs je n'ai jamais su me servir de cet instrument-là. Ça mettait même en colère mon mari qui restait des heures à la fenêtre à regarder passer les navires. » Le père Roland, vexé, reprit :

« Ça doit tenir à un défaut de votre œil, car ma lunette est excellente. » Puis il l'offrit à sa femme :

« Veux-tu voir ?

– Non, merci, je sais d'avance que je ne pourrais pas. » Mme Roland, une femme de quarante-huit ans et qui ne les portait pas, semblait jouir, plus que tout le monde, de cette promenade et de cette fin de jour.

Ses cheveux châtains commençaient seulement à blanchir.

Elle avait un air calme et raisonnable, un air heureux et bon qui plaisait à voir. Selon le mot de son fils Pierre, elle savait le prix de l'argent, ce qui ne l'empêchait point de goûter le charme du rêve. Elle aimait les lectures, les romans et les poésies, non pour leur valeur d'art, mais pour la songerie mélancolique et tendre qu'ils éveillaient en elle. Un vers, souvent banal, souvent mauvais, faisait vibrer la petite corde, comme elle disait, lui donnait la sensation d'un désir mystérieux presque réalisé. Et elle se complaisait à ces émotions légères qui troublaient un peu son âme bien tenue comme un livre de comptes.

Elle prenait, depuis son arrivée au Havre, un embonpoint[1] assez visible qui alourdissait sa taille autrefois très souple et très mince.

Cette sortie en mer l'avait ravie. Son mari, sans être méchant, la rudoyait[2] comme rudoient sans colère et sans haine les despotes en boutique pour qui commander équivaut à jurer[3]. Devant tout étranger il se tenait, mais dans sa famille il s'abandonnait et se donnait

---

1. **Embonpoint :** état d'un corps un peu gras, rondelet.
2. **Rudoyait :** traitait avec dureté et brusquerie.
3. **Jurer :** proférer des jurons.

des airs terribles, bien qu'il eût peur de tout le monde. Elle, par horreur du bruit, des scènes, des explications inutiles, cédait toujours et ne demandait jamais rien ; aussi n'osait-elle plus, depuis bien longtemps, prier Roland de la promener en mer. Elle avait donc saisi
235 avec joie cette occasion, et elle savourait ce plaisir rare et nouveau.

Depuis le départ elle s'abandonnait tout entière, tout son esprit et toute sa chair, à ce doux glissement sur l'eau. Elle ne pensait point, elle ne vagabondait ni dans les souvenirs ni dans les espérances, il lui semblait que son cœur flottait comme son corps sur
240 quelque chose de moelleux, de fluide, de délicieux, qui la berçait et l'engourdissait.

Quand le père commanda le retour : « Allons, en place pour la nage[1] ! » elle sourit en voyant ses fils, ses deux grands fils, ôter leurs jaquettes[2] et relever sur leurs bras nus les manches de leur chemise.
245 Pierre, le plus rapproché des deux femmes, prit l'aviron de tribord, Jean l'aviron de bâbord, et ils attendirent que le patron criât : « Avant partout ! » car il tenait à ce que les manœuvres fussent exécutées régulièrement.

Ensemble, d'un même effort, ils laissèrent tomber les rames puis
250 se couchèrent en arrière en tirant de toutes leurs forces ; et une lutte commença pour montrer leur vigueur. Ils étaient venus à la voile tout doucement, mais la brise était tombée et l'orgueil de mâles des deux frères s'éveilla tout à coup à la perspective de se mesurer l'un contre l'autre.
255 Quand ils allaient pêcher seuls avec le père, ils ramaient ainsi sans que personne gouvernât, car Roland préparait les lignes tout en surveillant la marche de l'embarcation, qu'il dirigeait d'un geste ou d'un mot : « Jean, mollis ! » – « À toi, Pierre, souque[3]. » Ou bien il disait : « Allons le *un*, allons le *deux*, un peu d'huile de bras. »
260 Celui qui rêvassait tirait plus fort, celui qui s'emballait devenait moins ardent, et le bateau se redressait.

Aujourd'hui ils allaient montrer leurs biceps. Les bras de Pierre étaient velus, un peu maigres, mais nerveux ; ceux de Jean gras et blancs, un peu roses, avec une bosse de muscles qui roulait sous la peau.

---

1. **Nage :** navigation.
2. **Jaquettes :** vêtements masculins descendant jusqu'aux genoux.
3. **Souque :** du verbe « souquer », tirer avec force sur les avirons.

265 Pierre eut d'abord l'avantage. Les dents serrées, le front plissé, les jambes tendues, les mains crispées sur l'aviron, il le faisait plier dans toute sa longueur à chacun de ses efforts ; et la *Perle* s'en venait vers la côte. Le père Roland, assis, à l'avant afin de laisser tout le banc d'arrière aux deux femmes, s'époumonait à comman-
270 der : « Doucement, le *un* – souque, le *deux*. » Le *un* redoublait de rage et le *deux* ne pouvait répondre à cette nage désordonnée.

Le patron, enfin, ordonna : « Stop ! » Les deux rames se levèrent ensemble, et Jean, sur l'ordre de son père, tira seul quelques instants. Mais à partir de ce moment l'avantage lui resta ; il s'animait,
275 s'échauffait, tandis que Pierre, essoufflé, épuisé par sa crise de vigueur, faiblissait et haletait. Quatre fois de suite, le père Roland fit stopper pour permettre à l'aîné de reprendre haleine et de redresser la barque dérivant. Le docteur alors, le front en sueur, les joues pâles, humilié et rageur, balbutiait :
280 « Je ne sais pas ce qui me prend, j'ai un spasme au cœur. J'étais très bien parti, et cela m'a coupé les bras. » Jean demandait :

« Veux-tu que je tire seul avec les avirons de couple ?

– Non, merci, cela passera. » La mère, ennuyée, disait :

« Voyons, Pierre, à quoi cela rime-t-il de se mettre dans un état
285 pareil, tu n'es pourtant pas un enfant. » Il haussait les épaules et recommençait à ramer.

Mme Rosémilly semblait ne pas voir, ne pas comprendre, ne pas entendre. Sa petite tête blonde, à chaque mouvement du bateau, faisait en arrière un mouvement brusque et joli qui soulevait sur
290 les tempes ses fins cheveux.

Mais le père Roland cria : « Tenez, voici le *Prince-Albert* qui nous rattrape. » Et tout le monde regarda. Long, bas, avec ses deux cheminées inclinées en arrière et ses deux tambours jaunes, ronds comme des joues, le bateau de Southampton arrivait à toute
295 vapeur, chargé de passagers et d'ombrelles ouvertes. Ses roues rapides, bruyantes, battant l'eau qui retombait en écume, lui donnaient un air de hâte, un air de courrier[1] pressé ; et l'avant tout droit coupait la mer en soulevant deux lames minces et transparentes qui glis-
saient le long des bords.

---

1. **Courrier :** bateau postal.

300 Quand il fut tout près de la *Perle*, le père Roland leva son chapeau, les deux femmes agitèrent leurs mouchoirs, et une demi-
douzaine d'ombrelles répondirent à ces saluts en se balançant
vivement sur le paquebot qui s'éloigna, laissant derrière lui, sur la
surface paisible et luisante de la mer, quelques lentes ondulations.

305 Et on voyait d'autres navires, coiffés aussi de fumée, accourant
de tous les points de l'horizon vers la jetée courte et blanche qui
les avalait comme une bouche, l'un après l'autre. Et les barques
de pêche et les grands voiliers aux mâtures[1] légères glissant sur
le ciel, traînés par d'imperceptibles remorqueurs, arrivaient tous,

310 vite ou lentement, vers cet ogre dévorant, qui, de temps en temps,
semblait repu[2], et rejetait vers la pleine mer une autre flotte de
paquebots, de bricks[3], de goélettes, de trois-mâts chargés de ramures
emmêlées. Les steamers[4] hâtifs s'enfuyaient à droite, à gauche,
sur le ventre plat de l'Océan, tandis que les bâtiments à voile,

315 abandonnés par les mouches[5] qui les avaient halés[6], demeuraient
immobiles, tout en s'habillant de la grande hune[7] au petit perroquet[8], de toile blanche ou de toile brune qui semblait rouge au
soleil couchant.

Mme Roland, les yeux mi-clos, murmura :

320 « Dieu ! que c'est beau, cette mer ! » Mme Rosémilly répondit,
avec un soupir prolongé, qui n'avait cependant rien de triste :

« Oui, mais elle fait bien du mal quelquefois. » Roland s'écria :

« Tenez, voici la *Normandie* qui se présente à l'entrée. Est-elle
grande, hein ? » Puis il expliqua la côte en face, là-bas, de l'autre

325 côté de l'embouchure de la Seine – vingt kilomètres, cette embouchure – disait-il. Il montra Villerville, Trouville, Houlgate, Luc,
Arromanches, la rivière de Caen, et les roches du Calvados qui rendent la

---

1. **Mâtures :** ensemble des mâts d'un navire.
2. **Repu :** rassasié.
3. **Bricks :** voiliers à deux mâts et à voiles carrées.
4. **Steamers :** bateaux à vapeur.
5. **Mouches :** petits navires.
6. **Halés :** remorqués.
7. **Hune :** mât de hune (mât central et de grande taille).
8. **Perroquet :** mât de perroquet (mât situé à l'arrière, de taille inférieure au mât de hune).

navigation dangereuse jusqu'à Cherbourg. Puis il traita la question
des bancs de sable de la Seine, qui se déplacent à chaque marée
330 et mettent en défaut les pilotes de Quillebœuf eux-mêmes, s'ils
ne font pas tous les jours le parcours du chenal. Il fit remarquer
comment Le Havre séparait la basse de la haute Normandie. En
basse Normandie, la côte plate descendait en pâturages, en prairies
et en champs jusqu'à la mer. Le rivage de la haute Normandie,
335 au contraire, était droit, une grande falaise, découpée, dentelée,
superbe, faisant jusqu'à Dunkerque une immense muraille blanche
dont toutes les échancrures[1] cachaient un village ou un port :
Étretat, Fécamp, Saint-Valéry, Le Tréport, Dieppe, etc.

Les deux femmes ne l'écoutaient point, engourdies par le bien-
340 être, émues par la vue de cet Océan couvert de navires qui
couraient comme des bêtes autour de leur tanière ; et elles se
taisaient, un peu écrasées par ce vaste horizon d'air et d'eau, rendues silencieuses par ce coucher de soleil apaisant et magnifique.
Seul, Roland parlait sans fin ; il était de ceux que rien ne trouble.
345 Les femmes, plus nerveuses, sentent parfois, sans comprendre
pourquoi, que le bruit d'une voix inutile est irritant comme une
grossièreté.

Pierre et Jean, calmés, ramaient avec lenteur ; et la *Perle* s'en
allait vers le port, toute petite à côté des gros navires.
350 Quand elle toucha le quai, le matelot Papagris, qui l'attendait,
prit la main des dames pour les faire descendre ; et on pénétra
dans la ville. Une foule nombreuse, tranquille, la foule qui va chaque
jour aux jetées à l'heure de la pleine mer, rentrait aussi.

Mmes Roland et Rosémilly marchaient devant, suivies des trois
355 hommes. En montant la rue de Paris elles s'arrêtaient parfois
devant un magasin de modes ou d'orfèvrerie[2] pour contempler
un chapeau ou bien un bijou ; puis elles repartaient après avoir
échangé leurs idées.

Devant la place de la Bourse, Roland contempla, comme il faisait
360 chaque jour, le bassin du Commerce plein de navires, prolongé
par d'autres bassins, où les grosses coques, ventre à ventre, se tou-
chaient sur quatre ou cinq rangs. Tous les mâts innombrables, sur

---

1. **Échancrures :** parties entamées.
2. **Orfèvrerie :** bijoux.

365 une étendue de plusieurs kilomètres de quais, tous les mâts avec les vergues[1], les flèches[2], les cordages, donnaient à cette ouverture au milieu de la ville l'aspect d'un grand bois mort. Au-dessus de cette forêt sans feuilles, les goélands tournoyaient, épiant pour s'abattre, comme une pierre qui tombe, tous les débris jetés à l'eau ; et un mousse, qui rattachait une poulie à l'extrémité d'un cacatois[3], semblait monté là pour chercher des nids.

370 « Voulez-vous dîner avec nous sans cérémonie aucune, afin de finir ensemble la journée ? demanda Mme Roland à Mme Rosémilly.

– Mais oui, avec plaisir ; j'accepte aussi sans cérémonie. Ce serait triste de rentrer toute seule ce soir. » Pierre, qui avait entendu et que l'indifférence de la jeune femme commençait à froisser[4], mur-
375 mura : « Bon, voici la veuve qui s'incruste, maintenant. » Depuis quelques jours il l'appelait « la veuve ». Ce mot, sans rien exprimer, agaçait Jean rien que par l'intonation, qui lui paraissait méchante et blessante.

Et les trois hommes ne prononcèrent plus un mot jusqu'au seuil
380 de leur logis. C'était une maison étroite, composée d'un rez-de-chaussée et de deux petits étages, rue Belle-Normande. La bonne, Joséphine, une fillette de dix-neuf ans, servante campagnarde à bon marché, qui possédait à l'excès l'air étonné et bestial des paysans, vint ouvrir, referma la porte, monta derrière ses maîtres jus-
385 qu'au salon qui était au premier, puis elle dit :

« Il est v'nu un m'sieu trois fois. » Le père Roland, qui ne lui parlait pas sans hurler et sans sacrer, cria :

« Qui ça est venu, nom d'un chien ? » Elle ne se troublait jamais des éclats de voix de son maître, et elle reprit :

390 « Un m'sieu d'chez l'notaire.

– Quel notaire ?

– D'chez m'sieu Canu, donc.

– Et qu'est-ce qu'il a dit, ce monsieur ?

– Qu'm'sieu Canu y viendrait en personne dans la soirée. »
395 Mᵉ Lecanu était le notaire et un peu l'ami du père Roland, dont

---

1. **Vergues :** éléments horizontaux, fixés sur les mâts, et qui portent la voile.
2. **Flèches :** barres de flèche, qui servent à éloigner les haubans.
3. **Cacatois :** petite voile carrée.
4. **Froisser :** vexer.

il faisait les affaires[1]. Pour qu'il eût annoncé sa visite dans la soirée, il fallait qu'il s'agît d'une chose urgente et importante ; et les quatre Roland se regardèrent, troublés par cette nouvelle comme le sont les gens de fortune modeste à toute intervention d'un notaire, qui éveille une foule d'idées de contrats, d'héritages, de procès, de choses désirables ou redoutables. Le père, après quelques secondes de silence, murmura :

« Qu'est-ce que cela peut vouloir dire ? » Mme Rosémilly se mit à rire :

« Allez, c'est un héritage. J'en suis sûre. Je porte bonheur. » Mais ils n'espéraient la mort de personne qui pût leur laisser quelque chose.

Mme Roland, douée d'une excellente mémoire pour les parentés, se mit aussitôt à rechercher toutes les alliances du côté de son mari et du sien, à remonter les filiations, à suivre les branches des cousinages.

Elle demandait, sans avoir même ôté son chapeau :

« Dis donc, père (elle appelait son mari « père » dans la maison, et quelquefois « monsieur Roland » devant les étrangers), dis donc, père, te rappelles-tu qui a épousé Joseph Lebru, en secondes noces ?

– Oui, une petite Duménil, la fille d'un papetier.

– En a-t-il eu des enfants ?

– Je crois bien, quatre ou cinq, au moins.

– Non. Alors il n'y a rien par là. » Déjà elle s'animait à cette recherche, elle s'attachait à cette espérance d'un peu d'aisance leur tombant du ciel. Mais Pierre, qui aimait beaucoup sa mère, qui la savait un peu rêveuse, et qui craignait une désillusion, un petit chagrin, une petite tristesse, si la nouvelle, au lieu d'être bonne, était mauvaise, l'arrêta.

« Ne t'emballe pas, maman, il n'y a plus d'oncle d'Amérique ! Moi, je croirais bien plutôt qu'il s'agit d'un mariage pour Jean. » Tout le monde fut surpris à cette idée, et Jean demeura un peu froissé que son frère eût parlé de cela devant Mme Rosémilly.

« Pourquoi pour moi plutôt que pour toi ? La supposition est très contestable. Tu es l'aîné ; c'est donc à toi qu'on aurait songé d'abord. Et puis, moi, je ne veux pas me marier. »

Pierre ricana :

---

1. **Il faisait les affaires** : il s'occupait des affaires.

« Tu es donc amoureux ? » L'autre, mécontent, répondit :

« Est-il nécessaire d'être amoureux pour dire qu'on ne veut pas encore se marier ?

435 – Ah ! bon, le "encore" corrige tout ; tu attends.

– Admets que j'attends, si tu veux. » Mais le père Roland, qui avait écouté et réfléchi, trouva tout à coup la solution la plus vraisemblable.

« Parbleu ! nous sommes bien bêtes de nous creuser la tête.

440 Me Lecanu est notre ami, il sait que Pierre cherche un cabinet de médecin, et Jean un cabinet d'avocat, il a trouvé à caser l'un de vous deux. » C'était tellement simple et probable que tout le monde en fut d'accord.

« C'est servi », dit la bonne.

445 Et chacun gagna sa chambre afin de se laver les mains avant de se mettre à table.

Dix minutes plus tard, ils dînaient dans la petite salle à manger, au rez-de-chaussée.

On ne parla guère tout d'abord ; mais, au bout de quelques 450 minutes, Roland s'étonna de nouveau de cette visite du notaire.

« En somme, pourquoi n'a-t-il pas écrit, pourquoi a-t-il envoyé trois fois son clerc[1], pourquoi vient-il lui-même ? » Pierre trouvait cela naturel.

« Il faut sans doute une réponse immédiate ; et il a peut-être à 455 nous communiquer des clauses confidentielles[2] qu'on n'aime pas beaucoup écrire. » Mais ils demeuraient préoccupés et un peu ennuyés tous les quatre d'avoir invité cette étrangère qui gênerait leur discussion et les résolutions à prendre.

Ils venaient de remonter au salon quand le notaire fut annoncé. 460 Roland s'élança.

« Bonjour, cher maître. » Il donnait comme titre à M. Lecanu le « maître » qui précède le nom de tous les notaires.

Mme Rosémilly se leva :

« Je m'en vais, je suis très fatiguée. » On tenta faiblement de la 465 retenir ; mais elle n'y consentit point et elle s'en alla sans qu'un des trois hommes la reconduisît, comme on le faisait toujours.

---

1. **Clerc :** employé chez un notaire.
2. **Clauses confidentielles :** dispositions secrètes d'un contrat.

Mme Roland s'empressa près du nouveau venu :

« Une tasse de café, Monsieur !

– Non, merci, je sors de table.

470 – Une tasse de thé, alors ?

– Je ne dis pas non, mais un peu plus tard, nous allons d'abord parler affaires. » Dans le profond silence qui suivit ces mots on n'entendit plus que le mouvement rythmé de la pendule, et à l'étage au-dessous, le bruit des casseroles lavées par la bonne trop

475 bête même pour écouter aux portes.

Le notaire reprit :

« Avez-vous connu à Paris un certain M. Maréchal, Léon Maréchal ? »

M. et Mme Roland poussèrent la même exclamation.

« Je crois bien !

480 – C'était un de vos amis ? » Roland déclara :

« Le meilleur, Monsieur, mais un Parisien enragé ; il ne quitte pas le boulevard. Il est chef de bureau aux finances. Je ne l'ai plus revu depuis mon départ de la capitale. Et puis nous avons cessé de nous écrire. Vous savez, quand on vit loin l'un de l'autre... » Le notaire

485 reprit gravement :

« M. Maréchal est décédé ! » L'homme et la femme eurent ensemble ce petit mouvement de surprise triste, feint ou vrai, mais toujours prompt, dont on accueille ces nouvelles.

Me Lecanu continua :

490 « Mon confrère de Paris vient de me communiquer la principale disposition de son testament par laquelle il institue votre fils Jean, M. Jean Roland, son légataire universel[1]. » L'étonnement fut si grand qu'on ne trouvait pas un mot à dire.

Mme Roland, la première, dominant son émotion, balbutia :

495 « Mon Dieu, ce pauvre Léon... notre pauvre ami... mon Dieu... mon Dieu... mort !... » Des larmes apparurent dans ses yeux, ces larmes silencieuses des femmes, gouttes de chagrin venues de l'âme qui coulent sur les joues et semblent si douloureuses, étant si claires.

Mais Roland songeait moins à la tristesse de cette perte qu'à

500 l'espérance annoncée. Il n'osait cependant interroger tout de suite sur les clauses de ce testament, et sur le chiffre de la fortune ; et il demanda, pour arriver à la question intéressante :

---

1. **Légataire universel :** qui hérite de tous les biens.

« De quoi est-il mort, ce pauvre Maréchal ? »

Me Lecanu l'ignorait parfaitement.

505 « Je sais seulement, disait-il, que, décédé sans héritiers directs, il laisse toute sa fortune, une vingtaine de mille francs de rentes, en obligations, trois pour cent, à votre second fils, qu'il a vu naître, grandir, et qu'il juge digne de ce legs[1]. À défaut d'acceptation de la part de M. Jean, l'héritage irait aux enfants abandonnés. » Le père
510 Roland déjà ne pouvait plus dissimuler sa joie et il s'écria :

« Sacristi ! voilà une bonne pensée du cœur. Moi, si je n'avais pas eu de descendant, je ne l'aurais certainement point oublié non plus, ce brave ami ! » Le notaire souriait :

« J'ai été bien aise, dit-il, de vous annoncer moi-même la chose.
515 Ça fait toujours plaisir d'apporter aux gens une bonne nouvelle. » Il n'avait point du tout songé que cette bonne nouvelle était la mort d'un ami, du meilleur ami du père Roland, qui venait lui-même d'oublier subitement cette intimité annoncée tout à l'heure avec conviction.

520 Seuls, Mme Roland et ses fils gardaient une physionomie triste. Elle pleurait toujours un peu, essuyant ses yeux avec son mouchoir qu'elle appuyait ensuite sur sa bouche pour comprimer de gros soupirs.

Le docteur murmura :

525 « C'était un brave homme, bien affectueux. Il nous invitait souvent à dîner, mon frère et moi. » Jean, les yeux grands ouverts et brillants, prenait d'un geste familier sa belle barbe blonde dans sa main droite, et l'y faisait glisser, jusqu'aux derniers poils, comme pour l'allonger et l'amincir.

530 Il remua deux fois les lèvres pour prononcer aussi une phrase convenable, et, après avoir longtemps cherché, il ne trouva que ceci :

« Il m'aimait bien, en effet, il m'embrassait toujours quand j'allais le voir. » Mais la pensée du père galopait ; elle galopait autour de
535 cet héritage annoncé, acquis déjà, de cet argent caché derrière la porte et qui allait entrer tout à l'heure, demain, sur un mot d'acceptation.

Il demanda :

---

1. **Legs :** héritage.

« Il n'y a pas de difficultés possibles ?... pas de procès ?...
540 pas de contestations ? » Mᵉ Lecanu semblait tranquille :
« Non, mon confrère de Paris me signale la situation comme très
nette. Il ne nous faut que l'acceptation de M. Jean.
– Parfait, alors... et la fortune est bien claire ?
– Très claire.
545 – Toutes les formalités ont été remplies ?
– Toutes. » Soudain, l'ancien bijoutier eut un peu honte, une
honte vague, instinctive et passagère de sa hâte à se renseigner, et
il reprit :
« Vous comprenez bien que si je vous demande immédiatement
550 toutes ces choses, c'est pour éviter à mon fils des désagréments
qu'il pourrait ne pas prévoir. Quelquefois il y a des dettes, une
situation embarrassée, est-ce que je sais, moi ? et on se fourre dans
un roncier inextricable[1]. En somme, ce n'est pas moi qui hérite,
mais je pense au petit avant tout. » Dans la famille on appelait
555 toujours Jean « le petit », bien qu'il fût beaucoup plus grand que
Pierre.
Mme Roland, tout à coup, parut sortir d'un rêve, se rappeler une
chose lointaine, presque oubliée, qu'elle avait entendue autrefois,
dont elle n'était pas sûre d'ailleurs, et elle balbutia :
560 « Ne disiez-vous point que notre pauvre Maréchal avait laissé sa
fortune à mon petit Jean ?
– Oui, Madame. » Elle reprit alors simplement :
« Cela me fait grand plaisir, car cela prouve qu'il nous aimait. »
Roland s'était levé :
565 « Voulez-vous, cher maître, que mon fils signe tout de suite
l'acceptation ?
– Non... non... monsieur Roland. Demain, demain, à mon étude[2],
à deux heures, si cela vous convient.
– Mais oui, mais oui, je crois bien ! » Alors, Mme Roland qui
570 s'était levée aussi, et qui souriait après les larmes, fit deux pas vers
le notaire, posa sa main sur le dos de son fauteuil, et le couvrant
d'un regard attendri de mère reconnaissante, elle demanda :

---

1. **Roncier inextricable :** buisson de ronces dont on ne pourrait s'extraire. Par métaphore, situation insoluble.
2. **Étude :** cabinet du notaire.

« Et cette tasse de thé, monsieur Lecanu ?

– Maintenant, je veux bien, Madame, avec plaisir. » La bonne
575 appelée apporta d'abord des gâteaux secs en de profondes boîtes
de fer-blanc, ces fades et cassantes pâtisseries anglaises qui semblent cuites pour des becs de perroquet et soudées en des caisses
de métal pour des voyages autour du monde. Elle alla chercher
ensuite des serviettes grises, pliées en petits carrés, ces serviettes à
580 thé qu'on ne lave jamais dans les familles besogneuses. Elle revint
une troisième fois avec le sucrier et les tasses ; puis elle ressortit
pour faire chauffer l'eau. Alors on attendit.

Personne ne pouvait parler ; on avait trop à penser, et rien à dire.
Seule Mme Roland cherchait des phrases banales. Elle raconta la
585 partie de pêche, fit l'éloge de la *Perle* et de Mme Rosémilly.

« Charmante, charmante », répétait le notaire.

Roland, les reins appuyés au marbre de la cheminée, comme en
hiver, quand le feu brûle, les mains dans ses poches et les lèvres
remuantes comme pour siffler, ne pouvait plus tenir en place, tor-
590 turé du désir impérieux[1] de laisser sortir toute sa joie.

Les deux frères, en deux fauteuils pareils, les jambes croisées de
la même façon, à droite et à gauche du guéridon central, regardaient fixement devant eux, en des attitudes semblables, pleines
d'expressions différentes.

595 Le thé parut enfin. Le notaire prit, sucra et but sa tasse, après
avoir émietté dedans une petite galette trop dure pour être cro-
quée ; puis il se leva, serra les mains et sortit.

« C'est entendu, demain, deux heures. »

Jean n'avait pas dit un mot.

600 Après ce départ, il y eut encore un silence, puis le père Roland
vint taper de ses deux mains ouvertes sur les deux épaules de son
jeune fils en criant :

« Eh bien ! sacré veinard, tu ne m'embrasses pas ? » Alors Jean
eut un sourire, et il embrassa son père en disant :

605 « Cela ne m'apparaissait pas comme indispensable. » Mais le
bonhomme ne se possédait plus d'allégresse[2]. Il marchait, jouait du

---

1. **Impérieux :** irrésistible.
2. **Ne se possédait plus d'allégresse :** ne se maîtrisait plus tant sa joie était vive.

piano sur les meubles avec ses ongles maladroits, pivotait sur ses
talons, et répétait :

« Quelle chance ! quelle chance ! En voilà une, de chance ! »
610 Pierre demanda :

« Vous le connaissiez donc beaucoup, autrefois, ce Maréchal ? »
Le père répondit :

« Parbleu, il passait toutes ses soirées à la maison ; mais tu te
rappelles bien qu'il allait te prendre au collège, les jours de sor-
615 tie, et qu'il t'y reconduisait souvent après dîner. Tiens, justement,
le matin de la naissance de Jean, c'est lui qui est allé chercher le
médecin ! Il avait déjeuné chez nous quand ta mère s'est trouvée
souffrante. Nous avons compris tout de suite de quoi il s'agissait, et
il est parti en courant. Dans sa hâte il a pris mon chapeau au lieu
620 du sien. Je me rappelle cela parce que nous en avons beaucoup ri,
plus tard. Il est même probable qu'il s'est souvenu de ce détail au
moment de mourir ; et comme il n'avait aucun héritier il s'est dit :
"Tiens, j'ai contribué à la naissance de ce petit-là, je vais lui laisser
ma fortune." » Mme Roland, enfoncée dans une bergère[1], semblait
625 partie en ses souvenirs. Elle murmura, comme si elle pensait tout
haut :

« Ah ! c'était un brave ami, bien dévoué, bien fidèle, un homme
rare, par le temps qui court. » Jean s'était levé :

« Je vais faire un bout de promenade », dit-il.
630 Son père s'étonna, voulut le retenir, car ils avaient à causer, à
faire des projets, à arrêter[2] des résolutions. Mais le jeune homme
s'obstina, prétextant un rendez-vous. On aurait d'ailleurs tout le
temps de s'entendre bien avant d'être en possession de l'héritage.

Et il s'en alla, car il désirait être seul, pour réfléchir. Pierre, à
635 son tour, déclara qu'il sortait, et suivit son frère, après quelques
minutes.

Dès qu'il fut en tête à tête avec sa femme, le père Roland la saisit
dans ses bras, l'embrassa dix fois sur chaque joue, et, pour répondre
à un reproche qu'elle lui avait souvent adressé :
640 « Tu vois, ma chérie, que cela ne m'aurait servi à rien de rester
à Paris plus longtemps, de m'esquinter pour les enfants, au lieu de

---

1. **Bergère :** fauteuil large et profond, dont le siège est garni d'un coussin.
2. **Arrêter :** fixer.

venir ici refaire ma santé, puisque la fortune nous tombe du ciel. »
Elle était devenue toute sérieuse.

« Elle tombe du ciel pour Jean, dit-elle, mais Pierre ?

645 – Pierre ! mais il est docteur, il en gagnera... de l'argent... et puis
son frère fera bien quelque chose pour lui.

– Non. Il n'accepterait pas. Et puis cet héritage est à Jean, rien
qu'à Jean. Pierre se trouve ainsi très désavantagé. » Le bonhomme
semblait perplexe :

650 « Alors, nous lui laisserons un peu plus par testament, nous.

– Non. Ce n'est pas très juste non plus. » Il s'écria :

« Ah ! bien alors, zut ! Qu'est-ce que tu veux que j'y fasse, moi ?
Tu vas toujours chercher un tas d'idées désagréables. Il faut que
tu gâtes tous mes plaisirs. Tiens, je vais me coucher. Bonsoir.

655 C'est égal, en voilà une veine, une rude veine. » Et il s'en alla,
enchanté, malgré tout, et sans un mot de regret pour l'ami mort si
généreusement.

Mme Roland se remit à songer devant la lampe qui charbonnait[1].

---

1. **Charbonnait** : de « charbonner », se réduire en charbon, sans flamber.

Clefs d'analyse

Action et personnages

1. Étudiez la caractérisation de Pierre et de Jean. Sont-ils semblables ou différents ? Précisez la nature de leur relation.

2. Quelle est la couleur des cheveux de Mme Rosémilly ? Étudiez les points communs entre Mme Roland et Mme Rosémilly.

3. Étudiez le récit fait par M. Roland de la naissance de Jean (l. 613-624). Relevez les paroles qui ont double sens. Roland est-il clairvoyant ?

4. Montrez que les paroles de Pierre (l. 424-425) sont doublement prémonitoires.

Langue

5. Quelle est l'étymologie du mot « étonné » (l. 383) ?

6. Quel est le sens du mot « père » dans l'expression « père Roland » (l. 1) ?

7. À quelle figure stylistique correspond l'expression « saine puanteur » (l. 33) ? Cherchez une autre expression de même nature dans ce chapitre. Quel sens prennent ces figures de style à la lumière de la présentation contrastée de Pierre et Jean ?

8. Étudiez le passage des lignes 305-318. À quoi la mer et le port sont-ils comparés ? Quelle figure de style est utilisée ?

9. Étudiez les paroles de Joséphine, la domestique. Quelles sont ses caractéristiques ? Quel effet visent-elles à produire ? Quel autre personnage parle d'une façon proche ?

10. Quels personnages désigne le pronom personnel « nous » dans la phrase de Mme Roland (l. 563) ?

Genre ou thèmes

11. Étudiez la construction du chapitre. Quelle est la fonction du passage (l. 145-172) ? Quel est le nom du procédé utilisé ?

12. Étudiez la description de la côte (l. 324-338). Comment est-elle introduite ? Quel lien se noue entre cette description et la caractérisation des deux frères ?

13. La mer est-elle, dans ce chapitre, bénéfique ou maléfique ?

14. Ce chapitre est-il écrit comme un roman d'analyse ou comme un roman objectif ?

Écriture

15. Rédigez une ouverture de roman à la manière de celle de Pierre et Jean.

16. Décrivez la rencontre avec la barque du point de vue des passagers du paquebot.

Pour aller plus loin

17. Étudiez les points communs et les différences entre l'incipit (l'ouverture) de ce roman et ceux d'autres romans que vous connaissez.

✳ À retenir

Le premier chapitre d'un roman donne au lecteur des informations sur le lieu et l'époque de l'action, sur les personnages, et les relations qui les unissent. Sa fonction est proche de celle de la scène d'exposition. Pour faciliter l'entrée du lecteur dans la fiction et donner du mouvement au récit, le romancier peut ouvrir son récit *in medias res* (« au milieu des choses ») décrivant une action qui a déjà commencé et qui semble être prise en cours.

II

Dès qu'il fut dehors, Pierre se dirigea vers la rue de Paris, la principale rue du Havre, éclairée, animée, bruyante. L'air un peu frais des bords de mer lui caressait la figure, et il marchait lentement, la canne sous le bras, les mains derrière le dos.

5 Il se sentait mal à l'aise, alourdi, mécontent comme lorsqu'on a reçu quelque fâcheuse nouvelle. Aucune pensée précise ne l'affligeait[1] et il n'aurait su dire tout d'abord d'où lui venaient cette pesanteur de l'âme et cet engourdissement du corps. Il avait mal quelque part, sans savoir où ; il portait en lui un petit point dou-
10 loureux, une de ces presque insensibles meurtrissures dont on ne trouve pas la place, mais qui gênent, fatiguent, attristent, irritent, une souffrance inconnue et légère, quelque chose comme une graine de chagrin.

Lorsqu'il arriva place du Théâtre, il se sentit attiré par les lumières
15 du café Tortoni, et il s'en vint lentement vers la façade illuminée ; mais au moment d'entrer, il songea qu'il allait trouver là des amis, des connaissances, des gens avec qui il faudrait causer ; et une répugnance brusque l'envahit pour cette banale camaraderie des demi-tasses et des petits verres. Alors, retournant sur ses pas, il
20 revint prendre la rue principale qui le conduisait vers le port.

Il se demandait : « Où irais-je bien ? » cherchant un endroit qui lui plût, qui fût agréable à son état d'esprit. Il n'en trouvait pas, car il s'irritait d'être seul, et il n'aurait voulu rencontrer personne.

En arrivant sur le grand quai, il hésita encore une fois, puis
25 tourna vers la jetée ; il avait choisi la solitude.

Comme il frôlait un banc sur le brise-lames[2], il s'assit, déjà las de marcher et dégoûté de sa promenade avant même de l'avoir faite.

---

1. **Affligeait** : attristait.
2. **Brise-lames** : construction située à l'entrée d'un port et destinée à affaiblir les vagues.

Il se demanda : « Qu'ai-je donc ce soir ? » Et il se mit à chercher dans son souvenir quelle contrariété avait pu l'atteindre, comme
30 on interroge un malade pour trouver la cause de sa fièvre.

Il avait l'esprit excitable et réfléchi en même temps, il s'emballait, puis raisonnait, approuvait ou blâmait ses élans ; mais chez lui la nature première demeurait en dernier lieu la plus forte, et l'homme sensitif[1] dominait toujours l'homme intelligent.

35 Donc il cherchait d'où lui venait cet énervement, ce besoin de mouvement sans avoir envie de rien, ce désir de rencontrer quelqu'un pour n'être pas du même avis, et aussi ce dégoût pour les gens qu'il pourrait voir et pour les choses qu'ils pourraient lui dire.

Et il se posa cette question : « Serait-ce l'héritage de Jean ? » Oui,
40 c'était possible après tout. Quand le notaire avait annoncé cette nouvelle, il avait senti son cœur battre un peu plus fort. Certes, on n'est pas toujours maître de soi, et on subit des émotions spontanées et persistantes, contre lesquelles on lutte en vain.

Il se mit à réfléchir profondément à ce problème physiologique
45 de l'impression produite par un fait sur l'être instinctif[2] et créant en lui un courant d'idées et de sensations douloureuses ou joyeuses, contraires à celles que désire, qu'appelle, que juge bonnes et saines l'être pensant, devenu supérieur à lui-même par la culture de son intelligence.

50 Il cherchait à concevoir l'état d'âme du fils qui hérite d'une grosse fortune, qui va goûter, grâce à elle, beaucoup de joies désirées depuis longtemps et interdites par l'avarice d'un père, aimé pourtant, et regretté.

Il se leva et se remit à marcher vers le bout de la jetée. Il se sen-
55 tait mieux, content d'avoir compris, de s'être surpris lui-même, d'avoir dévoilé l'autre qui est en nous.

« Donc j'ai été jaloux de Jean, pensait-il. C'était vraiment assez bas, cela ! J'en suis sûr maintenant, car la première idée qui m'est venue est celle de son mariage avec Mme Rosémilly. Je n'aime
60 pourtant pas cette petite dinde raisonnable, bien faite pour dégoûter du bon sens et de la sagesse. C'est donc de la jalousie gratuite, l'essence même de la jalousie, celle qui est parce qu'elle est ! Faut

---

1. **Sensitif :** qui obéit à ses sens plus qu'à sa raison.
2. **Instinctif :** impulsif.

soigner cela ! » Il arrivait devant le mât des signaux qui indique
la hauteur de l'eau dans le port, et il alluma une allumette pour
65 lire la liste des navires signalés au large et devant entrer à la prochaine marée. On attendait des steamers du Brésil, de La Plata, du
Chili et du Japon, deux bricks danois, une goélette norvégienne et
un vapeur turc, ce qui surprit Pierre autant que s'il avait lu « un
vapeur suisse » ; et il aperçut dans une sorte de songe bizarre un
70 grand vaisseau couvert d'hommes en turban, qui montaient dans
les cordages avec de larges pantalons.

« Que c'est bête, pensait-il ; le peuple turc est pourtant un peuple
marin. » Ayant fait encore quelques pas, il s'arrêta pour contempler
la rade. Sur sa droite, au-dessus de Sainte-Adresse, les deux phares
75 électriques du cap de la Hève, semblables à deux cyclopes monstrueux et jumeaux, jetaient sur la mer leurs longs et puissants
regards. Partis des deux foyers[1] voisins, les deux rayons parallèles,
pareils aux queues géantes de deux comètes, descendaient, suivant
une pente droite et démesurée, du sommet de la côte au fond de
80 l'horizon. Puis sur les deux jetées, deux autres feux, enfants de ces
colosses, indiquaient l'entrée du Havre ; et là-bas, de l'autre côté de
la Seine, on en voyait d'autres encore, beaucoup d'autres, fixes ou
clignotants, à éclats et à éclipses, s'ouvrant et se fermant comme
des yeux, les yeux des ports, jaunes, rouges, verts, guettant la mer
85 obscure couverte de navires, les yeux vivants de la terre hospita-
lière disant, rien que par le mouvement mécanique invariable et
régulier de leurs paupières : « C'est moi. Je suis Trouville, je suis
Honfleur, je suis la rivière de Pont-Audemer. » Et dominant tous
les autres, si haut que, de si loin, on le prenait pour une planète, le
90 phare aérien d'Étouville montrait la route de Rouen, à travers les
bancs de sable de l'embouchure du grand fleuve.

Puis sur l'eau profonde, sur l'eau sans limites, plus sombre que
le ciel, on croyait voir, çà et là, des étoiles. Elles tremblotaient dans
la brume nocturne, petites, proches ou lointaines, blanches, vertes
95 ou rouges aussi. Presque toutes étaient immobiles, quelques-unes,
cependant, semblaient courir ; c'étaient les feux des bâtiments à
l'ancre attendant la marée prochaine, ou des bâtiments en marche
venant chercher un mouillage.

---

1. **Foyer :** partie du phare d'où rayonne la lumière.

Juste à ce moment la lune se leva derrière la ville ; et elle avait
l'air du phare énorme et divin, allumé dans le firmament pour gui-
der la flotte infinie des vraies étoiles.

Pierre murmura, presque à haute voix :

« Voilà, et nous nous faisons de la bile pour quatre sous[1] ! » Tout
près de lui soudain, dans la tranchée large et noire ouverte entre
les jetées, une ombre, une grande ombre fantastique, glissa. S'étant
penché sur le parapet[2] de granit, il vit une barque de pêche qui
rentrait, sans un bruit de voix, sans un bruit de flot, sans un bruit
d'aviron, doucement poussée par sa haute voile brune tendue à la
brise du large.

Il pensa : « Si on pouvait vivre là-dessus, comme on serait tranquille, peut-être ! » Puis, ayant fait encore quelques pas, il aperçut
un homme assis à l'extrémité du môle[3].

Un rêveur, un amoureux, un sage, un heureux ou un triste ? Qui
était-ce ? Il s'approcha, curieux, pour voir la figure de ce solitaire ;
et il reconnut son frère.

« Tiens, c'est toi, Jean ?

– Tiens... Pierre... Qu'est-ce que tu viens faire ici ?

– Mais je prends l'air. Et toi ? » Jean se mit à rire :

« Je prends l'air également. » Et Pierre s'assit à côté de son frère.

« Hein, c'est rudement beau ?

– Mais oui. » Au son de la voix il comprit que Jean n'avait rien
regardé ; il reprit :

« Moi, quand je viens ici, j'ai des désirs fous de partir, de m'en
aller avec tous ces bateaux, vers le nord ou vers le sud. Songe que
ces petits feux, là-bas, arrivent de tous les coins du monde, des
pays aux grandes fleurs et aux belles filles pâles ou cuivrées, des
pays aux oiseaux-mouches, aux éléphants, aux lions libres, aux
rois nègres[4], de tous les pays qui sont nos contes de fées à nous qui

---

1. **Nous nous faisons de la bile pour quatre sous** : nous nous faisons des soucis
   pour rien.
2. **Parapet** : mur montant à hauteur de la taille et faisant office de garde-fou.
3. **Môle** : construction destinée à protéger l'entrée du port.
4. **Nègres** : noirs (le mot n'est pas péjoratif au XIXe siècle).

ne croyons plus à la Chatte blanche ni à la Belle au bois dormant[1].
130 Ce serait rudement chic de pouvoir s'offrir une promenade par là-bas ; mais voilà, il faudrait de l'argent, beaucoup... » Il se tut brusquement, songeant que son frère l'avait maintenant, cet argent, et que délivré de tout souci, délivré du travail quotidien, libre, sans entraves, heureux, joyeux, il pouvait aller où bon lui semblerait,
135 vers les blondes Suédoises ou les brunes Havanaises.

Puis une de ces pensées involontaires, fréquentes chez lui, si brusques, si rapides, qu'il ne pouvait ni les prévoir, ni les arrêter, ni les modifier, venues, semblait-il, d'une seconde âme indépendante et violente, le traversa : « Bah ! il est trop niais, il épousera la petite
140 Rosémilly. » Il s'était levé.

« Je te laisse rêver d'avenir ; moi, j'ai besoin de marcher. » Il serra la main de son frère, et reprit avec un accent très cordial :

« Eh bien, mon petit Jean, te voilà riche ! Je suis bien content de t'avoir rencontré tout seul ce soir, pour te dire combien cela me
145 fait plaisir, combien je te félicite et combien je t'aime. » Jean, d'une nature douce et tendre, très ému, balbutiait :

« Merci... merci... mon bon Pierre, merci. » Et Pierre s'en retourna, de son pas lent, la canne sous le bras, les mains derrière le dos.

Lorsqu'il fut rentré dans la ville, il se demanda de nouveau ce
150 qu'il ferait, mécontent de cette promenade écourtée ; d'avoir été privé de la mer par la présence de son frère.

Il eut une inspiration : « Je vais boire un verre de liqueur chez le père Marowsko » ; et il remonta vers le quartier d'Ingouville.

Il avait connu le père Marowsko dans les hôpitaux à Paris. C'était
155 un vieux Polonais[2], réfugié politique, disait-on, qui avait eu des histoires terribles là-bas et qui était venu exercer en France, après nouveaux examens, son métier de pharmacien. On ne savait rien de sa vie passée ; aussi des légendes avaient-elles couru parmi les internes, les externes, et plus tard parmi les voisins. Cette réputation de

---

1. **La Chatte blanche [...] la Belle au bois dormant :** contes de Marie-Catherine Le Jumel de Barneville (dite madame d'Aulnoy) et de Charles Perrault.
2. **Polonais :** en 1863, les Polonais se soulèvent contre les Russes. La répression provoque une vague d'émigration vers la France.

160 conspirateur[1] redoutable, de nihiliste[2], de régicide[3], de patriote[4] prêt à tout, échappé à la mort par miracle, avait séduit l'imagination aventureuse et vive de Pierre Roland ; et il était devenu l'ami du vieux Polonais, sans avoir jamais obtenu de lui, d'ailleurs, aucun aveu sur son existence ancienne. C'était encore grâce au 165 jeune médecin que le bonhomme était venu s'établir au Havre, comptant sur une belle clientèle que le nouveau docteur lui fournirait.

En attendant, il vivait pauvrement dans sa modeste pharmacie, en vendant des remèdes aux petits-bourgeois et aux ouvriers de 170 son quartier.

Pierre allait souvent le voir après dîner et causer une heure avec lui, car il aimait la figure calme et la rare conversation de Marowsko, dont il jugeait profonds les longs silences.

Un seul bec de gaz[5] brillait au-dessus du comptoir chargé de fioles[6]. 175 Ceux de la devanture n'avaient point été allumés, par économie. Derrière ce comptoir, assis sur une chaise et les jambes allongées l'une sur l'autre, un vieux homme chauve, avec un grand nez d'oiseau qui, continuant son front dégarni, lui donnait un air triste de perroquet, dormait profondément, le menton sur la poitrine.

180 Au bruit du timbre[7], il s'éveilla, se leva, et reconnaissant le docteur, vint au-devant de lui, les mains tendues.

Sa redingote[8] noire, tigrée de taches d'acides et de sirops, beaucoup trop vaste pour son corps maigre et petit, avait un aspect d'antique soutane[9] ; et l'homme parlait avec un fort accent polonais qui don- 185 nait à sa voix fluette quelque chose d'enfantin, un zézaiement et des intonations de jeune être qui commence à prononcer.

---

1. **Conspirateur :** qui fomente des complots.
2. **Nihiliste :** adepte du nihilisme, doctrine philosophique et politique qui affirme que le monde est dépourvu de sens.
3. **Régicide :** qui ne reconnaît pas l'autorité des rois, qu'il voudrait voir condamner à mort.
4. **Patriote :** qui aime sa patrie avec dévouement.
5. **Bec de gaz :** lampe à gaz.
6. **Fioles :** petites bouteilles de verre à col étroit utilisées en pharmacie.
7. **Timbre :** sonnerie.
8. **Redingote :** longue veste croisée.
9. **Soutane :** tunique que portent les ecclésiastiques.

Pierre s'assit et Marowsko demanda :

« Quoi de neuf, mon cher docteur ?

– Rien. Toujours la même chose partout.

– Vous n'avez pas l'air gai, ce soir.

– Je ne le suis pas souvent.

– Allons, allons, il faut secouer cela. Voulez-vous un verre de liqueur ?

– Oui, je veux bien.

– Alors je vais vous faire goûter une préparation nouvelle. Voilà deux mois que je cherche à tirer quelque chose de la groseille, dont on n'a fait jusqu'ici que du sirop... eh bien ! j'ai trouvé... une bonne liqueur, très bonne, très bonne. » Et ravi, il alla vers une armoire, l'ouvrit et choisit une fiole qu'il apporta. Il remuait et agissait par gestes courts, jamais complets, jamais il n'allongeait le bras tout à fait, n'ouvrait toutes grandes les jambes, ne faisait un mouvement entier et définitif. Ses idées semblaient pareilles à ses actes ; il les indiquait, les promettait, les esquissait, les suggérait, mais ne les énonçait pas.

Sa plus grande préoccupation dans la vie semblait être d'ailleurs la préparation des sirops et des liqueurs. « Avec un bon sirop ou une bonne liqueur, on fait fortune », disait-il souvent.

Il avait inventé des centaines de préparations sucrées sans parvenir à en lancer une seule. Pierre affirmait que Marowsko le faisait penser à Marat[1].

Deux petits verres furent pris dans l'arrière-boutique et apportés sur la planche aux préparations ; puis les deux hommes examinèrent en l'élevant vers le gaz la coloration du liquide.

« Joli rubis ! déclara Pierre.

– N'est-ce pas ? » La vieille tête de perroquet du Polonais semblait ravie.

Le docteur goûta, savoura, réfléchit, goûta de nouveau, réfléchit encore et se prononça :

« Très bon, très bon, et très neuf comme saveur ; une trouvaille, mon cher !

---

1. **Marat** : Jean-Paul Marat (1743-1793), médecin et physicien français, révolutionnaire célèbre, mort assassiné dans sa baignoire par Charlotte Corday.

– Ah ! vraiment, je suis bien content. » Alors Marowsko demanda conseil pour baptiser la liqueur nouvelle ; il voulait l'appeler « essence de groseille », ou bien « fine groseille », ou bien « grosélia », ou bien « groséline ».

225   Pierre n'approuvait aucun de ces noms.

Le vieux eut une idée :

« Ce que vous avez dit tout à l'heure est très bon, très bon :

« Joli rubis ». » Le docteur contesta encore la valeur de ce nom, bien qu'il l'eût trouvé, et il conseilla simplement « groseillette »,

230   que Marowsko déclara admirable. Puis ils se turent et demeurèrent assis quelques minutes, sans prononcer un mot, sous l'unique bec de gaz.

Pierre, enfin, presque malgré lui :

« Tiens, il nous est arrivé une chose assez bizarre, ce soir. Un des

235   amis de mon père, en mourant, a laissé sa fortune à mon frère. » Le pharmacien sembla ne pas comprendre tout de suite, mais, après avoir songé, il espéra que le docteur héritait par moitié. Quand la chose eut été bien expliquée, il parut surpris et fâché ; et pour exprimer son mécontentement de voir son jeune ami sacrifié, il

240   répéta plusieurs fois :

« Ça ne fera pas un bon effet. » Pierre, que son énervement reprenait, voulut savoir ce que Marowsko entendait par cette phrase.

Pourquoi cela ne ferait-il pas un bon effet ? Quel mauvais effet pouvait résulter de ce que son frère héritait la fortune d'un ami de

245   la famille ?

Mais le bonhomme, circonspect[1], ne s'expliqua pas davantage.

« Dans ce cas-là on laisse aux deux frères également, je vous dis que ça ne fera pas un bon effet. » Et le docteur, impatienté, s'en alla, rentra dans la maison paternelle et se coucha. Pendant quelque

250   temps, il entendit Jean qui marchait doucement dans la chambre voisine, puis il s'endormit après avoir bu deux verres d'eau.

---

1. **Circonspect :** prudent.

Clefs d'analyse

Action et personnages

1. Comment comprenez-vous le fait que Pierre ne reconnaisse pas, tout d'abord, son frère lorsqu'il le rencontre sur le port lors de sa promenade nocturne (l. 111-115) ?

2. Comment le pharmacien polonais est-il appelé ? Qu'en pensez-vous ? Quels sont les points communs entre Pierre et lui ?

3. Quelle est la part de Pierre qui domine dans ce chapitre, si l'on reprend la distinction établie par le narrateur, entre l'« homme sensitif » et l'« homme intelligent » ?

4. Quel est le personnage dont on connaît ici les pensées ?

Langue

5. Entre quels noms Pierre et le père Marowsko hésitent-ils pour baptiser la liqueur de groseille ? À quelles figures de style correspondent-ils ?

6. Quelle comparaison sert, au début du chapitre, à décrire le regard introspectif de Pierre cherchant à comprendre son irritation agacée ?

7. Étudiez la logique de l'argumentation dans le passage d'introspection (l. 57-63).

8. À quel type de discours (direct, indirect, indirect libre) ressortit le passage des lignes 39-43 ?

9. Relevez et classez les expansions du nom dans le passage constitué par les lignes 124 à 129.

10. Quel double sens peut-on entendre dans cette phrase qui fait suite à la rencontre de Pierre et Jean sur le port : « Lorsqu'il fut rentré dans la ville, il se demanda de nouveau ce qu'il ferait, mécontent de cette promenade écourtée ; d'avoir été privé de la mer par la présence de son frère » (l. 149-151) ?

Genre ou thèmes

11. Étudiez la description des phares qui éclairent la rade. À quoi sont-ils comparés ? Quel sens symbolique donnez-vous à ces comparaisons ?

12. Que représente le père Marowsko pour Pierre ?

Clefs d'analyse

Écriture

13. Transposez au discours indirect libre la phrase suivante : « Moi, quand je viens ici, j'ai des désirs fous de partir, de m'en aller avec tous ces bateaux, vers le nord ou vers le sud » (l. 123-124) et transposez au discours direct cette phrase : « Pourquoi cela ne ferait-il pas un bon effet ? Quel mauvais effet pouvait résulter de ce que son frère héritait la fortune d'un ami de la famille ? » (l. 243-245).

14. Faites le récit d'un voyage que vous avez, ou que vous aimeriez faire.

Pour aller plus loin

15. Faites une recherche sur les raisons historiques qui ont poussé nombre de Polonais à venir se réfugier en France à la fin du xixe siècle.

✳ À retenir

Le discours indirect libre possède des propriétés du discours direct et du discours indirect. Du discours indirect, il conserve la transposition des personnes et des temps ; du discours direct, les marques d'énonciation (exclamations, intonations, etc.). Le verbe introducteur, le plus souvent, s'efface.

III

Le docteur se réveilla le lendemain avec la résolution bien arrê-
tée de faire fortune.

Plusieurs fois déjà il avait pris cette détermination sans en poursuivre la réalité. Au début de toutes ses tentatives de carrière nouvelle, l'espoir de la richesse vite acquise soutenait ses efforts et sa
confiance jusqu'au premier obstacle, jusqu'au premier échec qui le
jetait dans une voie nouvelle.

Enfoncé dans son lit entre les draps chauds, il méditait.

Combien de médecins étaient devenus millionnaires en peu de
temps ! Il suffisait d'un grain de savoir-faire, car, dans le cours de
ses études, il avait pu apprécier les plus célèbres professeurs, et il
les jugeait des ânes. Certes il valait autant qu'eux, sinon mieux. S'il
parvenait par un moyen quelconque à capter la clientèle élégante
et riche du Havre, il pouvait gagner cent mille francs par an avec
facilité. Et il calculait, d'une façon précise, les gains assurés. Le
matin, il sortirait, il irait chez ses malades. En prenant la moyenne,
bien faible, de dix par jour, à vingt francs l'un, cela lui ferait, au
minimum, soixante-douze mille francs par an, même soixante-
quinze mille, car le chiffre de dix malades était inférieur à la réalisation certaine. Après midi, il recevrait dans son cabinet une autre
moyenne de dix visiteurs à dix francs, soit trente-six mille francs.
Voilà donc cent vingt mille francs, chiffre rond. Les clients anciens
et les amis qu'il irait voir à dix francs et qu'il recevrait à cinq francs
feraient peut-être sur ce total une légère diminution compensée
par les consultations avec d'autres médecins et par tous les petits
bénéfices courants de la profession.

Rien de plus facile que d'arriver là avec de la réclame habile, des
échos dans *Le Figaro* indiquant que le corps scientifique parisien
avait les yeux sur lui, s'intéressait à des cures surprenantes entreprises par le jeune et modeste savant havrais. Et il serait plus riche
que son frère, plus riche et célèbre, et content de lui-même, car il
ne devrait sa fortune qu'à lui ; et il se montrerait généreux pour

ses vieux parents, justement fiers de sa renommée. Il ne se marie-
rait pas, ne voulant point encombrer son existence d'une femme
35 unique et gênante, mais il aurait des maîtresses parmi ses clientes
les plus jolies.

Il se sentait si sûr du succès, qu'il sauta hors du lit comme pour
le saisir tout de suite, et il s'habilla afin d'aller chercher par la ville
l'appartement qui lui convenait.

40 Alors, en rôdant à travers les rues, il songea combien sont légères
les causes déterminantes de nos actions. Depuis trois semaines, il
aurait pu, il aurait dû prendre cette résolution née brusquement
en lui, sans aucun doute, à la suite de l'héritage de son frère.

Il s'arrêtait devant les portes où pendait un écriteau annon-
45 çant soit un bel appartement, soit un riche appartement à louer,
les indications sans adjectif le laissant toujours plein de dédain[1].
Alors il visitait avec des façons hautaines[2], mesurait la hauteur des
plafonds, dessinait sur son calepin[3] le plan du logis, les commu-
nications, la disposition des issues, annonçait qu'il était médecin
50 et qu'il recevait beaucoup. Il fallait que l'escalier fût large et bien
tenu ; il ne pouvait monter d'ailleurs au-dessus du premier étage.

Après avoir noté sept ou huit adresses et griffonné deux cents
renseignements, il rentra pour déjeuner avec un quart d'heure de
retard.

55 Dès le vestibule, il entendit un bruit d'assiettes. On mangeait
donc sans lui. Pourquoi ? Jamais on n'était aussi exact dans la maison. Il fut froissé, mécontent, car il était un peu susceptible. Dès
qu'il entra, Roland lui dit :

« Allons, Pierre, dépêche-toi, sacrebleu ! Tu sais que nous allons
60 à deux heures chez le notaire. Ce n'est pas le jour de musarder[4]. »

Le docteur s'assit, sans répondre, après avoir embrassé sa mère
et serré la main de son père et de son frère ; et il prit dans le plat
creux, au milieu de la table, la côtelette réservée pour lui. Elle était
froide et sèche. Ce devait être la plus mauvaise. Il pensa qu'on
65 aurait pu la laisser dans le fourneau jusqu'à son arrivée, et ne pas

---

1. **Dédain :** mépris.
2. **Hautaines :** dédaigneuses.
3. **Calepin :** petit carnet.
4. **Musarder :** traîner.

perdre la tête au point d'oublier complètement l'autre fils, le fils aîné. La conversation, interrompue par son entrée, reprit au point où il l'avait coupée.

« Moi, disait à Jean Mme Roland, voici ce que je ferais tout de suite. Je m'installerais richement, de façon à frapper l'œil, je me montrerais dans le monde, je monterais à cheval, et je choisirais une ou deux causes intéressantes pour les plaider et me bien poser au Palais. Je voudrais être une sorte d'avocat amateur très recherché. Grâce à Dieu, te voici à l'abri du besoin, et si tu prends une profession, en somme, c'est pour ne pas perdre le fruit de tes études et parce qu'un homme ne doit jamais rester à rien faire. » Le père Roland, qui pelait une poire, déclara :

« Cristi ! à ta place, c'est moi qui achèterais un joli bateau, un cotre[1] sur le modèle de nos pilotes. J'irais jusqu'au Sénégal, avec ça. » Pierre, à son tour, donna son avis. En somme, ce n'était pas la fortune qui faisait la valeur morale, la valeur intellectuelle d'un homme. Pour les médiocres elle n'était qu'une cause d'abaissement, tandis qu'elle mettait au contraire un levier puissant aux mains des forts. Ils étaient rares d'ailleurs, ceux-là. Si Jean était vraiment un homme supérieur, il le pourrait montrer maintenant qu'il se trouvait à l'abri du besoin. Mais il lui faudrait travailler cent fois plus qu'il ne l'aurait fait en d'autres circonstances. Il ne s'agissait pas de plaider pour ou contre la veuve et l'orphelin et d'empocher tant d'écus pour tout procès gagné ou perdu, mais de devenir un jurisconsulte[2] éminent, une lumière du droit.

Et il ajouta comme conclusion :

« Si j'avais de l'argent, moi, j'en découperais, des cadavres ! » Le père Roland haussa les épaules :

« Tra la la ! Le plus sage dans la vie c'est de se la couler douce. Nous ne sommes pas des bêtes de peine, mais des hommes. Quand on naît pauvre, il faut travailler ; eh bien ! tant pis, on travaille ; mais quand on a des rentes, sacristi ! il faudrait être jobard[3] pour s'esquinter le tempérament[4]. » Pierre répondit avec hauteur :

---

1. **Cotre :** petit voilier à un seul mât.
2. **Jurisconsulte :** juriste expérimenté.
3. **Jobard :** idiot.
4. **Tempérament :** organisme.

« Nos tendances[1] ne sont pas les mêmes ! Moi, je ne respecte au
100 monde que le savoir et l'intelligence, tout le reste est méprisable. »
Mme Roland s'efforçait toujours d'amortir les heurts incessants
entre le père et le fils ; elle détourna donc la conversation, et parla
d'un meurtre qui avait été commis, la semaine précédente, à Bolbec-
Nointot. Les esprits aussitôt furent occupés par les circonstances envi-
105 ronnant le forfait, et attirés par l'horreur intéressante, par le mystère
attrayant des crimes, qui, même vulgaires, honteux et répugnants,
exercent sur la curiosité humaine une étrange et générale fascination.

De temps en temps, cependant, le père Roland tirait sa montre :
« Allons, dit-il, il va falloir se mettre en route. » Pierre ricana :
110 « Il n'est pas encore une heure. Vrai, ça n'était point la peine de
me faire manger une côtelette froide.

– Viens-tu chez le notaire ? » demanda sa mère.

Il répondit sèchement :

« Moi, non, pour quoi faire ? Ma présence est fort inutile. » Jean
115 demeurait silencieux comme s'il ne s'agissait point de lui. Quand on
avait parlé du meurtre de Bolbec, il avait émis, en juriste, quelques
idées et développé quelques considérations sur les crimes et sur
les criminels. Maintenant, il se taisait de nouveau, mais la clarté
de son œil, la rougeur animée de ses joues, jusqu'au luisant de sa
120 barbe, semblaient proclamer son bonheur.

Après le départ de sa famille, Pierre, se trouvant seul de nouveau, recommença ses investigations du matin à travers les appar-
tements à louer. Après deux ou trois heures d'escaliers montés et
descendus, il découvrit enfin, sur le boulevard François Ier, quelque
125 chose de joli : un grand entresol[2] avec deux portes sur des rues
différentes, deux salons, une galerie vitrée où les malades, en
attendant leur tour, se promèneraient au milieu des fleurs, et une
délicieuse salle à manger en rotonde[3] ayant vue sur la mer.

Au moment de louer, le prix de trois mille francs l'arrêta, car il
130 fallait payer d'avance le premier terme[4], et il n'avait rien, pas un
sou devant lui.

---

1. **Tendances :** principes qui déterminent le comportement face à la vie.
2. **Entresol :** appartement situé entre le rez-de-chaussée et le premier étage.
3. **En rotonde :** circulaire.
4. **Premier terme :** loyer du premier trimestre.

La petite fortune amassée par son père s'élevait à peine à huit mille francs de rentes, et Pierre se faisait ce reproche d'avoir mis souvent ses parents dans l'embarras par ses longues hésitations
135 dans le choix d'une carrière, ses tentatives toujours abandonnées et ses continuels recommencements d'études. Il partit donc en promettant une réponse avant deux jours ; et l'idée lui vint de demander à son frère ce premier trimestre, ou même le semestre, soit quinze cents francs, dès que Jean serait en possession de son
140 héritage.

« Ce sera un prêt de quelques mois à peine, pensait-il. Je le rembourserai peut-être même avant la fin de l'année. C'est tout simple, d'ailleurs, et il sera content de faire cela pour moi. » Comme il n'était pas encore quatre heures, et qu'il n'avait rien à faire, abso-
145 lument rien, il alla s'asseoir dans le Jardin public ; et il demeura longtemps sur son banc, sans idées, les yeux à terre, accablé par une lassitude qui devenait de la détresse.

Tous les jours précédents, depuis son retour dans la maison paternelle, il avait vécu ainsi pourtant, sans souffrir aussi cruelle-
150 ment du vide de l'existence et de son inaction. Comment avait-il donc passé son temps du lever jusqu'au coucher ?

Il avait flâné sur la jetée aux heures de marée, flâné par les rues, flâné dans les cafés, flâné chez Marowsko, flâné partout. Et voilà que, tout à coup, cette vie, supportée jusqu'ici, lui devenait odieuse,
155 intolérable. S'il avait eu quelque argent il aurait pris une voiture pour faire une longue promenade dans la campagne, le long des fossés de ferme ombragés de hêtres et d'ormes ; mais il devait compter le prix d'un bock[1] ou d'un timbre-poste, et ces fantaisies-là ne lui étaient point permises. Il songea soudain combien il est
160 dur, à trente ans passés, d'être réduit à demander, en rougissant, un louis à sa mère, de temps en temps ; et il murmura, en grattant la terre du bout de sa canne :

« Cristi ! si j'avais de l'argent ! » Et la pensée de l'héritage de son frère entra en lui de nouveau, à la façon d'une piqûre de guêpe ;
165 mais il la chassa avec impatience, ne voulant point s'abandonner sur cette pente de jalousie. Autour de lui des enfants jouaient dans la poussière des chemins. Ils étaient blonds avec de longs cheveux, et

---

1. **Bock :** pot à bière (25 cl).

ils faisaient d'un air très sérieux, avec une attention grave, de petites
montagnes de sable pour les écraser ensuite d'un coup de pied.

170   Pierre était dans un de ces jours mornes[1] où on regarde dans
tous les coins de son âme, où on en secoue tous les plis.

« Nos besognes ressemblent aux travaux de ces mioches », pensait-
il. Puis il se demanda si le plus sage dans la vie n'était pas encore
d'engendrer deux ou trois de ces petits êtres inutiles et de les
175   regarder grandir avec complaisance et curiosité. Et le désir du
mariage l'effleura. On n'est pas si perdu, n'étant plus seul. On
entend au moins remuer quelqu'un près de soi aux heures de
trouble et d'incertitude, c'est déjà quelque chose de dire « tu » à
une femme, quand on souffre.

180   Il se mit à songer aux femmes.

Il les connaissait très peu, n'ayant eu au Quartier latin que des
liaisons de quinzaine, rompues quand était mangé l'argent du
mois, et renouées ou remplacées le mois suivant. Il devait exister,
cependant, des créatures très bonnes, très douces et très conso-
185   lantes. Sa mère n'avait-elle pas été la raison et le charme du foyer
paternel ? Comme il aurait voulu connaître une femme, une vraie
femme !

Il se releva tout à coup avec la résolution d'aller faire une petite
visite à Mme Rosémilly.

190   Puis il se rassit brusquement. Elle lui déplaisait, celle-là !

Pourquoi ? Elle avait trop de bon sens vulgaire et bas ; et puis,
ne semblait-elle pas lui préférer Jean ? Sans se l'avouer à lui-même
d'une façon nette, cette préférence entrait pour beaucoup dans sa
mésestime pour l'intelligence de la veuve, car, s'il aimait son frère,
195   il ne pouvait s'abstenir de le juger un peu médiocre et de se croire
supérieur.

Il n'allait pourtant point rester là jusqu'à la nuit, et, comme la
veille au soir, il se demanda anxieusement : « Que vais-je faire ? »
Il se sentait maintenant à l'âme un besoin de s'attendrir, d'être
200   embrassé et consolé. Consolé de quoi ? Il ne l'aurait su dire, mais
il était dans une de ces heures de faiblesse et de lassitude où la
présence d'une femme, la caresse d'une femme, le toucher d'une

---

1. **Mornes :** tristes.

main, le frôlement d'une robe, un doux regard noir ou bleu semblent indispensables et tout de suite, à notre cœur.

205 Et le souvenir lui vint d'une petite bonne de brasserie ramenée un soir chez elle et revue de temps en temps.

Il se leva donc de nouveau pour aller boire un bock avec cette fille. Que lui dirait-il ? Que lui dirait-elle ? Rien, sans doute. Qu'importe ? il lui tiendrait la main quelques secondes ! Elle sem-
210 blait avoir du goût pour lui. Pourquoi donc ne la voyait-il pas plus souvent ?

Il la trouva sommeillant sur une chaise dans la salle de brasserie presque vide. Trois buveurs fumaient leurs pipes, accoudés aux tables de chêne, la caissière lisait un roman, tandis que le patron,
215 en manches de chemise, dormait tout à fait sur la banquette.

Dès qu'elle l'aperçut, la fille se leva vivement et, venant à lui :

« Bonjour, comment allez-vous ?

– Pas mal, et toi ?

– Moi, très bien. Comme vous êtes rare.

220 – Oui, j'ai très peu de temps à moi. Tu sais que je suis médecin.

– Tiens, vous ne me l'aviez pas dit. Si j'avais su, j'ai été souffrante la semaine dernière, je vous aurais consulté. Qu'est-ce que vous prenez ?

– Un bock, et toi ?

225 – Moi, un bock aussi, puisque tu me le payes. » Et elle continua à le tutoyer comme si l'offre de cette consommation en avait été la permission tacite[1]. Alors, assis face à face, ils causèrent. De temps en temps elle lui prenait la main avec cette familiarité facile des filles dont la caresse est à vendre, et le regardant avec des yeux
230 engageants elle lui disait :

« Pourquoi ne viens-tu pas plus souvent ? Tu me plais beau-coup, mon chéri. » Mais déjà il se dégoûtait d'elle, la voyait bête, commune, sentant le peuple. Les femmes, se disait-il, doivent nous apparaître dans un rêve ou dans une auréole de luxe qui poétise
235 leur vulgarité.

Elle lui demandait :

« Tu es passé l'autre matin avec un beau blond à grande barbe, est-ce ton frère ?

---

1. **Tacite :** inexprimée.

– Oui, c'est mon frère.

240 – Il est rudement joli garçon.

– Tu trouves ?

– Mais oui, et puis il a l'air d'un bon vivant. » Quel étrange besoin le poussa tout à coup à raconter à cette servante de brasserie l'héritage de Jean ? Pourquoi cette idée, qu'il rejetait de lui

245 lorsqu'il se trouvait seul, qu'il repoussait par crainte du trouble apporté dans son âme, lui vint-elle aux lèvres en cet instant, et pourquoi la laissa-t-il couler, comme s'il eût eu besoin de vider de nouveau devant quelqu'un son cœur gonflé d'amertume ?

Il dit en croisant ses jambes :

250 « Il a joliment de la chance, mon frère, il vient d'hériter de vingt mille francs de rente. » Elle ouvrit tout grands ses yeux bleus et cupides :

« Oh ! et qui est-ce qui lui a laissé cela, sa grand-mère ou bien sa tante ?

255 – Non, un vieil ami de mes parents.

– Rien qu'un ami ? Pas possible ! Et il ne t'a rien laissé, à toi ?

– Non. Moi je le connaissais très peu. »

Elle réfléchit quelques instants, puis, avec un sourire drôle sur les lèvres :

260 « Eh bien, il a de la chance, ton frère, d'avoir des amis de cette espèce-là ! Vrai, ça n'est pas étonnant qu'il te ressemble si peu ! » Il eut envie de la gifler sans savoir au juste pourquoi, et il demanda, la bouche crispée :

« Qu'est-ce que tu entends par là ? » Elle avait pris un air bête et naïf :

265 « Moi, rien. Je veux dire qu'il a plus de chance que toi. » Il jeta vingt sous sur la table et sortit.

Maintenant il se répétait cette phrase : « Ça n'est pas étonnant qu'il te ressemble si peu. » Qu'avait-elle pensé ? Qu'avait-elle sous-entendu dans ces mots ? Certes il y avait là une malice, une

270 méchanceté, une infamie[1]. Oui, cette fille avait dû croire que Jean était le fils de Maréchal.

L'émotion qu'il ressentit à l'idée de ce soupçon jeté sur sa mère fut si violente qu'il s'arrêta et qu'il chercha de l'œil un endroit pour s'asseoir.

---

1. **Infamie :** bassesse.

275 Un autre café se trouvait en face de lui, il y entra, prit une chaise, et comme le garçon se présentait : « Un bock », dit-il.

Il sentait battre son cœur ; des frissons lui couraient sur la peau. Et tout à coup le souvenir lui vint de ce qu'avait dit Marowsko la veille : « Ça ne fera pas bon effet. » Avait-il eu la même pensée, le
280 même soupçon que cette drôlesse[1] ?

La tête penchée sur son bock il regardait la mousse blanche pétiller et fondre, et il se demandait : « Est-ce possible qu'on croie une chose pareille ? » Les raisons qui feraient naître ce doute odieux dans les esprits lui apparaissaient maintenant l'une après
285 l'autre, claires, évidentes, exaspérantes. Qu'un vieux garçon[2] sans héritiers laisse sa fortune aux deux enfants d'un ami, rien de plus simple et de plus naturel, mais qu'il la donne tout entière à un seul de ces enfants, certes le monde s'étonnera, chuchotera et finira par sourire. Comment n'avait-il pas prévu cela, comment son père
290 ne l'avait-il pas senti, comment sa mère ne l'avait-elle pas deviné ? Non, ils s'étaient trouvés trop heureux de cet argent inespéré pour que cette idée les effleurât. Et puis comment ces honnêtes gens auraient-ils soupçonné une pareille ignominie[3] ?

Mais le public, mais le voisin, le marchand, le fournisseur, tous
295 ceux qui les connaissaient, n'allaient-ils pas répéter cette chose abominable, s'en amuser, s'en réjouir, rire de son père et mépriser sa mère ?

Et la remarque faite par la fille de brasserie que Jean était blond et lui brun, qu'ils ne se ressemblaient ni de figure, ni de démarche,
300 ni de tournure, ni d'intelligence, frapperait maintenant tous les yeux et tous les esprits. Quand on parlerait d'un fils Roland on dirait : « Lequel, le vrai ou le faux ? » Il se leva avec la résolution de prévenir son frère, de le mettre en garde contre cet affreux danger menaçant l'honneur de leur mère. Mais que ferait Jean ? Le plus
305 simple, assurément, serait de refuser l'héritage qui irait alors aux pauvres, et de dire seulement aux amis et connaissances informés de ce legs que le testament contenait des clauses et conditions

---

1. **Drôlesse :** femme effrontée et dévergondée.
2. **Vieux garçon :** homme célibataire.
3. **Ignominie :** action ignoble.

inacceptables qui auraient fait de Jean, non pas un héritier, mais un dépositaire[1].

310   Tout en rentrant à la maison paternelle, il songeait qu'il devait voir son frère seul, afin de ne point parler devant ses parents d'un pareil sujet.

Dès la porte il entendit un grand bruit de voix et de rires dans le salon, et, comme il entrait, il entendit Mme Rosémilly et le capi-
315   taine Beausire, ramenés par son père et gardés à dîner afin de fêter la bonne nouvelle.

On avait fait apporter du vermouth[2] et de l'absinthe[3] pour se mettre en appétit, et on s'était mis d'abord en belle humeur.

Le capitaine Beausire, un petit homme tout rond à force d'avoir
320   roulé sur la mer, et dont toutes les idées semblaient rondes aussi, comme les galets des rivages, et qui riait avec des *r* plein la gorge, jugeait la vie une chose excellente dont tout était bon à prendre.

Il trinquait avec le père Roland, tandis que Jean présentait aux dames deux nouveaux verres pleins.

325   Mme Rosémilly refusait, quand le capitaine Beausire, qui avait connu feu son époux[4], s'écria :

« Allons, allons, Madame, *bis repetita placent*[5], comme nous disons en patois, ce qui signifie : "Deux vermouths ne font jamais mal." Moi, voyez-vous, depuis que je ne navigue plus, je me donne
330   comme ça, chaque jour, avant dîner, deux ou trois coups de roulis artificiel ! J'y ajoute un coup de tangage[6] après le café, ce qui me fait grosse mer pour la soirée. Je ne vais jamais jusqu'à la tempête par exemple, jamais, jamais, car je crains les avaries[7]. » Roland, dont le vieux long-courrier flattait la manie nautique, riait de tout

---

1. **Dépositaire :** qui a l'argent en dépôt, mais qui ne peut en disposer librement.
2. **Vermouth :** apéritif à base de vin et aromatisé de plantes amères et toniques.
3. **Absinthe :** liqueur alcoolique extraite de la plante du même nom.
4. **Feu son époux :** son époux décédé.
5. *Bis repetita placent :* « Les choses répétées deux fois plaisent. » Aphorisme imaginé d'après Horace *(Art poétique)*, qui dit que telle œuvre ne plaira qu'une fois quand telle autre, même répétée dix fois, plaira toujours.
6. **Roulis [...] tangage :** mouvements d'oscillation qu'imprime la houle à un bateau. Le roulis se fait latéralement ; le tangage, d'avant en arrière.
7. **Avaries :** dommages survenus à un navire.

335 son cœur, la face déjà rouge et l'œil troublé par l'absinthe. Il avait
un gros ventre de boutiquier, rien qu'un ventre où semblait réfugié
le reste de son corps, un de ces ventres mous d'hommes toujours
assis, qui n'ont plus ni cuisses, ni poitrine, ni bras, ni cou, le fond
de leur chaise ayant tassé toute leur matière au même endroit.

340 Beausire au contraire, bien que court et gros, semblait plein
comme un œuf et dur comme une balle.

Mme Roland n'avait point vidé son premier verre, et, rose de
bonheur, le regard brillant, elle contemplait son fils Jean.

Chez lui maintenant la crise de joie éclatait. C'était une affaire
345 finie, une affaire signée, il avait vingt mille francs de rentes. Dans
la façon dont il riait, dont il parlait avec une voix plus sonore, dont
il regardait les gens, à ses manières plus nettes, à son assurance
plus grande, on sentait l'aplomb que donne l'argent.

Le dîner fut annoncé, et comme le vieux Roland allait offrir
350 son bras à Mme Rosémilly : « Non, non, père, cria sa femme,
aujourd'hui tout est pour Jean. » Sur la table éclatait un luxe inac-
coutumé : devant l'assiette de Jean, assis à la place de son père, un
énorme bouquet rempli de faveurs[1] de soie, un vrai bouquet de
grande cérémonie, s'élevait comme un dôme pavoisé[2], flanqué[3]
355 de quatre compotiers dont l'un contenait une pyramide de pêches
magnifiques, le second un gâteau monumental gorgé de crème
fouettée et couvert de clochettes de sucre fondu, une cathédrale
en biscuit, le troisième des tranches d'ananas noyées dans un sirop
clair, et le quatrième, luxe inouï, du raisin noir, venu des pays
360 chauds.

« Bigre ! dit Pierre en s'asseyant, nous célébrons l'avènement de
Jean le Riche. » Après le potage on offrit du madère[4] ; et tout le
monde déjà parlait en même temps. Beausire racontait un dîner
qu'il avait fait à Saint-Domingue à la table d'un général nègre. Le
365 père Roland l'écoutait, tout en cherchant à glisser entre les phrases
le récit d'un autre repas donné par un de ses amis, à Meudon, et
dont chaque convive avait été quinze jours malade.

---

1. **Faveurs** : rubans.
2. **Pavoisé** : orné de drapeaux.
3. **Flanqué** : garni sur ses flancs.
4. **Madère** : vin de Madère.

Mme Rosémilly, Jean et sa mère faisaient un projet d'excursion et de déjeuner à Saint-Jouin, dont ils se promettaient déjà un plaisir infini ; et Pierre regrettait de ne pas avoir dîné seul, dans une gargote[1] au bord de la mer, pour éviter tout ce bruit, ces rires et cette joie qui l'énervaient.

Il cherchait comment il allait s'y prendre, maintenant, pour dire à son frère ses craintes et pour le faire renoncer à cette fortune acceptée déjà, dont il jouissait, dont il se grisait d'avance. Ce serait dur pour lui, certes, mais il le fallait : il ne pouvait hésiter, la réputation de leur mère étant menacée.

L'apparition d'un bar[2] énorme rejeta Roland dans les récits de pêche. Beausire en narra de surprenantes au Gabon, à Sainte-Marie de Madagascar et surtout sur les côtes de la Chine et du Japon, où les poissons ont des figures drôles comme les habitants. Et il racontait les mines de ces poissons, leurs gros yeux d'or, leurs ventres bleus ou rouges, leurs nageoires bizarres, pareilles à des éventails, leur queue coupée en croissant de lune, en mimant d'une façon si plaisante que tout le monde riait aux larmes en l'écoutant.

Seul, Pierre paraissait incrédule et murmurait :

« On a bien raison de dire que les Normands sont les Gascons du Nord. » Après le poisson vint un vol-au-vent[3], puis un poulet rôti, une salade, des haricots verts et un pâté d'alouettes de Pithiviers. La bonne de Mme Rosémilly aidait au service ; et la gaieté allait croissant avec le nombre des verres de vin. Quand sauta le bouchon de la première bouteille de champagne, le père Roland, très excité, imita avec sa bouche le bruit de cette détonation, puis déclara :

« J'aime mieux ça qu'un coup de pistolet. » Pierre, de plus en plus agacé, répondit en ricanant :

« Cela est peut-être, cependant, plus dangereux pour toi. » Roland, qui allait boire, reposa son verre plein sur la table et demanda :

---

1. **Gargote :** restaurant à bon marché.
2. **Bar :** poisson à la chair très estimée.
3. **Vol-au-vent :** entrée composée d'un moule en pâte feuilletée garnie d'une préparation de viandes ou de poisson.

400 « Pourquoi donc ? » Depuis longtemps il se plaignait de sa santé, de lourdeurs, de vertiges, de malaises constants et inexplicables. Le docteur reprit :

« Parce que la balle du pistolet peut fort bien passer à côté de toi, tandis que le verre de vin te passe forcément dans le ventre.

405 – Et puis ?

– Et puis il te brûle l'estomac, désorganise le système nerveux, alourdit la circulation et prépare l'apoplexie¹ dont sont menacés tous les hommes de ton tempérament. » L'ivresse croissante de l'ancien bijoutier paraissait dissipée comme une fumée par le vent ;

410 et il regardait son fils avec des yeux inquiets et fixes, cherchant à comprendre s'il ne se moquait pas.

Mais Beausire s'écria :

« Ah ! ces sacrés médecins, toujours les mêmes : ne mangez pas, ne buvez pas, n'aimez pas, et ne dansez pas en rond. Tout

415 ça fait du bobo à petite santé. Eh bien ! j'ai pratiqué tout ça, moi, Monsieur, dans toutes les parties du monde, partout où j'ai pu, et le plus que j'ai pu, et je ne m'en porte pas plus mal. » Pierre répondit avec aigreur :

« D'abord, vous, capitaine, vous êtes plus fort que mon père ; et

420 puis tous les viveurs² parlent comme vous jusqu'au jour où... et ils ne reviennent pas le lendemain dire au médecin prudent : "Vous aviez raison, docteur." Quand je vois mon père faire ce qu'il y a de plus mauvais et de plus dangereux pour lui, il est bien naturel que je le prévienne. Je serais un mauvais fils si j'agissais autrement. »

425 Mme Roland, désolée, intervint à son tour :

« Voyons, Pierre, qu'est-ce que tu as ? Pour une fois, ça ne lui fera pas de mal. Songe quelle fête pour lui, pour nous. Tu vas gâter tout son plaisir et nous chagriner tous. C'est vilain, ce que tu fais là ! » Il murmura en haussant les épaules :

430 « Qu'il fasse ce qu'il voudra, je l'ai prévenu. » Mais le père Roland ne buvait pas. Il regardait son verre, son verre plein de vin lumineux et clair, dont l'âme légère, l'âme enivrante s'envolait par petites bulles venues du fond et montant, pressées et rapides, s'évaporer à

---

1. **Apoplexie :** arrêt brusque des fonctions cérébrales, sans que la respiration et la circulation soient interrompues.

2. **Viveurs :** hommes qui mènent une vie de plaisirs.

la surface ; il le regardait avec une méfiance de renard qui trouve
435 une poule morte et flaire un piège.

Il demanda, en hésitant :

« Tu crois que ça me ferait beaucoup de mal ? » Pierre eut un
remords et se reprocha de faire souffrir les autres de sa mauvaise
humeur.

440 « Non, va, pour une fois, tu peux le boire ; mais n'en abuse point
et n'en prends pas l'habitude. » Alors le père Roland leva son verre
sans se décider encore à le porter à sa bouche. Il le contemplait
douloureusement, avec envie et avec crainte ; puis il le flaira,
le goûta, le but par petits coups, en les savourant, le cœur plein
445 d'angoisse, de faiblesse et de gourmandise, puis de regrets, dès
qu'il eut absorbé la dernière goutte.

Pierre, soudain, rencontra l'œil de Mme Rosémilly ; il était fixé
sur lui, limpide et bleu, clairvoyant et dur. Et il sentit, il pénétra, il
devina la pensée nette qui animait ce regard, la pensée irritée de
450 cette petite femme à l'esprit simple et droit, car ce regard disait :
« Tu es jaloux, toi. C'est honteux, cela. » Il baissa la tête en se
remettant à manger.

Il n'avait pas faim, il trouvait tout mauvais. Une envie de partir
le harcelait, une envie de n'être plus au milieu de ces gens, de ne
455 plus les entendre causer, plaisanter et rire.

Cependant le père Roland, que les fumées du vin recommen-
çaient à troubler, oubliait déjà les conseils de son fils et regardait
d'un œil oblique et tendre une bouteille de champagne presque
pleine encore à côté de son assiette. Il n'osait la toucher, par crainte
460 d'admonestation[1] nouvelle, et il cherchait par quelle malice, par
quelle adresse, il pourrait s'en emparer sans éveiller les remarques
de Pierre. Une ruse lui vint, la plus simple de toutes : il prit la bouteille avec nonchalance[2] et, la tenant par le fond, tendit le bras à
travers la table pour emplir d'abord le verre du docteur qui était
465 vide ; puis il fit le tour des autres verres, et quand il en vint au
sien il se mit à parler très haut, et s'il versa quelque chose dedans
on eût juré certainement que c'était par inadvertance. Personne
d'ailleurs n'y fit attention.

---

1. **Admonestation :** remontrance.
2. **Avec nonchalance :** négligemment.

Pierre, sans y songer, buvait beaucoup. Nerveux et agacé, il pre-
470 nait à tout instant, et portait à ses lèvres d'un geste inconscient la
longue flûte de cristal où l'on voyait courir les bulles dans le liquide
vivant et transparent. Il le faisait alors couler très lentement dans sa
bouche pour sentir la petite piqûre du gaz évaporé sur sa langue.

Peu à peu une chaleur douce emplit son corps. Partie du ventre,
475 qui semblait en être le foyer, elle gagnait la poitrine, envahissait
les membres, se répandait dans toute la chair, comme une onde
tiède et bienfaisante portant de la joie avec elle. Il se sentait mieux,
moins impatient, moins mécontent ; et sa résolution de parler à
son frère ce soir-là même s'affaiblissait, non pas que la pensée d'y
480 renoncer l'eût effleuré, mais pour ne point troubler si vite le bien-
être qu'il sentait en lui.

Beausire se leva afin de porter un toast.

Ayant salué à la ronde, il prononça :

« Très gracieuses dames, Messeigneurs, nous sommes réunis
485 pour célébrer un événement heureux qui vient de frapper un de
nos amis. On disait autrefois que la fortune était aveugle, je crois
qu'elle était simplement myope ou malicieuse et qu'elle vient de
faire emplette d'une excellente jumelle marine, qui lui avait permis
de distinguer dans le port du Havre le fils de notre brave camarade
490 Roland, capitaine de la *Perle*. » Des bravos jaillirent des bouches,
soutenus par des battements de mains ; et Roland père se leva
pour répondre.

Après avoir toussé, car il sentait sa gorge grasse et sa langue un
peu lourde, il bégaya :
495 « Merci, capitaine, merci pour moi et mon fils. Je n'oublierai
jamais votre conduite en cette circonstance. Je bois à vos désirs. »
Il avait les yeux et le nez pleins de larmes, et il se rassit, ne trouvant plus rien.

Jean, qui riait, prit la parole à son tour :
500 « C'est moi, dit-il, qui dois remercier ici les amis dévoués, les
amis excellents (il regardait Mme Rosémilly), qui me donnent
aujourd'hui cette preuve touchante de leur affection.

Mais ce n'est point par des paroles que je peux leur témoigner
ma reconnaissance. Je la leur prouverai demain, à tous les instants
505 de ma vie, toujours, car notre amitié n'est point de celles qui passent. »
Sa mère, fort émue, murmura :

« Très bien, mon enfant. » Mais Beausire s'écriait :

« Allons, madame Rosémilly, parlez au nom du beau sexe[1]. » Elle leva son verre, et, d'une voix gentille, un peu nuancée de tristesse :

510 « Moi, dit-elle, je bois à la mémoire bénie de M. Maréchal. » Il y eut quelques secondes d'accalmie, de recueillement décent, comme après une prière, et Beausire, qui avait le compliment coulant[2], fit cette remarque :

« Il n'y a que les femmes pour trouver de ces délicatesses. » Puis
515 se tournant vers Roland père :

« Au fond, qu'est-ce que c'était ce Maréchal ? Vous étiez donc bien intimes avec lui ? » Le vieux, attendri par l'ivresse, se mit à pleurer, et d'une voix bredouillante :

« Un frère... vous savez... un de ceux qu'on ne retrouve plus...
520 nous ne nous quittions pas... il dînait à la maison tous les soirs... et il nous payait de petites fêtes au théâtre... je ne vous dis que ça... que ça... que ça... Un ami, un vrai... un vrai... n'est-ce pas, Louise ? » Sa femme répondit simplement :

« Oui, c'était un fidèle ami. » Pierre regardait son père et sa mère,
525 mais comme on parla d'autre chose, il se remit à boire.

De la fin de cette soirée il n'eut guère de souvenir. On avait pris le café, absorbé des liqueurs, et beaucoup ri en plaisantant. Puis il se coucha, vers minuit, l'esprit confus et la tête lourde. Et il dormit comme une brute[3] jusqu'à neuf heures le lendemain.

---

1. **Beau sexe :** sexe féminin.
2. **Qui avait le compliment coulant :** qui faisait des compliments aisément.
3. **Il dormit comme une brute :** il dormit d'un sommeil profond.

Clefs d'analyse

Action et personnages

1. À quel moment de la journée se situe le repas de fête ? Quel(s) autre(s) épisode(s) rappelle-t-il ?

2. Analysez la construction du chapitre. Sur quel principe est-il construit ? Analysez la place de Jean dans sa famille au cours des différents épisodes de ce chapitre.

3. Quelle exclamation poussée par Pierre le rapproche de son père ?

4. Que pense Pierre de la servante de brasserie ? Son opinion est-elle pertinente ?

5. Quelle couleur, associée aux visages, dit la joie lors du repas ? Qui en est exclu ?

6. Analysez les descriptions physiques de Roland et de Beausire. Concordent-elles ? Que disent-elles de leur caractère ?

7. Relevez les passages qui marquent la proximité de Mme Rosémilly et Mme Roland.

Langue

8. Quelle est l'étymologie du mot « médiocre » (l. 195) ?

9. « On a bien raison de dire que les Normands sont les Gascons du Nord » (l. 387-388). Quelle est cette figure de style ?

10. « Les esprits aussitôt furent occupés par les circonstances environnant le forfait, et attirés par l'horreur intéressante, par le mystère attrayant des crimes, qui, même vulgaires, honteux et répugnants, exercent sur la curiosité humaine une étrange et générale fascination » (l. 104-107). Qui parle dans cet extrait ? Quelle forme prend la conclusion du propos ?

11. Relevez les occurrences du mot « piqûre ». Le mot est-il utilisé à chaque fois dans le même sens ? Peut-on mettre en relation les passages dans lesquels ces mots apparaissent ? Quel sens prend alors ce rapprochement ?

Genre ou thèmes

12. Quand Pierre évoque la possibilité de se marier, quelles femmes évoque-t-il successivement ? Précisez sa vision de la femme et du mariage.

13. Comment la serveuse appelle-t-elle Jean lors de leur discussion dans la brasserie ? Pierre est-il associé dans ce chapitre à la vie ou à la mort ?

Écriture

14. En vous appuyant sur les informations contenues dans les lignes des pages 83-84, imaginez les pensées de Mme Rosémilly quand Pierre veut dissuader son père de boire du champagne.

Pour aller plus loin

15. Faites des recherches sur la théorie médiévale des quatre humeurs.

16. Faites des recherches sur la théorie de la physiognomie, en vogue au XIXe siècle, ainsi que sur ses origines.

✳ À retenir

La construction d'un chapitre obéit toujours à la fois à un principe d'unité (le chapitre développe un thème central) et un principe de variété (entre l'ouverture et la clôture du chapitre, un certain nombre d'éléments changent ou évoluent). Par ailleurs, sa composition est assise sur des effets de symétrie (parallèles ou oppositions) et d'échos qui lui donnent sens.

IV

Ce sommeil baigné de champagne et de chartreuse[1] l'avait sans doute adouci et calmé, car il s'éveilla en des dispositions d'âme très bienveillantes. Il appréciait, pesait et résumait, en s'habillant, ses émotions de la veille, cherchant à en dégager bien nettement
5 et bien complètement les causes réelles, secrètes, les causes personnelles en même temps que les causes extérieures.

Il se pouvait en effet que la fille de brasserie eût eu une mauvaise pensée, une vraie pensée de prostituée, en apprenant qu'un seul des fils Roland héritait d'un inconnu ; mais ces créatures-là n'ont-
10 elles pas toujours des soupçons pareils, sans l'ombre d'un motif, sur toutes les honnêtes femmes ? Ne les entend-on pas, chaque fois qu'elles parlent, injurier, calomnier[2], diffamer[3] toutes celles qu'elles devinent irréprochables ? Chaque fois qu'on cite devant elles une personne inattaquable, elles se fâchent, comme si on les
15 outrageait[4], et s'écrient : « Ah ! tu sais, je les connais tes femmes mariées, c'est du propre ! Elles ont plus d'amants que nous, seulement elles les cachent parce qu'elles sont hypocrites. Ah ! oui, c'est du propre ! » En toute autre occasion il n'aurait certes pas compris, pas même supposé possibles des insinuations de cette nature sur
20 sa pauvre mère, si bonne, si simple, si digne. Mais il avait l'âme troublée par ce levain[5] de jalousie qui fermentait en lui.

Son esprit surexcité, à l'affût pour ainsi dire, et malgré lui, de tout ce qui pouvait nuire à son frère, avait même peut-être prêté à cette vendeuse de bocks des intentions odieuses qu'elle n'avait pas
25 eues. Il se pouvait que son imagination seule, cette imagination qu'il ne gouvernait point, qui échappait sans cesse à sa volonté, s'en allait libre, hardie, aventureuse et sournoise dans l'univers

---

1. **Chartreuse :** liqueur aux herbes fabriquée par les moines chartreux.
2. **Calomnier :** salir l'honneur.
3. **Diffamer :** porter atteinte à la réputation.
4. **Outrageait :** offensait gravement.
5. **Levain :** ferment.

infini des idées, et en rapportait parfois d'inavouables, de hon-
teuses, qu'elle cachait en lui, au fond de son âme, dans les replis
30 insondables, comme des choses volées ; il se pouvait que cette
imagination seule eût créé, inventé cet affreux doute. Son cœur,
assurément, son propre cœur avait des secrets pour lui ; et ce cœur
blessé n'avait-il pas trouvé dans ce doute abominable un moyen de
priver son frère de cet héritage qu'il jalousait ? Il se suspectait lui-
35 même, à présent, interrogeant, comme les dévots[1] leur conscience,
tous les mystères de sa pensée.

Certes, Mme Rosémilly, bien que son intelligence fût limitée,
avait le tact, le flair et le sens subtil des femmes. Or cette idée ne
lui était pas venue, puisqu'elle avait bu, avec une simplicité par-
40 faite, à la mémoire bénie de feu Maréchal. Elle n'aurait point fait
cela, elle, si le moindre soupçon l'eût effleurée. Maintenant il ne
doutait plus, son mécontentement involontaire de la fortune tombée sur son frère et aussi, assurément, son amour religieux pour sa
mère avaient exalté ses scrupules, scrupules pieux[2] et respectables,
45 mais exagérés.

En formulant cette conclusion, il fut content, comme on l'est
d'une bonne action accomplie, et il se résolut à se montrer gentil
pour tout le monde, en commençant par son père dont ces manies,
les affirmations niaises, les opinions vulgaires et la médiocrité trop
50 visible l'irritaient sans cesse.

Il ne rentra pas en retard à l'heure du déjeuner et il amusa toute
sa famille par son esprit et sa bonne humeur.

Sa mère lui disait, ravie :

« Mon Pierrot, tu ne te doutes pas comme tu es drôle et spirituel,
55 quand tu veux bien. » Et il parlait, trouvait des mots, faisait rire
par des portraits ingénieux de leurs amis. Beausire lui servit de
cible, et un peu Mme Rosémilly, mais d'une façon discrète, pas trop
méchante. Et il pensait, en regardant son frère : « Mais défends-la
donc, jobard ; tu as beau être riche, je t'éclipserai toujours quand il
60 me plaira. » Au café, il dit à son père :

« Est-ce que tu te sers de la *Perle* aujourd'hui ?

– Non, mon garçon.

---

1. **Dévots** : personnes très religieuses.
2. **Pieux** : respectueux.

– Je peux la prendre avec Jean-Bart ?

– Mais oui, tant que tu voudras. » Il acheta un bon cigare, au premier débit de tabac rencontré, et il descendit, d'un pied joyeux, vers le port.

Il regardait le ciel clair, lumineux, d'un bleu léger, rafraîchi, lavé par la brise de la mer.

Le matelot Papagris, dit Jean-Bart, sommeillait au fond de la barque qu'il devait tenir prête à sortir tous les jours à midi, quand on n'allait pas à la pêche le matin.

« À nous deux, patron ! » cria Pierre.

Il descendit l'échelle de fer du quai et sauta dans l'embarcation.

« Quel vent ? dit-il.

– Toujours vent d'amont, m'sieu Pierre. J'avons bonne brise au large.

– Eh bien ! mon père, en route. » Ils hissèrent la misaine[1], levèrent l'ancre, et le bateau, libre, se mit à glisser lentement vers la jetée sur l'eau calme du port. Le faible souffle d'air venu par les rues tombait sur le haut de la voile, si doucement qu'on ne sentait rien, et la *Perle* semblait animée d'une vie propre, de la vie des barques, poussée par une force mystérieuse cachée en elle. Pierre avait pris la barre et, le cigare aux dents, les jambes allongées sur le banc, les yeux mi-fermés sous les rayons aveuglants du soleil, il regardait passer contre lui les grosses pièces de bois goudronné du brise-lames.

Quand ils débouchèrent en pleine mer, en atteignant la pointe de la jetée nord qui les abritait, la brise, plus fraîche, glissa sur le visage et sur les mains du docteur comme une caresse un peu froide, entra dans sa poitrine qui s'ouvrit, en un long soupir, pour la boire, et, enflant la voile brune qui s'arrondit, fit s'incliner la *Perle* et la rendit plus alerte.

Jean-Bart tout à coup hissa le foc[2], dont le triangle, plein de vent, semblait une aile, puis gagnant l'arrière en deux enjambées il dénoua le tapecul[3] amarré contre son mât.

---

1. **Misaine :** voile de l'avant du navire.
2. **Foc :** voile triangulaire.
3. **Tapecul :** voile placée en arrière de la barre.

Alors, sur le flanc de la barque couchée brusquement, et courant maintenant de toute sa vitesse, ce fut un bruit doux et vif d'eau qui bouillonne et qui fuit.

L'avant ouvrait la mer, comme le soc[1] d'une charrue folle, et
100 l'onde soulevée, souple et blanche d'écume, s'arrondissait et retombait, comme retombe brune et lourde, la terre labourée des champs.

À chaque vague rencontrée – elles étaient courtes et rapprochées – une secousse secouait la *Perle* du bout du foc au gouvernail
105 qui frémissait dans la main de Pierre ; et quand le vent, pendant quelques secondes, soufflait plus fort, les flots effleuraient le bordage comme s'ils allaient envahir la barque. Un vapeur charbonnier[2] de Liverpool était à l'ancre attendant la marée ; ils allèrent tourner par-derrière, puis ils visitèrent, l'un après l'autre, les navires en rade,
110 puis ils s'éloignèrent un peu plus pour voir se dérouler la côte.

Pendant trois heures, Pierre, tranquille, calme et content, vagabonda sur l'eau frémissante, gouvernant, comme une bête ailée, rapide et docile, cette chose de bois et de toile qui allait et venait à son caprice, sous une pression de ses doigts.

115 Il rêvassait, comme on rêvasse sur le dos d'un cheval ou sur le pont d'un bateau, pensant à son avenir, qui serait beau, et à la douceur de vivre avec intelligence. Dès le lendemain il demanderait à son frère de lui prêter, pour trois mois, quinze cents francs afin de s'installer tout de suite dans le joli appartement du boulevard
120 François-Ier.

Le matelot dit tout à coup :

« V'là d'la brume, m'sieur Pierre, faut rentrer. » Il leva les yeux et aperçut vers le nord une ombre grise, profonde et légère, noyant le ciel et couvrant la mer, accourant vers eux, comme un nuage
125 tombé d'en haut.

Il vira de bord, et, vent arrière, fit route vers la jetée, suivi par la brume rapide qui le gagnait. Lorsqu'elle atteignit la *Perle*, l'enveloppant dans son imperceptible épaisseur, un frisson de froid courut sur les membres de Pierre, et une odeur de fumée et de
130 moisissure, l'odeur bizarre des brouillards marins, lui fit fermer la

---

1. **Soc :** lame de métal triangulaire qui sert à retourner la terre.
2. **Vapeur charbonnier :** bateau à vapeur qui transporte du charbon.

bouche pour ne point goûter cette nuée humide et glacée. Quand la barque reprit dans le port sa place accoutumée, la ville entière était ensevelie déjà sous cette vapeur menue, qui, sans tomber, mouillait comme une pluie et glissait sur les maisons et les rues à 135 la façon d'un fleuve qui coule.

Pierre, les pieds et les mains gelés, rentra vite et se jeta sur son lit pour sommeiller jusqu'au dîner. Lorsqu'il parut dans la salle à manger, sa mère disait à Jean :

« La galerie sera ravissante. Nous y mettrons les fleurs. Tu verras. 140 Je me chargerai de leur entretien et de leur renouvellement. Quand tu donneras des fêtes, ça aura un coup d'œil[1] féerique.

– De quoi parlez-vous donc ? demanda le docteur.

– D'un appartement délicieux que je viens de louer pour ton frère. Une trouvaille, un entresol donnant sur deux rues. Il a deux 145 salons, une galerie vitrée et une petite salle à manger en rotonde, tout à fait coquette pour un garçon. » Pierre pâlit. Une colère lui serrait le cœur.

« Où est-ce situé, cela ? dit-il.

– Boulevard François-Ier. » Il n'eut plus de doutes et s'assit, tel- 150 lement exaspéré qu'il avait envie de crier : « C'est trop fort à la fin ! Il n'y en a donc plus que pour lui ! » Sa mère, radieuse, parlait toujours :

« Et figure-toi que j'ai eu cela pour deux mille huit cents francs. On en voulait trois mille, mais j'ai obtenu deux cents francs de 155 diminution en faisant un bail de trois, six ou neuf ans. Ton frère sera parfaitement là-dedans. Il suffit d'un intérieur élégant pour faire la fortune d'un avocat. Cela attire le client, le séduit, le retient, lui donne du respect et lui fait comprendre qu'un homme ainsi logé fait payer cher ses paroles. » Elle se tut quelques secondes, et 160 reprit :

« Il faudrait trouver quelque chose d'approchant pour toi, bien plus modeste puisque tu n'as rien, mais assez gentil tout de même. Je t'assure que cela te servirait beaucoup. » Pierre répondit d'un ton dédaigneux[2] :

---

1. **Coup d'œil :** aspect.
2. **Dédaigneux :** méprisant.

165 « Oh ! moi, c'est par le travail et la science que j'arriverai. » Sa
mère insista :

« Oui, mais je t'assure qu'un joli logement te servirait beaucoup
tout de même. » Vers le milieu du repas il demanda tout à coup :

« Comment l'aviez-vous connu, ce Maréchal ? » Le père Roland
170 leva la tête et chercha dans ses souvenirs :

« Attends, je ne me rappelle plus trop. C'est si vieux. Ah ! oui,
j'y suis. C'est ta mère qui a fait sa connaissance dans la boutique,
n'est-ce pas, Louise ? Il était venu commander quelque chose, et
puis il est revenu souvent. Nous l'avons connu comme client avant
175 de le connaître comme ami. » Pierre, qui mangeait des flageolets et
les piquait un à un avec une pointe de sa fourchette, comme s'il les
eût embrochés, reprit :

« À quelle époque ça s'est-il fait, cette connaissance-là ? » Roland
chercha de nouveau, mais ne se souvenant plus de rien, il fit appel
180 à la mémoire de sa femme :

« En quelle année, voyons, Louise, tu ne dois pas avoir oublié, toi
qui as un si bon souvenir ? Voyons, c'était en... en... en cinquante-
cinq ou cinquante-six ?... Mais cherche donc, tu dois le savoir
mieux que moi ! » Elle chercha quelque temps en effet, puis d'une
185 voix sûre et tranquille :

« C'était en cinquante-huit, mon gros. Pierre avait alors trois ans. Je
suis bien certaine de ne pas me tromper, car c'est l'année où l'enfant
eut la fièvre scarlatine, et Maréchal, que nous connaissions encore
très peu, nous a été d'un grand secours. » Roland s'écria : « C'est vrai,
190 c'est vrai, il a été admirable, même ! Comme ta mère n'en pouvait plus
de fatigue et que moi j'étais occupé à la boutique, il allait chez le pharmacien chercher tes médicaments. Vraiment, c'était un brave cœur.
Et quand tu as été guéri, tu ne te figures pas comme il fut content
et comme il t'embrassait. C'est à partir de ce moment-là que nous
195 sommes devenus de grands amis. » Et cette pensée brusque, violente,
entra dans l'âme de Pierre comme une balle qui troue et déchire :
« Puisqu'il m'a connu le premier, qu'il fut si dévoué pour moi, puisqu'il m'aimait et m'embrassait tant, puisque je suis la cause de sa
grande liaison avec mes parents, pourquoi a-t-il laissé toute sa fortune
200 à mon frère et rien à moi ? » Il ne posa plus de questions et demeura
sombre, absorbé plutôt que songeur, gardant en lui une inquiétude
nouvelle, encore indécise, le germe secret d'un nouveau mal.

Il sortit de bonne heure et se remit à rôder par les rues.

Elles étaient ensevelies sous le brouillard qui rendait pesante, 205 opaque et nauséabonde[1] la nuit. On eût dit une fumée pestilentielle[2] abattue sur la terre. On la voyait passer sur les becs de gaz qu'elle paraissait éteindre par moments. Les pavés des rues devenaient glissants comme par les soirs de verglas, et toutes les mauvaises odeurs semblaient sortir du ventre des maisons, puanteurs 210 des caves, des fosses, des égouts, des cuisines pauvres, pour se mêler à l'affreuse senteur de cette brume errante.

Pierre, le dos arrondi et les mains dans ses poches, ne voulant point rester dehors par ce froid, se rendit chez Marowsko.

Sous le bec de gaz qui veillait pour lui, le vieux pharmacien 215 dormait toujours. En reconnaissant Pierre, qu'il aimait d'un amour de chien fidèle, il secoua sa torpeur, alla chercher deux verres et apporta la groseillette.

« Eh bien ! demanda le docteur, où en êtes-vous avec votre liqueur ? » Le Polonais expliqua comment quatre des principaux 220 cafés de la ville consentaient à la lancer dans la circulation, et comment *le Phare de la côte* et *le Sémaphore havrais* lui feraient de la réclame en échange de quelques produits pharmaceutiques mis à la disposition des rédacteurs.

Après un long silence, Marowsko demanda si Jean, décidément, 225 était en possession de sa fortune ; puis il fit encore deux ou trois questions vagues sur le même sujet. Son dévouement ombrageux[3] pour Pierre se révoltait de cette préférence. Et Pierre croyait l'entendre penser, devinait, comprenait, lisait dans ses yeux détournés, dans le ton hésitant de sa voix, les phrases qui lui venaient aux lèvres et 230 qu'il ne disait pas, qu'il ne dirait point, lui si prudent, si timide, si cauteleux[4].

Maintenant il ne doutait plus, le vieux pensait : « Vous n'auriez pas dû lui laisser accepter cet héritage qui fera mal parler de votre mère. » Peut-être même croyait-il que Jean était le fils de Maréchal. 235 Certes il le croyait ! Comment ne le croirait-il pas, tant la chose

---

1. **Nauséabonde :** désagréable.
2. **Pestilentielle :** qui répand une odeur infecte.
3. **Ombrageux :** susceptible.
4. **Cauteleux :** méfiant.

devait paraître vraisemblable, probable, évidente ? Mais lui-même, lui Pierre, le fils, depuis trois jours ne luttait-il pas de toute sa force, avec toutes les subtilités de son cœur, pour tromper sa raison, ne luttait-il pas contre ce soupçon terrible ?

240 Et de nouveau, tout à coup, le besoin d'être seul pour songer, pour discuter cela avec lui-même, pour envisager hardiment, sans scrupules, sans faiblesse, cette chose possible et monstrueuse, entra en lui si dominateur qu'il se leva sans même boire son verre de groseillette, serra la main du pharmacien stupéfait et se replon-
245 gea dans le brouillard de la rue.

Il se disait : « Pourquoi ce Maréchal a-t-il laissé toute sa fortune à Jean ? » Ce n'était plus la jalousie maintenant qui lui faisait cher-cher cela, ce n'était plus cette envie un peu basse et naturelle qu'il savait cachée en lui et qu'il combattait depuis trois jours, mais la
250 terreur d'une chose épouvantable, la terreur de croire lui-même que Jean, que son frère était le fils de cet homme !

Non, il ne le croyait pas, il ne pouvait même se poser cette ques-tion criminelle ! Cependant il fallait que ce soupçon si léger, si invraisemblable, fût rejeté de lui, complètement, pour toujours. Il
255 lui fallait la lumière, la certitude, il fallait dans son cœur la sécurité complète, car il n'aimait que sa mère au monde.

Et tout seul en errant par la nuit, il allait faire, dans ses souve-nirs, dans sa raison, l'enquête minutieuse d'où résulterait l'écla-tante vérité. Après cela ce serait fini, il n'y penserait plus, plus
260 jamais. Il irait dormir.

Il songeait : « Voyons, examinons d'abord les faits ; puis je me rappellerai tout ce que je sais de lui, de son allure avec mon frère et avec moi, je chercherai toutes les causes qui ont pu motiver cette préférence... Il a vu naître Jean ? – oui, mais il me connaissait
265 auparavant. – S'il avait aimé ma mère d'un amour muet et réservé, c'est moi qu'il aurait préféré puisque c'est grâce à moi, grâce à ma fièvre scarlatine, qu'il est devenu l'ami intime de mes parents. Donc, logiquement, il devait me choisir, avoir pour moi une ten-dresse plus vive, à moins qu'il n'eût éprouvé pour mon frère, en
270 le voyant grandir, une attraction, une prédilection[1] instinctives. » Alors il chercha dans sa mémoire, avec une tension désespérée de

---

1. **Prédilection :** préférence.

toute sa pensée, de toute sa puissance intellectuelle, à reconstituer, à revoir, à reconnaître, à pénétrer l'homme, cet homme qui avait passé devant lui, indifférent à son cœur, pendant toutes ses années
275 de Paris.

Mais il sentit que la marche, le léger mouvement de ses pas, troublait un peu ses idées, dérangeait leur fixité, affaiblissait leur portée, voilait sa mémoire.

Pour jeter sur le passé et les événements inconnus ce regard
280 aigu, à qui rien ne devait échapper, il fallait qu'il fût immobile, dans un lieu vaste et vide. Et il se décida à aller s'asseoir sur la jetée, comme l'autre nuit.

En approchant du port il entendit vers la pleine mer une plainte lamentable et sinistre, pareille au meuglement d'un taureau, mais
285 plus longue et plus puissante. C'était le cri d'une sirène, le cri des navires perdus dans la brume.

Un frisson remua sa chair, crispa son cœur, tant il avait retenti dans son âme et dans ses nerfs, ce cri de détresse, qu'il croyait avoir jeté lui-même. Une autre voix semblable gémit à son tour,
290 un peu plus loin ; puis tout près, la sirène du port, leur répondant, poussa une clameur déchirante.

Pierre gagna la jetée à grands pas, ne pensant plus à rien, satisfait d'entrer dans ces ténèbres lugubres et mugissantes[1].

Lorsqu'il se fut assis à l'extrémité du môle, il ferma les yeux pour
295 ne point voir les foyers électriques, voilés de brouillard, qui rendent le port accessible la nuit, ni le feu rouge du phare sur la jetée sud, qu'on distinguait à peine cependant. Puis se tournant à moitié, il posa ses coudes sur le granit et cacha sa figure dans ses mains.

Sa pensée, sans qu'il prononçât ce mot avec ses lèvres, répétait
300 comme pour l'appeler, pour évoquer et provoquer son ombre : « Maréchal !... Maréchal !... » Et dans le noir de ses paupières baissées, il le vit tout à coup tel qu'il l'avait connu.

C'était un homme de soixante ans, portant en pointe sa barbe blanche, avec des sourcils épais, tout blancs aussi. Il n'était ni
305 grand ni petit, avait l'air affable[2], les yeux gris et doux, le geste modeste, l'aspect d'un brave être, simple et tendre. Il appelait Pierre

---

1. **Mugissantes :** qui évoquent le meuglement des vaches.
2. **Affable :** aimable.

et Jean « mes chers enfants », n'avait jamais paru préférer l'un ou l'autre, et les recevait ensemble à dîner.

Et Pierre, avec une ténacité[1] de chien qui suit une piste évapo-
310 rée, se mit à rechercher les paroles, les gestes, les intonations, les regards de cet homme disparu de la terre. Il le retrouvait peu à peu, tout entier, dans son appartement de la rue Tronchet quand il les recevait à sa table, son frère et lui.

Deux bonnes le servaient, vieilles toutes deux, qui avaient pris,
315 depuis bien longtemps sans doute, l'habitude de dire « monsieur Pierre » et « monsieur Jean ».

Maréchal tendait ses deux mains aux jeunes gens, la droite à l'un, la gauche à l'autre, au hasard de leur entrée.

« Bonjour, mes enfants, disait-il, avez-vous des nouvelles de vos
320 parents ? Quant à moi, ils ne m'écrivent jamais. » On causait, dou-cement et familièrement, de choses ordinaires. Rien de hors ligne[2] dans l'esprit de cet homme, mais beaucoup d'aménité, de charme et de grâce. C'était certainement pour eux un bon ami, un de ces bons amis auxquels on ne songe guère parce qu'on les sent très sûrs.
325 Maintenant les souvenirs affluaient dans l'esprit de Pierre.

Le voyant soucieux plusieurs fois, et devinant sa pauvreté d'étu-diant, Maréchal lui avait offert et prêté spontanément de l'argent, quelques centaines de francs peut-être, oubliées par l'un et par l'autre et jamais rendues. Donc cet homme l'aimait toujours, s'inté-
330 ressait toujours à lui, puisqu'il s'inquiétait de ses besoins. Alors... alors pourquoi laisser toute sa fortune à Jean ? Non, il n'avait jamais été visiblement plus affectueux pour le cadet que pour l'aîné, plus préoccupé de l'un que de l'autre, moins tendre en appa-rence avec celui-ci qu'avec celui-là. Alors... alors... il avait donc eu
335 une raison puissante et secrète de tout donner à Jean – tout – et rien à Pierre ?

Plus il y songeait, plus il revivait le passé des dernières années, plus le docteur jugeait invraisemblable, incroyable cette différence établie entre eux.

---

1. **Ténacité :** obstination.
2. **Rien de hors ligne :** rien d'étrange.

340   Et une souffrance aiguë, une inexprimable angoisse entrée dans sa poitrine, faisait aller son cœur comme une loque[1] agitée. Les ressorts en paraissaient brisés, et le sang y passait à flots, librement, en le secouant d'un ballottement tumultueux.

    Alors, à mi-voix, comme on parle dans les cauchemars, il mur-
345 mura : « Il faut savoir. Mon Dieu, il faut savoir. » Il cherchait plus loin, maintenant, dans les temps plus anciens où ses parents habitaient Paris. Mais les visages lui échappaient, ce qui brouillait ses souvenirs. Il s'acharnait surtout à retrouver Maréchal avec des cheveux blonds, châtains ou noirs. Il ne le pouvait pas, la dernière
350 figure de cet homme, sa figure de vieillard, ayant effacé les autres. Il se rappelait pourtant qu'il était plus mince, qu'il avait la main douce et qu'il apportait souvent des fleurs, très souvent, car son père répétait sans cesse :

    « Encore des bouquets ! mais c'est de la folie, mon cher, vous
355 vous ruinerez en roses. » Maréchal répondait : « Laissez donc, cela me fait plaisir. » Et soudain l'intonation de sa mère, de sa mère qui souriait et disait : « Merci, mon ami », lui traversa l'esprit, si nette qu'il crut l'entendre. Elle les avait donc prononcés bien souvent, ces trois mots, pour qu'ils se fussent gravés ainsi dans la mémoire
360 de son fils !

    Donc Maréchal apportait des fleurs, lui, l'homme riche, le monsieur, le client, à cette petite boutiquière, à la femme de ce bijoutier modeste. L'avait-il aimée ? Comment serait-il devenu l'ami de ces marchands s'il n'avait pas aimé la femme ? C'était un homme
365 instruit, d'esprit assez fin. Que de fois il avait parlé poètes et poésie avec Pierre ! Il n'appréciait point les écrivains en artiste, mais en bourgeois qui vibre. Le docteur avait souvent souri de ces attendrissements, qu'il jugeait un peu niais. Aujourd'hui il comprenait que cet homme sentimental n'avait jamais pu, jamais, être l'ami de
370 son père, de son père si positif[2], si terre à terre, si lourd, pour qui le mot « poésie » signifiait sottise.

    Donc, ce Maréchal, jeune, libre, riche, prêt à toutes les tendresses, était entré, un jour, par hasard, dans une boutique, ayant remarqué peut-être la jolie marchande. Il avait acheté, était revenu,

---

1. **Loque :** morceau d'étoffe déchirée.
2. **Positif :** prosaïque.

375 avait causé, de jour en jour plus familier, et payant par des acquisitions fréquentes le droit de s'asseoir dans cette maison, de sourire à la jeune femme et de serrer la main du mari.

Et puis après... après... oh ! mon Dieu... après ?...

Il avait aimé et caressé le premier enfant, l'enfant du bijoutier,
380 jusqu'à la naissance de l'autre, puis il était demeuré impénétrable jusqu'à la mort, puis, son tombeau fermé, sa chair décomposée, son nom effacé des noms vivants, tout son être disparu pour toujours, n'ayant plus rien à ménager, à redouter et à cacher, il avait donné toute sa fortune au deuxième enfant !... Pourquoi ?... Cet homme
385 était intelligent... il avait dû comprendre et prévoir qu'il pouvait, qu'il allait presque infailliblement laisser supposer que cet enfant était à lui. Donc il déshonorait une femme ? Comment aurait-il fait cela si Jean n'était point son fils ?

Et soudain un souvenir précis, terrible, traversa l'âme de Pierre.
390 Maréchal avait été blond, blond comme Jean. Il se rappelait maintenant un petit portrait miniature vu autrefois, à Paris, sur la cheminée de leur salon, et disparu à présent. Où était-il ? Perdu, ou caché ? Oh ! s'il pouvait le tenir rien qu'une seconde ! Sa mère l'avait gardé peut-être dans le tiroir inconnu où l'on serre les reliques[1]
395 d'amour.

Sa détresse, à cette pensée, devint si déchirante qu'il poussa un gémissement, une de ces courtes plaintes arrachées à la gorge par les douleurs trop vives. Et soudain, comme si elle l'eût entendu, comme si elle l'eût compris et lui eût répondu, la sirène de la jetée
400 hurla tout près de lui. Sa clameur de monstre surnaturel, plus retentissante que le tonnerre, rugissement sauvage et formidable fait pour dominer les voix du vent et des vagues, se répandit dans les ténèbres sur la mer invisible ensevelie sous les brouillards.

Alors, à travers la brume, proches ou lointains, des cris pareils
405 s'élevèrent de nouveau dans la nuit. Ils étaient effrayants, ces appels poussés par les grands paquebots aveugles.

Puis tout se tut encore.

Pierre avait ouvert les yeux et regardait, surpris d'être là, réveillé de son cauchemar.

---

1. **Relique :** corps entier, ou parties du corps d'un saint auquel est voué un culte ; par métaphore : souvenir.

410 « Je suis fou, pensa-t-il, je soupçonne ma mère. » Et un flot d'amour et d'attendrissement, de repentir, de prière et de désolation noya son cœur. Sa mère ! La connaissant comme il la connaissait, comment avait-il pu la suspecter ? Est-ce que l'âme, est-ce que la vie de cette femme simple, chaste[1] et loyale, n'étaient pas plus

415 claires que l'eau ? Quand on l'avait vue et connue, comment ne pas la juger insoupçonnable ? Et c'était lui, le fils, qui avait douté d'elle ! Oh ! s'il avait pu la prendre en ses bras en ce moment, comme il l'eût embrassée, caressée, comme il se fût agenouillé pour demander grâce !

420 Elle aurait trompé son père, elle ?... Son père ! Certes, c'était un brave homme, honorable et probe[2] en affaires, mais dont l'esprit n'avait jamais franchi l'horizon de sa boutique.

Comment cette femme, fort jolie autrefois, il le savait et on le voyait encore, douée d'une âme délicate, affectueuse, attendrie,

425 avait-elle accepté comme fiancé et comme mari un homme si différent d'elle ?

Pourquoi chercher ? Elle avait épousé comme les fillettes épousent le garçon doté que présentent les parents. Ils s'étaient installés aussitôt dans leur magasin de la rue Montmartre ; et la jeune femme,

430 régnant au comptoir, animée par l'esprit du foyer nouveau, par ce sens subtil et sacré de l'intérêt commun qui remplace l'amour et même l'affection dans la plupart des ménages commerçants de Paris, s'était mise à travailler avec toute son intelligence active et fine à la fortune espérée de leur maison. Et sa vie s'était écoulée

435 ainsi, uniforme, tranquille, honnête, sans tendresse !...

Sans tendresse ?... Était-il possible qu'une femme n'aimât point ? Une femme jeune, jolie, vivant à Paris, lisant des livres, applaudissant des actrices mourant de passion sur la scène, pouvait-elle aller de l'adolescence à la vieillesse sans qu'une fois seulement, son

440 cœur fût touché ? D'une autre il ne le croirait pas, – pourquoi le croirait-il de sa mère ?

Certes, elle avait pu aimer, comme une autre ! car pourquoi serait-elle différente d'une autre, bien qu'elle fût sa mère ?

---

1. **Chaste :** vertueuse.
2. **Probe :** honnête et droit.

Elle avait été jeune, avec toutes les défaillances poétiques qui
445 troublent le cœur des jeunes êtres ! Enfermée, emprisonnée dans la
boutique à côté d'un mari vulgaire et parlant toujours commerce,
elle avait rêvé de clairs de lune, de voyages, de baisers donnés dans
l'ombre des soirs. Et puis un homme, un jour, était entré comme
entrent les amoureux dans les livres, et il avait parlé comme eux.
450 Elle l'avait aimé. Pourquoi pas ? C'était sa mère ! Eh bien ! fallait-
il être aveugle et stupide au point de rejeter l'évidence parce qu'il
s'agissait de sa mère ?

S'était-elle donnée ?[1]... Mais oui, puisque cet homme n'avait pas
eu d'autre amie ; – mais oui, puisqu'il était resté fidèle à la femme
455 éloignée et vieillie, – mais oui, puisqu'il avait laissé toute sa fortune à son fils, à leur fils !...

Et Pierre se leva, frémissant d'une telle fureur qu'il eût voulu
tuer quelqu'un ! Son bras tendu, sa main grande ouverte avaient
envie de frapper, de meurtrir, de broyer, d'étrangler ! Qui ? tout le
460 monde, son père, son frère, le mort, sa mère !

Il s'élança pour rentrer. Qu'allait-il faire ?

Comme il passait devant une tourelle auprès du mât des signaux,
le cri strident[2] de la sirène lui partit dans la figure. Sa surprise fut si
violente qu'il faillit tomber et recula jusqu'au parapet de granit. Il
465 s'y assit, n'ayant plus de force, brisé par cette commotion[3].

Le vapeur qui répondit le premier semblait tout proche et se présentait à l'entrée, la marée étant haute.

Pierre se retourna et aperçut son œil rouge, terni de brume.
Puis, sous la clarté diffuse des feux électriques du port, une grande
470 ombre noire se dessina entre les deux jetées. Derrière lui, la voix
du veilleur, voix enrouée de vieux capitaine en retraite, criait :

« Le nom du navire ? »

Et dans le brouillard la voix du pilote debout sur le pont, enrouée
aussi, répondit :
475 « *Santa-Lucia*.

– Le pays ?

– Italie.

---

1. **S'était-elle donnée ?** : avait-elle offert son corps ?

2. **Strident** : aigu et intense.

3. **Commotion** : choc violent.

– Le port ?

– Naples. » Et Pierre devant ses yeux troublés crut apercevoir
480 le panache de feu du Vésuve tandis qu'au pied du volcan, des
lucioles¹ voltigeaient dans les bosquets d'orangers de Sorrente ou
de Castellamare ! Que de fois il avait rêvé de ces noms familiers,
comme s'il en connaissait les paysages ! Oh ! s'il avait pu partir,
tout de suite, n'importe où, et ne jamais revenir, ne jamais écrire,
485 ne jamais laisser savoir ce qu'il était devenu ! Mais non, il fallait
rentrer, rentrer dans la maison paternelle et se coucher dans son lit.
Tant pis, il ne rentrerait pas, il attendrait le jour. La voix des sirènes
lui plaisait. Il se releva et se mit à marcher comme un officier qui
fait le quart sur un pont.
490 Un autre navire s'approchait derrière le premier, énorme et mystérieux. C'était un anglais qui revenait des Indes.
Il en vit venir encore plusieurs, sortant l'un après l'autre de l'ombre
impénétrable. Puis, comme l'humidité du brouillard devenait intolérable, Pierre se remit en route vers la ville.
495 Il avait si froid qu'il entra dans un café de matelots pour boire un
grog² ; et quand l'eau-de-vie poivrée et chaude lui eut brûlé le
palais et la gorge, il sentit en lui renaître un espoir.
Il s'était trompé, peut-être ? Il la connaissait si bien, sa déraison
vagabonde ! Il s'était trompé sans doute ? Il avait accumulé les
500 preuves ainsi qu'on dresse un réquisitoire³ contre un innocent
toujours facile à condamner quand on veut le croire coupable.
Lorsqu'il aurait dormi, il penserait tout autrement. Alors il rentra
pour se coucher, et, à force de volonté, il finit par s'assoupir.

---

1. **Lucioles :** insectes lumineux.
2. **Grog :** boisson faite à partir d'eau-de-vie et d'eau chaude.
3. **Réquisitoire :** discours d'accusation.

Clefs d'analyse

Action et personnages

1. À quel élément (eau, terre, ciel, etc.) Pierre associe-t-il sa mère ?

2. Que pensez-vous du nom du matelot ? Comment Pierre l'appelle-t-il ?

3. Quel personnage féminin rappelle Pierre « rêvassant » sur l'eau (l. 115-117) ?

4. Étudiez la sortie en barque de Pierre et précisez-en le plan.

5. Quelle relation Maréchal entretenait-il avec la poésie ? Qui rappelle-t-elle ?

Langue

6. Quelle est l'étymologie du mot « hypocrite » (l. 17) ?

7. Relevez les termes qui relèvent du champ lexical de la lumière.

8. Quel mot sert à décrire l'enquête de Pierre ?

9. Comment Papagris nomme-t-il la brume qu'il aperçoit au large ? Comment Pierre désigne-t-il Maréchal lorsqu'il se rend sur le môle du port ?

10. « Les pavés des rues devenaient glissants comme par les soirs de verglas, et toutes les mauvaises odeurs semblaient sortir du ventre des maisons, puanteurs des caves, des fosses, des égouts, des cuisines pauvres, pour se mêler à l'affreuse senteur de cette brume errante » (l. 207-211). Que penser du choix de la métaphore ?

11. À quoi est comparé Pierre quand il essaie de retrouver les « paroles, les gestes, les intonations » de Maréchal (l. 310-313) ?

Genre ou thèmes

12. Quelle figure de la tragédie antique évoque l'« œil rouge » du vapeur qui entre dans le port (l. 468) ? Que souhaite faire Pierre lorsqu'il cesse soudainement de penser que sa mère est coupable ? Qui Pierre souhaite-t-il, dans un moment de fureur, tuer ?

13. Comment comprenez-vous l'association récurrente de Pierre et de la mort ?

14. Montrez que la recherche de Pierre prend la forme d'une enquête de type policier.

15. Montrez que l'opposition entre la connaissance et l'ignorance recoupe l'opposition, métaphorique, entre clarté et obscurité.

Écriture

16. En prenant en compte les informations données dans ce chapitre, rédigez le dialogue de la première rencontre entre Mme Roland et M. Maréchal.

Pour aller plus loin

17. Que recoupe la notion freudienne de complexe d'Œdipe ?

18. Présentez les caractéristiques du récit policier en vous appuyant sur des romans ou des nouvelles que vous connaissez.

✳ À retenir

Le récit policier met en scène un enquêteur qui tente, par une démarche progressive et raisonnée, de comprendre un fait énigmatique et d'identifier un coupable. Son enquête s'appuie sur l'analyse des témoignages, la conduite des interrogatoires et l'interprétation des indices matériels.

V

Mais le corps du docteur s'engourdit à peine une heure ou deux dans l'agitation d'un sommeil troublé. Quand il se réveilla, dans l'obscurité de sa chambre chaude et fermée, il ressentit, avant même que la pensée se fût rallumée en lui, cette oppression¹ dou-
5 loureuse, ce malaise de l'âme que laisse en nous le chagrin sur lequel on a dormi. Il semble que le malheur, dont le choc nous a seulement heurté la veille, se soit glissé, durant notre repos, dans notre chair elle-même, qu'il meurtrit et fatigue comme une fièvre. Brusquement le souvenir lui revint, et il s'assit dans son lit.
10 Alors il recommença lentement, un à un, tous les raisonnements qui avaient torturé son cœur sur la jetée pendant que criaient les sirènes. Plus il songeait, moins il doutait. Il se sentait traîné par sa logique, comme par une main qui attire et étrangle, vers l'intolé-rable certitude.
15 Il avait soif, il avait chaud, son cœur battait. Il se leva pour ouvrir sa fenêtre et respirer, et, quand il fut debout, un bruit léger lui parvint à travers le mur.

Jean dormait tranquille et ronflait doucement. Il dormait, lui ! Il n'avait rien pressenti, rien deviné ! Un homme qui avait connu leur
20 mère lui laissait toute sa fortune. Il prenait l'argent, trouvant cela juste et naturel.

Il dormait, riche et satisfait, sans savoir que son frère haletait de souffrance et de détresse. Et une colère se levait en lui contre ce ronfleur insouciant et content.
25 La veille, il eût frappé contre sa porte, serait entré, et, assis près de lui, lui aurait dit dans l'effarement² de son réveil subit :

« Jean, tu ne dois pas garder ce legs qui pourrait demain faire suspecter notre mère et la déshonorer. » Mais aujourd'hui il ne pouvait plus parler, il ne pouvait pas dire à Jean qu'il ne le croyait

---

1. **Oppression :** poids qui écrase la poitrine.
2. **Effarement :** stupeur.

30 point le fils de leur père. Il fallait à présent garder, enterrer en lui cette honte découverte par lui, cacher à tous la tache aperçue, et que personne ne devait découvrir, pas même son frère, surtout son frère.

Il ne songeait plus guère maintenant au vain respect de l'opi-
35 nion publique. Il aurait voulu que tout le monde accusât sa mère pourvu qu'il la sût innocente, lui, lui seul ! Comment pourrait-il supporter de vivre près d'elle, tous les jours, et de croire, en la regardant, qu'elle avait enfanté son frère de la caresse d'un étranger ?

40 Comme elle était calme et sereine pourtant, comme elle paraissait sûre d'elle ! Était-il possible qu'une femme comme elle, d'une âme pure et d'un cœur droit, pût tomber, entraînée par la passion, sans que, plus tard, rien n'apparût de ses remords, des souvenirs de sa conscience troublée ?

45 Ah ! les remords ! les remords ! ils avaient dû, jadis, dans les premiers temps, la torturer, puis ils s'étaient effacés, comme tout s'efface. Certes, elle avait pleuré sa faute, et, peu à peu, l'avait presque oubliée. Est-ce que toutes les femmes, toutes, n'ont pas cette faculté d'oubli prodigieuse qui leur fait reconnaître à peine, après
50 quelques années, l'homme à qui elles ont donné leur bouche et tout leur corps à baiser ? Le baiser frappe comme la foudre, l'amour passe comme un orage, puis la vie, de nouveau, se calme comme le ciel, et recommence ainsi qu'avant. Se souvient-on d'un nuage ?

Pierre ne pouvait plus demeurer dans sa chambre ! Cette maison,
55 la maison de son père l'écrasait. Il sentait peser le toit sur sa tête et les murs l'étouffer. Et comme il avait très soif, il alluma sa bougie afin d'aller boire un verre d'eau fraîche au filtre de la cuisine.

Il descendit les deux étages, puis, comme il remontait avec la carafe pleine, il s'assit en chemise sur une marche de l'escalier où
60 circulait un courant d'air, et il but, sans verre, par longues gorgées, comme un coureur essoufflé. Quand il eut cessé de remuer, le silence de cette demeure l'émut ; puis, un à un, il en distingua les moindres bruits. Ce fut d'abord l'horloge de la salle à manger dont le battement lui paraissait grandir de seconde en seconde.
65 Puis il entendit de nouveau un ronflement, un ronflement de vieux, court, pénible et dur, celui de son père sans aucun doute ; et il fut crispé par cette idée, comme si elle venait seulement de

jaillir en lui, que ces deux hommes qui ronflaient dans ce même logis, le père et le fils, n'étaient rien l'un à l'autre ! Aucun lien,
70 même le plus léger, ne les unissait, et ils ne le savaient pas ! Ils se parlaient avec tendresse, ils s'embrassaient, se réjouissaient et s'attendrissaient ensemble des mêmes choses, comme si le même sang eût coulé dans leurs veines. Et deux personnes nées aux deux extrémités du monde ne pouvaient pas être plus étrangères l'une à
75 l'autre que ce père et que ce fils. Ils croyaient s'aimer parce qu'un mensonge avait grandi entre eux. C'était un mensonge qui faisait cet amour paternel et cet amour filial, un mensonge impossible à dévoiler et que personne ne connaîtrait jamais que lui, le vrai fils.

Pourtant, pourtant, s'il se trompait ? Comment le savoir ?

80 Ah ! si une ressemblance, même légère, pouvait exister entre son père et Jean, une de ces ressemblances mystérieuses qui vont de l'aïeul[1] aux arrière-petits-fils, montrant que toute une race descend directement du même baiser. Il aurait fallu si peu de chose, à lui médecin, pour reconnaître cela, la forme de la mâchoire, la
85 courbure du nez, l'écartement des yeux, la nature des dents ou des poils, moins encore, un geste, une habitude, une manière d'être, un goût transmis, un signe quelconque bien caractéristique pour un œil exercé.

Il cherchait et ne se rappelait rien, non, rien. Mais il avait mal
90 regardé, mal observé, n'ayant aucune raison pour découvrir ces imperceptibles indications.

Il se leva pour rentrer dans sa chambre et se mit à monter l'escalier, à pas lents, songeant toujours. En passant devant la porte de son frère, il s'arrêta net, la main tendue pour l'ouvrir. Un désir
95 impérieux venait de surgir en lui de voir Jean tout de suite, de le regarder longuement, de le surprendre pendant le sommeil, pendant que la figure apaisée, que les traits détendus se reposent, que toute la grimace de la vie a disparu. Il saisirait ainsi le secret dormant de sa physionomie[2] ; et si quelque ressemblance existait,
100 appréciable, elle ne lui échapperait pas.

Mais si Jean s'éveillait, que dirait-il ? Comment expliquer cette visite ?

---

1. **Aïeul :** grand-père.
2. **Physionomie :** aspect du visage.

Il demeurait debout, les doigts crispés sur la serrure et cherchant une raison, un prétexte.

105   Il se rappela tout à coup que, huit jours plus tôt, il avait prêté à son frère une fiole de laudanum[1] pour calmer une rage de dents. Il pouvait lui-même souffrir, cette nuit-là, et venir réclamer sa drogue. Donc il entra, mais d'un pied furtif, comme un voleur.

Jean, la bouche entrouverte, dormait d'un sommeil animal et
110   profond. Sa barbe et ses cheveux blonds faisaient une tache d'or sur le linge blanc. Il ne s'éveilla point, mais il cessa de ronfler.

Pierre, penché vers lui, le contemplait d'un œil avide. Non, ce jeune homme-là ne ressemblait pas à Roland ; et, pour la seconde fois, s'éveilla dans son esprit le souvenir du petit portrait disparu
115   de Maréchal. Il fallait qu'il le trouvât ! En le voyant, peut-être, il ne douterait plus.

Son frère remua, gêné sans doute par sa présence, ou par la lueur de sa bougie pénétrant ses paupières. Alors le docteur recula, sur la pointe des pieds, vers la porte, qu'il referma sans bruit ; puis
120   il retourna dans sa chambre, mais il ne se coucha pas.

Le jour fut lent à venir. Les heures sonnaient, l'une après l'autre, à la pendule de la salle à manger, dont le timbre avait un son profond et grave, comme si ce petit instrument d'horlogerie eût avalé une cloche de cathédrale. Elles montaient, dans l'escalier
125   vide, traversaient les murs et les portes, allaient mourir au fond des chambres dans l'oreille inerte des dormeurs. Pierre s'était mis à marcher de long en large, de son lit à sa fenêtre. Qu'allait-il faire ? Il se sentait trop bouleversé pour passer ce jour-là dans sa famille. Il voulait encore rester seul, au moins jusqu'au lendemain, pour
130   réfléchir, se calmer, se fortifier pour la vie de chaque jour qu'il lui faudrait reprendre.

Eh bien ! il irait à Trouville, voir grouiller la foule sur la plage. Cela le distrairait, changerait l'air de sa pensée, lui donnerait le temps de se préparer à l'horrible chose qu'il avait découverte.

135   Dès que l'aurore parut, il fit sa toilette et s'habilla. Le brouillard s'était dissipé, il faisait beau, très beau. Comme le bateau de Trouville ne quittait le port qu'à neuf heures, le docteur songea qu'il lui faudrait embrasser sa mère avant de partir.

---

1. **Laudanum** : remède calmant à base d'opium purifié.

Il attendit le moment où elle se levait tous les jours, puis il des-
140 cendit. Son cœur battait si fort en touchant sa porte qu'il s'arrêta
pour respirer. Sa main, posée sur la serrure, était molle et vibrante,
presque incapable du léger effort de tourner le bouton pour entrer.
Il frappa. La voix de sa mère demanda :

« Qui est-ce ?

145 — Moi, Pierre.

— Qu'est-ce que tu veux ?

— Te dire bonjour parce que je vais passer la journée à Trouville
avec des amis.

— C'est que je suis encore au lit.

150 — Bon, alors ne te dérange pas. Je t'embrasserai en rentrant, ce
soir. » Il espéra qu'il pourrait partir sans la voir, sans poser sur ses
joues le baiser faux qui lui soulevait le cœur d'avance.

Mais elle répondit :

« Un moment, je t'ouvre. Tu attendras que je me sois recou-
155 chée. » Il entendit ses pieds nus sur le parquet, puis le bruit du
verrou glissant. Elle cria :

« Entre. »

Il entra. Elle était assise dans son lit tandis qu'à son côté, Roland,
un foulard sur la tête et tourné vers le mur, s'obstinait à dormir.
160 Rien ne l'éveillait tant qu'on ne l'avait pas secoué à lui arracher le
bras. Les jours de pêche, c'était la bonne, sonnée à l'heure conve-
nue par le matelot Papagris, qui venait tirer son maître de cet
invincible repos.

Pierre, en allant vers elle, regardait sa mère ; et il lui semblait
165 tout à coup qu'il ne l'avait jamais vue.

Elle lui tendit ses joues, il y mit deux baisers, puis s'assit sur une
chaise basse.

« C'est hier soir que tu as décidé cette partie ? dit-elle.

— Oui, hier soir.

170 — Tu reviens pour dîner ?

— Je ne sais pas encore. En tout cas ne m'attendez point. » Il
l'examinait avec une curiosité stupéfaite. C'était sa mère, cette
femme ! Toute cette figure, vue dès l'enfance, dès que son œil
avait pu distinguer, ce sourire, cette voix si connue, si familière, lui
175 paraissaient brusquement nouveaux et autres de ce qu'ils avaient
été jusque-là pour lui. Il comprenait à présent que, l'aimant, il ne

l'avait jamais regardée. C'était bien elle pourtant, et il n'ignorait rien des plus petits détails de son visage ; mais ces petits détails, il les apercevait nettement pour la première fois. Son attention
180 anxieuse, fouillant cette tête chérie, la lui révélait différente, avec une physionomie qu'il n'avait jamais découverte.

Il se leva pour partir, puis, cédant soudain à l'invincible envie de savoir qui lui mordait le cœur depuis la veille :

« Dis donc, j'ai cru me rappeler qu'il y avait autrefois, à Paris,
185 un petit portrait de Maréchal dans notre salon. » Elle hésita une seconde ou deux, ou du moins il se figura qu'elle hésitait ; puis elle dit :

« Mais oui.

– Et qu'est-ce qu'il est devenu, ce portrait ? » Elle aurait pu
190 encore répondre plus vite :

« Ce portrait... attends... je ne sais pas trop... Peut-être que je l'ai dans mon secrétaire.

– Tu serais bien aimable de le retrouver.

– Oui, je chercherai. Pourquoi le veux-tu ?
195 – Oh ! ce n'est pas pour moi. J'ai songé qu'il serait tout naturel de le donner à Jean, et que cela ferait plaisir à mon frère.

– Oui, tu as raison, c'est une bonne pensée. Je vais le chercher dès que je serai levée. » Et il sortit.

C'était un jour bleu, sans un souffle d'air. Les gens dans la
200 rue semblaient gais, les commerçants allant à leurs affaires, les employés allant à leur bureau, les jeunes filles allant à leur maga- sin. Quelques-uns chantonnaient, mis en joie par la clarté. Sur le bateau de Trouville, les passagers montaient déjà. Pierre s'assit, tout à l'arrière, sur un banc de bois.
205 Il se demandait :

« A-t-elle été inquiétée par ma question sur le portrait, ou seule- ment surprise ? L'a-t-elle égaré ou caché ? Sait-elle où il est, ou bien ne sait-elle pas ? Si elle l'a caché, pourquoi ? » Et son esprit, suivant toujours la même marche, de déduction en déduction, conclut
210 ceci :

Le portrait, portrait d'ami, portrait d'amant, était resté dans le salon bien en vue, jusqu'au jour où la femme, où la mère s'était aperçue, la première, avant tout le monde, que ce portrait ressem- blait à son fils. Sans doute, depuis longtemps, elle épiait cette res-

215 semblance ; puis, l'ayant découverte, l'ayant vue naître et comprenant que chacun pourrait, un jour ou l'autre, l'apercevoir aussi, elle avait enlevé, un soir, la petite peinture redoutable et l'avait cachée, n'osant pas la détruire.

Et Pierre se rappelait fort bien maintenant que cette miniature
220 avait disparu longtemps, longtemps avant leur départ de Paris ! Elle avait disparu, croyait-il, quand la barbe de Jean, se mettant à pousser, l'avait rendu tout à coup pareil au jeune homme blond qui souriait dans le cadre.

Le mouvement du bateau qui partait troubla sa pensée et la dis-
225 persa. Alors, s'étant levé, il regarda la mer.

Le petit paquebot sortit des jetées[1], tourna à gauche et soufflant, haletant, frémissant, s'en alla vers la côte lointaine qu'on apercevait dans la brume matinale. De place en place la voile rouge d'un lourd bateau de pêche immobile sur la mer plate avait l'air d'un
230 gros rocher sortant de l'eau. Et la Seine descendant de Rouen semblait un large bras de mer séparant deux terres voisines.

En moins d'une heure on parvint au port de Trouville, et comme c'était le moment du bain, Pierre se rendit sur la plage.

De loin, elle avait l'air d'un long jardin plein de fleurs éclatantes.
235 Sur la grande dune de sable jaune, depuis la jetée jusqu'aux Roches-Noires, les ombrelles de toutes les couleurs, les chapeaux de toutes les formes, les toilettes de toutes les nuances, par groupes devant les cabines, par lignes le long du flot ou dispersés çà et là, ressemblaient vraiment à des bouquets énormes dans une prairie
240 démesurée. Et le bruit confus, proche et lointain des voix égrenées[2] dans l'air léger, les appels, les cris d'enfants qu'on baigne, les rires clairs des femmes faisaient une rumeur continue et douce, mêlée à la brise insensible et qu'on aspirait avec elle.

Pierre marchait au milieu de ces gens, plus perdu, plus séparé
245 d'eux, plus isolé, plus noyé dans sa pensée torturante, que si on l'avait jeté à la mer du pont d'un navire, à cent lieues au large. Il les frôlait, entendait, sans écouter, quelques phrases ; et il voyait, sans regarder, les hommes parler aux femmes et les femmes sourire aux hommes.

---

1. **Jetées** : constructions en forme de chaussée destinées à protéger le port.
2. **Égrenées** : éparpillées.

250   Mais tout à coup, comme s'il s'éveillait, il les aperçut distinctement ; et une haine surgit en lui contre eux, car ils semblaient heureux et contents.

    Il allait maintenant, frôlant les groupes, tournant autour, saisi par des pensées nouvelles. Toutes ces toilettes multicolores qui
255 couvraient le sable comme un bouquet, ces étoffes jolies, ces ombrelles voyantes, la grâce factice[1] des tailles emprisonnées, toutes ces inventions ingénieuses de la mode depuis la chaussure mignonne jusqu'au chapeau extravagant, la séduction du geste, de la voix et du sourire, la coquetterie enfin étalée sur cette plage
260 lui apparaissaient soudain comme une immense floraison[2] de la perversité[3] féminine. Toutes ces femmes parées voulaient plaire, séduire, et tenter quelqu'un. Elles s'étaient faites belles pour les hommes, pour tous les hommes, excepté pour l'époux qu'elles n'avaient plus besoin de conquérir. Elles s'étaient faites belles pour
265 l'amant d'aujourd'hui et l'amant de demain, pour l'inconnu rencontré, remarqué, attendu peut-être.

    Et ces hommes, assis près d'elles, les yeux dans les yeux, parlant la bouche près de la bouche, les appelaient et les désiraient, les chassaient comme un gibier souple et fuyant, bien qu'il semblât
270 si proche et si facile. Cette vaste plage n'était donc qu'une halle d'amour où les unes se vendaient, les autres se donnaient, celles-ci marchandaient leurs caresses et celles-là se promettaient seulement. Toutes ces femmes ne pensaient qu'à la même chose, offrir et faire désirer leur chair déjà donnée, déjà vendue, déjà promise
275 à d'autres hommes. Et il songea que sur la terre entière c'était toujours la même chose.

    Sa mère avait fait comme les autres, voilà tout ! Comme les autres ? – non ! Il existait des exceptions, et beaucoup, beaucoup ! Celles qu'il voyait autour de lui, des riches, des folles, des cher-
280 cheuses d'amour, appartenaient en somme à la galanterie élégante et mondaine[4] ou même à la galanterie tarifée[5], car on ne rencontrait

---

1. **Factice** : artificielle.
2. **Floraison** : épanouissement.
3. **Perversité** : perfidie, vice.
4. **Mondaine** : frivole.
5. **Galanterie tarifée** : prostitution.

pas, sur les plages piétinées par la légion des désœuvrées, le peuple des honnêtes femmes enfermées dans la maison close. La mer montait, chassant peu à peu vers la ville les premières lignes des
285 baigneurs. On voyait les groupes se lever vivement et fuir, en emportant leurs sièges, devant le flot jaune qui s'en venait frangé d'une petite dentelle d'écume. Les cabines roulantes, attelées d'un cheval, remontaient aussi ; et sur les planches[1] de la promenade, qui borde la plage d'un bout à l'autre, c'était maintenant une
290 coulée continue, épaisse et lente, de foule élégante, formant deux courants contraires qui se coudoyaient et se mêlaient. Pierre, nerveux, exaspéré par ce frôlement, s'enfuit, s'enfonça dans la ville et s'arrêta pour déjeuner chez un simple marchand de vins, à l'entrée des champs.

295 Quand il eut pris son café, il s'étendit sur deux chaises devant la porte, et comme il n'avait guère dormi cette nuit-là, il s'assoupit à l'ombre d'un tilleul.

Après quelques heures de repos, s'étant secoué, il s'aperçut qu'il était temps de revenir pour reprendre le bateau, et il se mit en
300 route, accablé par une courbature subite tombée sur lui pendant son assoupissement. Maintenant il voulait rentrer, il voulait savoir si sa mère avait retrouvé le portrait de Maréchal. En parlerait-elle la première, ou faudrait-il qu'il le demandât de nouveau ? Certes si elle attendait qu'on l'interrogeât encore, elle avait une raison
305 secrète de ne point montrer ce portrait.

Mais lorsqu'il fut rentré dans sa chambre, il hésita à descendre pour le dîner. Il souffrait trop. Son cœur soulevé n'avait pas encore eu le temps de s'apaiser. Il se décida pourtant, et il parut dans la salle à manger comme on se mettait à table.

310 Un air de joie animait les visages.

« Eh bien ! dit Roland, ça avance-t-il, vos achats ? Moi, je ne veux rien voir avant que tout soit installé. » Sa femme répondit :

« Mais oui, ça va. Seulement il faut longtemps réfléchir pour ne pas commettre d'impair[2]. La question du mobilier nous préoccupe
315 beaucoup. » Elle avait passé la journée à visiter avec Jean des boutiques de tapissiers et des magasins d'ameublement. Elle voulait

---

1. **Planches :** planches qui recouvrent le sable pour faciliter les déplacements.
2. **Impair :** maladresse.

des étoffes riches, un peu pompeuses[1], pour frapper l'œil. Son fils, au contraire, désirait quelque chose de simple et de distingué. Alors, devant tous les échantillons proposés ils avaient répété, l'un
320 et l'autre, leurs arguments. Elle prétendait que le client, le plaideur a besoin d'être impressionné, qu'il doit ressentir, en entrant dans le salon d'attente, l'émotion de la richesse.

Jean, au contraire, désirant n'attirer que la clientèle élégante et opulente[2], voulait conquérir l'esprit des gens fins par son goût
325 modeste et sûr.

Et la discussion, qui avait duré toute la journée, reprit dès le potage. Roland n'avait pas d'opinion. Il répétait :

« Moi, je ne veux entendre parler de rien. J'irai voir quand ce sera fini. » Mme Roland fit appel au jugement de son fils aîné :
330 « Voyons, toi, Pierre, qu'en penses-tu ? » Il avait les nerfs tellement surexcités qu'il eut envie de répondre par un juron. Il dit cependant sur un ton sec où vibrait son irritation :

« Oh ! moi, je suis tout à fait de l'avis de Jean. Je n'aime que la simplicité, qui est, quand il s'agit de goût, comparable à la droiture
335 quand il s'agit de caractère. » Sa mère reprit :

« Songe que nous habitons une ville de commerçants, où le bon goût ne court pas les rues. » Pierre répondit :

« Et qu'importe ? Est-ce une raison pour imiter les sots ? Si mes compatriotes sont bêtes ou malhonnêtes, ai-je besoin de suivre
340 leur exemple ? Une femme ne commettra pas une faute pour cette raison que ses voisines ont des amants. » Jean se mit à rire :

« Tu as des arguments par comparaison qui semblent pris dans les maximes d'un moraliste[3]. » Pierre ne répliqua point. Sa mère et son frère recommencèrent à parler d'étoffes et de fauteuils.
345 Il les regardait comme il avait regardé sa mère, le matin, avant de partir pour Trouville ; il les regardait en étranger qui observe, et il se croyait en effet entré tout à coup dans une famille inconnue.

Son père, surtout, étonnait son œil et sa pensée. Ce gros homme flasque, content et niais, c'était son père, à lui ! Non, non, Jean ne
350 lui ressemblait en rien.

---

1. **Pompeuses :** majestueuses et prétentieuses à la fois.
2. **Opulente :** riche.
3. **Moraliste :** auteur de réflexions sur les mœurs de l'homme.

Sa famille ! Depuis deux jours une main inconnue et malfaisante, la main d'un mort, avait arraché et cassé, un à un, tous les liens qui tenaient l'un à l'autre ces quatre êtres. C'était fini, c'était brisé. Plus de mère, car il ne pourrait plus la chérir, ne la pouvant vénérer
355 avec ce respect absolu, tendre et pieux, dont a besoin le cœur des fils ; plus de frère, puisque ce frère était l'enfant d'un étranger ; il ne lui restait qu'un père, ce gros homme, qu'il n'aimait pas, malgré lui.

Et tout à coup :

« Dis donc, maman, as-tu retrouvé ce portrait ?

360 Elle ouvrit des yeux surpris :

« Quel portrait ?

– Le portrait de Maréchal.

– Non... c'est-à-dire oui... je ne l'ai pas retrouvé, mais je crois savoir où il est.

365 – Quoi donc ? » demanda Roland.

Pierre lui dit :

« Un petit portrait de Maréchal qui était autrefois dans notre salon à Paris. J'ai pensé que Jean serait content de le posséder. »

Roland s'écria :

370 « Mais oui, mais oui, je m'en souviens parfaitement ; je l'ai même vu encore à la fin de l'autre semaine. Ta mère l'avait tiré de son secrétaire en rangeant ses papiers. C'était jeudi ou vendredi. Tu te rappelles bien, Louise ? J'étais en train de me raser quand tu l'as pris dans un tiroir et posé sur une chaise à côté de toi, avec un tas
375 de lettres dont tu as brûlé la moitié. Hein ? est-ce drôle que tu aies touché à ce portrait deux ou trois jours à peine avant l'héritage de Jean ? Si je croyais aux pressentiments, je dirais que c'en est un ! »

Mme Roland répondit avec tranquillité :

« Oui, oui, je sais où il est ; j'irai le chercher tout à l'heure. » Donc
380 elle avait menti ! Elle avait menti en répondant, ce matin-là même, à son fils qui lui demandait ce qu'était devenue cette miniature : « Je ne sais pas trop... peut-être que je l'ai dans mon secrétaire. » Elle l'avait vue, touchée, maniée, contemplée quelques jours auparavant, puis elle l'avait recachée dans le tiroir secret, avec des lettres,
385 ses lettres à lui.

Pierre regardait sa mère, qui avait menti. Il la regardait avec une colère exaspérée de fils trompé, volé dans son affection sacrée, et avec une jalousie d'homme longtemps aveugle qui découvre

enfin une trahison honteuse. S'il avait été le mari de cette femme,
390 lui, son enfant, il l'aurait saisie par les poignets, par les épaules ou
par les cheveux et jetée à terre, frappée, meurtrie, écrasée ! Et il ne
pouvait rien dire, rien faire, rien montrer, rien révéler. Il était son
fils, il n'avait rien à venger, lui, on ne l'avait pas trompé.

Mais oui, elle l'avait trompé dans sa tendresse, trompé dans son
395 pieux respect. Elle se devait à lui irréprochable, comme se doivent
toutes les mères à leurs enfants. Si la fureur dont il était soulevé
arrivait presque à de la haine, c'est qu'il la sentait plus criminelle
envers lui qu'envers son père lui-même.

L'amour de l'homme et de la femme est un pacte volontaire où
400 celui qui faiblit n'est coupable que de perfidie ; mais quand la
femme est devenue mère, son devoir a grandi puisque la nature
lui confie une race. Si elle succombe alors, elle est lâche, indigne et
infâme.

« C'est égal, dit tout à coup Roland en allongeant ses jambes
405 sous la table, comme il faisait chaque soir pour siroter son verre
de cassis[1], ça n'est pas mauvais de vivre à rien faire quand on a
une petite aisance[2]. J'espère que Jean nous offrira des dîners extra,
maintenant. Ma foi, tant pis si j'attrape quelquefois mal à l'estomac. » Puis se tournant vers sa femme :
410 « Va donc chercher ce portrait, ma chatte, puisque tu as fini de
manger. Ça me fera plaisir aussi de le revoir. » Elle se leva, prit une
bougie et sortit. Puis, après une absence qui parut longue à Pierre,
bien qu'elle n'eût pas duré trois minutes, Mme Roland rentra, souriante, et tenant par l'anneau un cadre doré de forme ancienne.
415 « Voilà, dit-elle, je l'ai retrouvé presque tout de suite. » Le docteur, le premier, avait tendu la main. Il reçut le portrait, et, d'un
peu loin, à bout de bras, l'examina. Puis, sentant bien que sa mère
le regardait, il leva lentement les yeux sur son frère, pour compa-
rer. Il faillit dire, emporté par sa violence : « Tiens, cela ressemble
420 à Jean. » S'il n'osa pas prononcer ces redoutables paroles, il mani-
festa sa pensée par la façon dont il comparait la figure vivante et la
figure peinte.

---

1. **Verre de cassis :** verre de sirop de cassis.
2. **Aisance :** fortune suffisante pour vivre agréablement.

Elles avaient, certes, des signes communs : la même barbe et le même front, mais rien d'assez précis pour permettre de déclarer :
425 « Voilà le père, et voilà le fils. » C'était plutôt un air de famille, une parenté de physionomies qu'anime le même sang. Or, ce qui fut pour Pierre plus décisif encore que cette allure des visages, c'est que sa mère s'était levée, avait tourné le dos et feignait d'enfermer, avec trop de lenteur, le sucre et le cassis dans un placard.

430 Elle avait compris qu'il savait, ou du moins qu'il soupçonnait !

« Passe-moi donc ça », disait Roland.

Pierre tendit la miniature et son père attira la bougie pour bien voir ; puis il murmura d'une voix attendrie :

« Pauvre garçon ! dire qu'il était comme ça quand nous l'avons
435 connu. Cristi ! comme ça va vite ! Il était joli homme, tout de même, à cette époque, et si plaisant de manières, n'est-ce pas, Louise ? » Comme sa femme ne répondait pas, il reprit :

« Et quel caractère égal ! Je ne lui ai jamais vu de mauvaise humeur. Voilà, c'est fini, il n'en reste plus rien... que ce qu'il a
440 laissé à Jean. Enfin, on pourra jurer que celui-là s'est montré bon ami et fidèle jusqu'au bout. Même en mourant il ne nous a pas oubliés. » Jean, à son tour, tendit le bras pour prendre le portrait. Il le contempla quelques instants, puis avec regret :

« Moi, je ne le reconnais pas du tout. Je ne me le rappelle qu'avec
445 ses cheveux blancs. » Et il rendit la miniature à sa mère. Elle y jeta un regard rapide, vite détourné, qui semblait craintif ; puis de sa voix naturelle :

« Cela t'appartient maintenant, mon Jeannot, puisque tu es son héritier. Nous le porterons dans ton nouvel appartement. » Et
450 comme on entrait au salon, elle posa la miniature sur la cheminée, près de la pendule, où elle était autrefois.

Roland bourrait sa pipe, Pierre et Jean allumèrent des cigarettes. Ils les fumaient ordinairement l'un en marchant à travers la pièce, l'autre assis, enfoncé dans un fauteuil, et les jambes croisées. Le
455 père se mettait toujours à cheval sur une chaise et crachait de loin dans la cheminée.

Mme Roland, sur un siège bas, près d'une petite table qui portait la lampe, brodait, tricotait ou marquait du linge.

Elle commençait, ce soir-là, une tapisserie destinée à la chambre
460 de Jean. C'était un travail difficile et compliqué dont le début exi-

geait toute son attention. De temps en temps cependant son œil qui comptait les points se levait et allait, prompt et furtif, vers le petit portrait du mort appuyé contre la pendule. Et le docteur, qui traversait l'étroit salon en quatre ou cinq enjambées, les mains derrière le dos et la cigarette aux lèvres, rencontrait chaque fois le regard de sa mère.

On eût dit qu'ils s'épiaient, qu'une lutte venait de se déclarer entre eux ; et un malaise douloureux, un malaise insoutenable crispait le cœur de Pierre. Il se disait, torturé et satisfait pourtant : « Doit-elle souffrir en ce moment, si elle sait que je l'ai devinée[1] ! » Et à chaque retour vers le foyer, il s'arrêtait quelques secondes à contempler le visage blond de Maréchal, pour bien montrer qu'une idée fixe le hantait. Et ce petit portrait, moins grand qu'une main ouverte, semblait une personne vivante, méchante, redoutable, entrée soudain dans cette maison et dans cette famille.

Tout à coup la sonnette de la rue tinta. Mme Roland, toujours si calme, eut un sursaut qui révéla le trouble de ses nerfs au docteur.

Puis elle dit : « Ça doit être Mme Rosémilly. » Et son œil anxieux encore une fois se leva vers la cheminée.

Pierre comprit, ou crut comprendre sa terreur et son angoisse. Le regard des femmes est perçant, leur esprit agile, et leur pensée soupçonneuse. Quand celle qui allait entrer apercevrait cette miniature inconnue, du premier coup, peut-être, elle découvrirait la ressemblance entre cette figure et celle de Jean. Alors elle saurait et comprendrait tout ! Il eut peur, une peur brusque et horrible que cette honte fût dévoilée, et se retournant, comme la porte s'ouvrait, il prit la petite peinture et la glissa sous la pendule sans que son père et son frère l'eussent vu.

Rencontrant de nouveau les yeux de sa mère ils lui parurent changés, troubles et hagards[2].

« Bonjour, disait Mme Rosémilly, je viens boire avec vous une tasse de thé. » Mais pendant qu'on s'agitait autour d'elle pour s'informer de sa santé, Pierre disparut par la porte restée ouverte.

Quand on s'aperçut de son départ, on s'étonna. Jean mécontent, à cause de la jeune veuve qu'il craignait blessée, murmurait :

---

1. **Devinée :** percée à jour.
2. **Hagards :** égarés.

« Quel ours ! » Mme Roland répondit :

« Il ne faut pas lui en vouloir, il est un peu malade aujourd'hui et fatigué d'ailleurs de sa promenade à Trouville.

– N'importe, reprit Roland, ce n'est pas une raison pour s'en aller comme un sauvage. » Mme Rosémilly voulut arranger les choses en affirmant :

« Mais non, mais non, il est parti à l'anglaise[1] ; on se sauve toujours ainsi dans le monde quand on s'en va de bonne heure.

– Oh ! répondit Jean, dans le monde, c'est possible, mais on ne traite pas sa famille à l'anglaise, et mon frère ne fait que cela, depuis quelque temps. »

---

1. **Il est parti à l'anglaise :** il est parti sans dire au revoir, rapidement.

Clefs d'analyse

Action et personnages

1. Combien de chapitres compte *Pierre et Jean* ? Quelle place occupe ce chapitre ?

2. La nuit que Pierre passe est différente des précédentes. En quoi ? Pourquoi ?

3. À qui Pierre s'identifie-t-il dans les réflexions qui ouvrent le chapitre (l. 28-53) ?

4. De qui Pierre était-il jaloux jusqu'à présent ? Et désormais ? De quelle nature est sa jalousie ?

5. Étudiez la valeur symbolique du trajet du bateau qui mène Pierre à Trouville.

6. Que fait Pierre quand Mme Rosémilly se présente chez les Roland ? Comment se comporte-t-il ?

Langue

7. Quel est le sens du mot « connaître » dans la phrase suivante : « Un homme qui avait connu leur mère lui laissait toute sa fortune » (l. 19)?

8. « Sa barbe et ses cheveux blonds faisaient une tache d'or sur le linge blanc » (l. 110-111). Comment comprendre cette comparaison ? Quelle est la couleur du portrait de Maréchal ?

9. Étudiez les réflexions qui agitent Pierre lors de sa nuit d'insomnie. Selon quelle logique sont-elles agencées ?

10. Quel sens prend l'expression « maison close » dans la phrase de Pierre : « [...] car on ne rencontrait pas, sur les plages piétinées par la légion des désœuvrés, le peuple des honnêtes femmes enfermées dans la maison close » (l. 281-283) ?

11. Relevez dans ce chapitre des exemples de maximes.

12. Étudiez le champ lexical de cette phrase : « En parlerait-elle la première, ou faudrait-il qu'il demandât de nouveau ? Certes si elle attendait qu'on l'interrogeât encore, elle avait une raison secrète de ne point montrer ce portrait » (l. 302-305). Quel rôle joue ici Pierre ?

13. Étudiez le type de vocabulaire que Pierre utilise pour évoquer la faute de sa mère. À quel registre appartient-il ? Comment parle-t-il ?

14. « Voilà c'est fini, il n'en reste plus rien... que ce qu'il a laissé à Jean. Enfin, on pourra jurer que celui-là s'est montré bon ami et fidèle jusqu'au bout » (l. 439-441). Que pensez-vous des propos du père Roland ?

Genre ou thèmes

15. Étudiez la vision de l'amour selon Pierre.

16. Pierre ne se comporte-t-il pas vis-à-vis de sa mère comme un mari jaloux ?

Écriture

17. Inventez et rédigez des maximes en respectant la loi du genre.

Pour aller plus loin

18. Faites des recherches sur le statut de la femme au XIXe siècle.

✳ À retenir

La maxime (du latin *maxima sententia*, « pensée très importante ») est une proposition qui énonce, de façon concise et frappante, une vérité générale ou universelle. Elle a souvent une visée morale.

VI

Rien ne survint chez les Roland pendant une semaine ou deux.
Le père pêchait, Jean s'installait aidé de sa mère, Pierre, très sombre,
ne paraissait plus qu'aux heures des repas.

Son père lui ayant demandé un soir :

« Pourquoi diable nous fais-tu une figure d'enterrement ?
Ça n'est pas d'aujourd'hui que je le remarque ! » Le docteur
répondit :

« C'est que je sens terriblement le poids de la vie. » Le bonhomme n'y comprit rien et, d'un air désolé :

« Vraiment c'est trop fort. Depuis que nous avons eu le bonheur
de cet héritage, tout le monde semble malheureux.

C'est comme s'il nous était arrivé un accident, comme si nous
pleurions quelqu'un !

– Je pleure quelqu'un, en effet, dit Pierre.

– Toi ? Qui donc ?

– Oh ! quelqu'un que tu n'as pas connu, et que j'aimais trop. »

Roland s'imagina qu'il s'agissait d'une amourette, d'une personne
légère courtisée par son fils, et il demanda :

« Une femme, sans doute ?

– Oui, une femme.

– Morte ?

– Non, c'est pis, perdue. – Ah ! » Bien qu'il s'étonnât de cette
confidence imprévue, faite devant sa femme, et du ton bizarre de
son fils, le vieux n'insista point, car il estimait que ces choses-là ne
regardent pas les tiers[1].

Mme Roland semblait n'avoir point entendu ; elle paraissait
malade, étant très pâle. Plusieurs fois déjà son mari, surpris de la
voir s'asseoir comme si elle tombait sur son siège, de l'entendre
souffler comme si elle ne pouvait plus respirer, lui avait dit :

---

1. **Les tiers :** les autres.

30 « Vraiment, Louise, tu as mauvaise mine, tu te fatigues trop sans doute à installer Jean ! Repose-toi un peu, sacristi ! Il n'est pas pressé, le gaillard, puisqu'il est riche. » Elle remuait la tête sans répondre.

Sa pâleur, ce jour-là, devint si grande que Roland, de nouveau, la 35 remarqua.

« Allons, dit-il, ça ne va pas du tout, ma pauvre vieille, il faut te soigner. » Puis se tournant vers son fils :

« Tu le vois bien, toi, qu'elle est souffrante, ta mère. L'as-tu examinée, au moins ? » Pierre répondit :

40 « Non, je ne m'étais pas aperçu qu'elle eût quelque chose. » Alors Roland se fâcha :

« Mais ça crève les yeux, nom d'un chien ! À quoi ça te sert-il d'être docteur alors, si tu ne t'aperçois même pas que ta mère est indisposée ? Mais regarde-la, tiens, regarde-la. Non, vrai, on pour-45 rait crever, ce médecin-là ne s'en douterait pas ! » Mme Roland s'était mise à haleter, si blême que son mari s'écria :

« Mais elle va se trouver mal !

– Non... non... ce n'est rien... ça va passer... ce n'est rien. »

Pierre s'était approché, et la regardant fixement :

50 « Voyons, qu'est-ce que tu as ? » dit-il.

Elle répétait, d'une voix basse, précipitée :

« Mais rien... rien... je t'assure... rien. » Roland était parti chercher du vinaigre[1] ; il rentra, et tendant la bouteille à son fils :

« Tiens... mais soulage-la donc, toi. As-tu tâté son cœur, au 55 moins ? » Comme Pierre se penchait pour prendre son pouls, elle retira sa main d'un mouvement si brusque qu'elle heurta une chaise voisine.

« Allons, dit-il d'une voix froide, laisse-toi soigner puisque tu es malade. » Alors elle souleva et lui tendit son bras. Elle avait la 60 peau brûlante, les battements du sang tumultueux et saccadés. Il murmura :

« En effet, c'est assez sérieux. Il faudra prendre des calmants. Je vais te faire une ordonnance. » Et comme il écrivait, courbé sur son papier, un bruit léger de soupirs pressés, de suffocation, de souffles 65 courts et retenus le fit se retourner soudain.

---

1. **Vinaigre** : vinaigre pharmaceutique destiné à ranimer et stimuler.

Elle pleurait, les deux mains sur la face.

Roland, éperdu, demandait :

« Louise, Louise, qu'est-ce que tu as ? mais qu'est-ce que tu as donc ? » Elle ne répondait pas et semblait déchirée par un chagrin
70 horrible et profond.

Son mari voulut prendre ses mains et les ôter de son visage.

Elle résista, répétant :

« Non, non, non. » Il se tourna vers son fils :

« Mais qu'est-ce qu'elle a ? Je ne l'ai jamais vue ainsi.
75 — Ce n'est rien, dit Pierre, une petite crise de nerfs. » Et il lui semblait que son cœur à lui se soulageait à la voir ainsi torturée, que cette douleur allégeait son ressentiment[1], diminuait la dette d'opprobre[2] de sa mère. Il la contemplait comme un juge satisfait de sa besogne[3].
80 Mais soudain elle se leva, se jeta vers la porte, d'un élan si brusque qu'on ne put ni le prévoir ni l'arrêter ; et elle courut s'enfermer dans sa chambre.

Roland et le docteur demeurèrent face à face.

« Est-ce que tu y comprends quelque chose ? dit l'un.
85 — Oui, répondit l'autre, cela vient d'un simple petit malaise nerveux qui se déclare souvent à l'âge de maman. Il est probable qu'elle aura encore beaucoup de crises comme celle-là. »

Elle en eut d'autres en effet, presque chaque jour, et que Pierre semblait provoquer d'une parole, comme s'il avait eu le secret de
90 son mal étrange et inconnu. Il guettait sur sa figure les intermittences[4] de repos, et, avec des ruses de tortionnaire, réveillait par un seul mot la douleur un instant calmée.

Et il souffrait autant qu'elle, lui ! Il souffrait affreusement de ne plus l'aimer, de ne plus la respecter et de la torturer.
95 Quand il avait bien avivé[5] la plaie saignante, ouverte par lui dans ce cœur de femme et de mère, quand il sentait combien elle était misérable et désespérée, il s'en allait seul, par la ville, si tenaillé par

---

1. **Ressentiment :** rancune.
2. **Opprobre :** honte.
3. **Besogne :** travail.
4. **Intermittences :** relâches.
5. **Avivé :** attisé.

les remords, si meurtri par la pitié, si désolé de l'avoir ainsi broyée
sous son mépris de fils, qu'il avait envie de se jeter à la mer, de se
100 noyer pour en finir.

Oh ! comme il aurait voulu pardonner, maintenant ! mais il ne
le pouvait point, étant incapable d'oublier. Si seulement il avait pu
ne pas la faire souffrir ; mais il ne le pouvait pas non plus, souf-
frant toujours lui-même. Il rentrait aux heures des repas, plein de
105 résolutions attendries, puis dès qu'il l'apercevait, dès qu'il voyait
son œil, autrefois si droit et si franc, et fuyant à présent, craintif,
éperdu, il frappait malgré lui, ne pouvant garder la phrase perfide[1]
qui lui montait aux lèvres.

L'infâme secret, connu d'eux seuls, l'aiguillonnait[2] contre elle.
110 C'était un venin qu'il portait à présent dans les veines et qui lui
donnait des envies de mordre à la façon d'un chien enragé.

Rien ne le gênait plus pour la déchirer sans cesse, car Jean habitait maintenant presque tout à fait son nouvel appartement, et il
revenait seulement pour dîner et pour coucher, chaque soir, dans
115 sa famille.

Il s'apercevait souvent des amertumes et des violences de son
frère, qu'il attribuait à la jalousie. Il se promettait bien de le remettre
à sa place, et de lui donner une leçon un jour ou l'autre, car la
vie de famille devenait fort pénible à la suite de ces scènes conti-
120 nuelles. Mais comme il vivait à part maintenant, il souffrait moins
de ces brutalités ; et son amour de la tranquillité le poussait à la
patience. La fortune, d'ailleurs, l'avait grisé, et sa pensée ne s'arrêtait plus guère qu'aux choses ayant pour lui un intérêt direct. Il
arrivait, l'esprit plein de petits soucis nouveaux, préoccupé de la
125 coupe d'une jaquette, de la forme d'un chapeau de feutre, de la
grandeur convenable pour les cartes de visite. Et il parlait avec persistance de tous les détails de sa maison, de planches posées dans
le placard de sa chambre pour serrer le linge, de porte-manteaux
installés dans le vestibule, de sonneries électriques disposées pour
130 prévenir toute pénétration clandestine dans le logis.

Il avait été décidé qu'à l'occasion de son installation, on ferait
une partie de campagne à Saint-Jouin, et qu'on reviendrait prendre

---

1. **Perfide** : sournoise.
2. **Aiguillonnait** : excitait.

le thé, chez lui, après dîner. Roland voulait aller par mer, mais la distance et l'incertitude où l'on était d'arriver par cette voie, si le
135 vent contraire soufflait, firent repousser son avis, et un break[1] fut loué pour cette excursion.

On partit vers dix heures afin d'arriver pour le déjeuner. La grand-route poudreuse se déployait à travers la campagne normande que les ondulations des plaines et les fermes entou-
140 rées d'arbres font ressembler à un parc sans fin. Dans la voiture emportée au trot lent de deux gros chevaux, la famille Roland, Mme Rosémilly et le capitaine Beausire se taisaient, assourdis par le bruit des roues, et fermaient les yeux dans un nuage de poussière.

145 C'était l'époque des récoltes mûres. À côté des trèfles d'un vert sombre, et des betteraves d'un vert cru, les blés jaunes éclairaient la campagne d'une lueur dorée et blonde. Ils semblaient avoir bu la lumière du soleil tombée sur eux. On commençait à moissonner par places, et dans les champs attaqués par les faux, on voyait les
150 hommes se balancer en promenant au ras du sol leur grande lame en forme d'aile.

Après deux heures de marche, le break prit un chemin à gauche, passa près d'un moulin à vent qui tournait, mélancolique épave grise, à moitié pourrie et condamnée, dernier survivant des vieux
155 moulins, puis il entra dans une jolie cour et s'arrêta devant une maison coquette, auberge célèbre dans le pays.

La patronne, qu'on appelle la belle Alphonsine, s'en vint, souriante, sur sa porte, et tendit la main aux deux dames qui hésitaient devant le marchepied[2] trop haut.

160 Sous une tente, au bord de l'herbage ombragé de pommiers, des étrangers[3] déjeunaient déjà, des Parisiens venus d'Étretat ; et on entendait dans l'intérieur de la maison des voix, des rires et des bruits de vaisselle.

On dut manger dans une chambre, toutes les salles étant pleines.
165 Soudain Roland aperçut contre la muraille des filets à salicoques[4].

---

1. **Break** : voiture ouverte avec deux banquettes se faisant face.
2. **Marchepied** : petit escalier escamotable qui sert à monter et descendre du break.
3. **Étrangers** : étrangers à la Normandie.
4. **Salicoques** : crevettes, appelées aussi « bouquets ».

« Ah ! ah ! cria-t-il, on pêche du bouquet ici ?

– Oui, répondit Beausire, c'est même l'endroit où on en prend le plus de toute la côte.

– Bigre ! si nous y allions après déjeuner ? » Il se trouvait jus-
170 tement que la marée était basse à trois heures ; et on décida que tout le monde passerait l'après-midi dans les rochers, à chercher des salicoques.

On mangea peu, pour éviter l'afflux de sang à la tête quand on aurait les pieds dans l'eau. On voulait d'ailleurs se réserver pour le
175 dîner, qui fut commandé magnifique et qui devait être prêt dès six heures, quand on rentrerait.

Roland ne se tenait pas d'impatience. Il voulait acheter les engins spéciaux employés pour cette pêche, et qui ressemblent beaucoup à ceux dont on se sert pour attraper des papillons dans les prairies.
180 On les nomme lanets[1]. Ce sont de petites poches en filet atta-
chées sur un cercle de bois, au bout d'un long bâton.

Alphonsine, souriant toujours, les lui prêta. Puis elle aida les deux femmes à faire une toilette improvisée pour ne point mouiller leur robe. Elle offrit des jupes, de gros bas de laine et des espa-
185 drilles. Les hommes ôtèrent leurs chaussettes et achetèrent chez le cordonnier du lieu des savates et des sabots.

Puis on se mit en route, le lanet sur l'épaule et la hotte sur le dos. Mme Rosémilly, dans ce costume, était tout à fait gentille[2], d'une gentillesse imprévue, paysanne et hardie.
190 La jupe prêtée par Alphonsine, coquettement relevée et fermée par un point de couture afin de pouvoir courir et sauter sans peur dans les roches, montrait la cheville et le bas du mollet, un ferme mollet de petite femme souple et forte. La taille était libre pour laisser aux mouvements leur aisance ; et elle avait trouvé, pour se
195 couvrir la tête, un immense chapeau de jardinier, en paille jaune, aux bords démesurés, à qui une branche de tamaris[3], tenant un côté retroussé, donnait un air mousquetaire et crâne[4].

---

1. **Lanets** : filets.
2. **Gentille** : gracieuse.
3. **Tamaris** : arbrisseau à petites feuilles en écailles, originaire d'Orient.
4. **Crâne** : courageux.

Jean, depuis son héritage, se demandait tous les jours s'il l'épou-
serait ou non. Chaque fois qu'il la revoyait, il se sentait décidé à
200 en faire sa femme, puis, dès qu'il se trouvait seul, il songeait qu'en
attendant on a le temps de réfléchir. Elle était moins riche que lui
maintenant, car elle ne possédait qu'une douzaine de mille francs
de revenu, mais en biens-fonds[1], en fermes et en terrains dans Le
Havre, sur les bassins ; et cela, plus tard, pouvait valoir une grosse
205 somme. La fortune était donc à peu près équivalente, et la jeune
veuve assurément lui plaisait beaucoup.

En la regardant marcher devant lui ce jour-là, il pensait :
« Alors, il faut que je me décide. Certes, je ne trouverai pas
mieux. » Ils suivirent un petit vallon en pente, descendant du vil-
210 lage vers la falaise ; et la falaise, au bout de ce vallon, dominait la
mer de quatre-vingts mètres. Dans l'encadrement des côtes vertes,
s'abaissant à droite et à gauche, un grand triangle d'eau, d'un bleu
d'argent sous le soleil, apparaissait au loin, et une voile, à peine
visible, avait l'air d'un insecte là-bas. Le ciel plein de lumière se
215 mêlait tellement à l'eau qu'on ne distinguait point du tout où finissait l'un et où commençait l'autre ; et les deux femmes, qui précédaient les trois hommes, dessinaient sur cet horizon clair leurs
tailles serrées dans leurs corsages.

Jean, l'œil allumé, regardait fuir devant lui la cheville mince, la
220 jambe fine, la hanche souple et le grand chapeau provocant de
Mme Rosémilly. Et cette fuite activait son désir, le poussait aux
résolutions décisives que prennent brusquement les hésitants et
les timides. L'air tiède, où se mêlait à l'odeur des côtes, des ajoncs[2],
des trèfles et des herbes, la senteur marine des roches découvertes,
225 l'animait encore en le grisant doucement, et il se décidait un peu
plus à chaque pas, à chaque seconde, à chaque regard jeté sur la
silhouette alerte de la jeune femme ; il se décidait à ne plus hésiter,
à lui dire qu'il l'aimait et qu'il désirait l'épouser. La pêche lui servirait, facilitant leur tête-à-tête ; et ce serait, en outre, un joli cadre,
230 un joli endroit pour parler d'amour, les pieds dans un bassin d'eau

---

1. **Biens-fonds :** biens immeubles, c'est-à-dire qu'on ne peut déplacer, tels que « fermes
et terrains ».
2. **Ajoncs :** arbrisseaux épineux.

limpide, en regardant fuir sous les varechs[1] les longues barbes des crevettes.

235 Quand ils arrivèrent au bout du vallon, au bord de l'abîme, ils aperçurent un petit sentier qui descendait le long de la falaise, et sous eux, entre la mer et le pied de la montagne, à mi-côte à peu près, un surprenant chaos[2] de rochers énormes, écroulés, renversés, entassés les uns sur les autres dans une espèce de plaine herbeuse et mouvementée qui courait à perte de vue vers le sud, formée par les éboulements anciens. Sur cette longue bande de 240 broussailles et de gazon secouée, eût-on dit, par des sursauts de volcan, les rocs tombés semblaient les ruines d'une grande cité disparue qui regardait autrefois l'Océan, dominée elle-même par la muraille blanche et sans fin de la falaise.

« Ça, c'est beau », dit en s'arrêtant Mme Rosémilly.

245 Jean l'avait rejointe, et, le cœur ému, lui offrait la main pour descendre l'étroit escalier taillé dans la roche.

Ils partirent en avant, tandis que Beausire, se raidissant sur ses courtes jambes, tendait son bras replié à Mme Roland étourdie par le vide.

250 Roland et Pierre venaient les derniers, et le docteur dut traîner son père, tellement troublé par le vertige, qu'il se laissait glisser, de marche en marche, sur son derrière.

Les jeunes gens, qui dévalaient en tête, allaient vite, et soudain ils aperçurent, à côté d'un banc de bois qui marquait un repos 255 vers le milieu de la valleuse[3], un filet d'eau claire jaillissant d'un petit trou de la falaise. Il se répandait d'abord en un bassin grand comme une cuvette qu'il s'était creusé lui-même, puis tombant en cascade haute de deux pieds à peine, il s'enfuyait à travers le sentier, où avait poussé un tapis de cresson, puis disparaissait dans les 260 ronces et les herbes, à travers la plaine soulevée où s'entassaient les éboulements.

« Oh ! que j'ai soif ! » s'écria Mme Rosémilly.

Mais comment boire ? Elle essayait de recueillir dans le fond de sa main l'eau qui lui fuyait à travers les doigts. Jean eut une idée,

---

1. **Varechs** : algues rejetées par la mer.
2. **Chaos** : entassement désordonné.
3. **Valleuse** : petite vallée formant une entaille dans une falaise.

265 mit une pierre dans le chemin ; et elle s'agenouilla dessus afin de puiser à la source même avec ses lèvres qui se trouvaient ainsi à la même hauteur.

Quand elle releva sa tête, couverte de gouttelettes brillantes semées par milliers sur la peau, sur les cheveux, sur les cils, sur le 270 corsage, Jean penché vers elle murmura :

« Comme vous êtes jolie ! » Elle répondit, sur le ton qu'on prend pour gronder un enfant :

« Voulez-vous bien vous taire ? » C'étaient les premières paroles un peu galantes qu'ils échangeaient.

275 « Allons, dit Jean fort troublé, sauvons-nous avant qu'on nous rejoigne. » Il apercevait, en effet, tout près d'eux maintenant, le dos du capitaine Beausire qui descendait à reculons afin de soutenir par les deux mains Mme Roland, et, plus haut, plus loin, Roland se laissait toujours glisser, calé sur son fond de culotte en se traînant 280 sur les pieds et sur les coudes avec une allure de tortue, tandis que Pierre le précédait en surveillant ses mouvements.

Le sentier moins escarpé[1] devenait une sorte de chemin en pente contournant les blocs énormes tombés autrefois de la montagne. Mme Rosémilly et Jean se mirent à courir et furent bientôt sur le 285 galet. Ils le traversèrent pour gagner les roches.

Elles s'étendaient en une longue et plate surface couverte d'herbes marines et où brillaient d'innombrables flaques d'eau. La mer basse était là-bas, très loin, derrière cette plaine gluante de varechs, d'un vert luisant et noir.

290 Jean releva son pantalon jusqu'au-dessus du mollet et ses manches jusqu'au coude, afin de se mouiller sans crainte, puis il dit : « En avant ! » et sauta avec résolution dans la première mare rencontrée.

Plus prudente, bien que décidée aussi à entrer dans l'eau tout à l'heure, la jeune femme tournait autour de l'étroit bassin, à pas 295 craintifs, car elle glissait sur les plantes visqueuses.

« Voyez-vous quelque chose ? disait-elle.

– Oui, je vois votre visage qui se reflète dans l'eau.

– Si vous ne voyez que cela, nous n'aurez pas une fameuse pêche. » Il murmura d'une voix tendre :

---

1. **Escarpé :** en pente raide.

300 « Oh ! de toutes les pêches c'est encore celle que je préférerais faire. » Elle riait :

« Essayez donc, vous allez voir comme il passera à travers votre filet.

– Pourtant... si vous vouliez ?

305 – Je veux vous voir prendre des salicoques... et rien de plus... pour le moment.

– Vous êtes méchante. Allons plus loin, il n'y a rien ici. » Et il lui offrit la main pour marcher sur les rochers gras. Elle s'appuyait un peu craintive, et lui, tout à coup, se sentait envahi par l'amour, 310 soulevé de désirs, affamé d'elle, comme si le mal qui germait en lui avait attendu ce jour-là pour éclore.

Ils arrivèrent bientôt auprès d'une crevasse plus profonde, où flottaient sous l'eau frémissante et coulant vers la mer lointaine par une fissure invisible, des herbes longues, fines, bizarrement 315 colorées, des chevelures roses et vertes, qui semblaient nager.

Mme Rosémilly s'écria :

« Tenez, tenez, j'en vois une, une grosse, une très grosse là-bas ! » Il l'aperçut à son tour, et descendit dans le trou résolument, bien qu'il se mouillât jusqu'à la ceinture.

320 Mais la bête remuant ses longues moustaches reculait douce-ment devant le filet. Jean la poussait vers les varechs, sûr de l'y prendre. Quand elle se sentit bloquée, elle glissa d'un brusque élan par-dessus le lanet, traversa la mare et disparut.

La jeune femme qui regardait, toute palpitante, cette chasse, ne 325 put retenir ce cri :

« Oh ! maladroit ! » Il fut vexé, et d'un mouvement irréfléchi traîna son filet dans un fond plein d'herbes. En le ramenant à la surface de l'eau, il vit dedans trois grosses salicoques transparentes, cueillies à l'aveuglette dans leur cachette invisible.

330 Il les présenta, triomphant, à Mme Rosémilly qui n'osait point les prendre, par peur de la pointe aiguë et dentelée dont leur tête fine est armée.

Elle s'y décida pourtant, et pinçant entre deux doigts le bout effilé de leur barbe, elle les mit, l'une après l'autre, dans sa hotte, 335 avec un peu de varech qui les conserverait vivantes.

Puis ayant trouvé une flaque d'eau moins creuse, elle y entra, à pas hésitants, un peu suffoquée par le froid qui lui saisissait les pieds, et elle se mit à pêcher elle-même. Elle était adroite et rusée, ayant la main souple et le flair de chasseur qu'il fallait. Presque à chaque coup, elle ramenait des bêtes trompées et surprises par la lenteur ingénieuse de sa poursuite.

Jean maintenant ne trouvait rien, mais il la suivait pas à pas, la frôlait, se penchait sur elle, simulait un grand désespoir de sa maladresse, voulait apprendre.

« Oh ! montrez-moi, disait-il, montrez-moi ! » Puis, comme leurs deux visages se reflétaient, l'un contre l'autre, dans l'eau si claire dont les plantes noires du fond faisaient une glace limpide, Jean souriait à cette tête voisine qui le regardait d'en bas, et parfois, du bout des doigts, lui jetait un baiser qui semblait tomber dessus.

« Ah ! que vous êtes ennuyeux ! disait la jeune femme ; mon cher, il ne faut jamais faire deux choses à la fois. » Il répondit :

« Je n'en fais qu'une. Je vous aime. » Elle se redressa, et d'un ton sérieux :

« Voyons, qu'est-ce qui vous prend depuis dix minutes, avez-vous perdu la tête ?

- Non, je n'ai pas perdu la tête. Je vous aime, et j'ose, enfin, vous le dire. » Ils étaient debout maintenant dans la mare salée qui les mouillait jusqu'aux mollets, et les mains ruisselantes appuyées sur leurs filets, ils se regardaient au fond des yeux.

Elle reprit, d'un ton plaisant et contrarié :

« Que vous êtes malavisé de me parler de ça en ce moment !

Ne pouviez-vous attendre un autre jour et ne pas me gâter ma pêche ? » Il murmura :

« Pardon, mais je ne pouvais plus me taire. Je vous aime depuis longtemps. Aujourd'hui vous m'avez grisé à me faire perdre la raison. » Alors, tout à coup, elle sembla en prendre son parti, se résigner à parler d'affaires et à renoncer aux plaisirs.

« Asseyons-nous sur ce rocher, dit-elle, nous pourrons causer tranquillement. » Ils grimpèrent sur un roc un peu haut, et lorsqu'ils y furent installés côte à côte, les pieds pendants, en plein soleil, elle reprit :

« Mon cher ami, vous n'êtes plus un enfant et je ne suis pas une jeune fille. Nous savons fort bien l'un et l'autre de quoi il s'agit, et nous pouvons peser toutes les conséquences de nos actes. Si vous vous décidez aujourd'hui à me déclarer votre amour, je suppose

naturellement que vous désirez m'épouser. » Il ne s'attendait guère
à cet exposé net de la situation, et il répondit niaisement :

« Mais oui.

– En avez-vous parlé à votre père et à votre mère ?

380 – Non, je voulais savoir si vous m'accepteriez. » Elle lui tendit sa
main encore mouillée, et comme il y mettait la sienne avec élan :

« Moi, je veux bien, dit-elle. Je vous crois bon et loyal. Mais
n'oubliez point que je ne voudrais pas déplaire à vos parents.

– Oh ! pensez-vous que ma mère n'a rien prévu et qu'elle vous
385 aimerait comme elle vous aime si elle ne désirait pas un mariage
entre nous ?

– C'est vrai, je suis un peu troublée. » Ils se turent. Et il s'étonnait, lui, au contraire, qu'elle fût si peu troublée, si raisonnable. Il
s'attendait à des gentillesses galantes[1], à des refus qui disent oui, à
390 toute une coquette comédie d'amour mêlée à la pêche, dans le cla-
potement de l'eau !

Et c'était fini, il se sentait lié, marié, en vingt paroles. Ils n'avaient
plus rien à se dire puisqu'ils étaient d'accord et ils demeuraient
maintenant un peu embarrassés tous deux de ce qui s'était passé,
395 si vite, entre eux, un peu confus même, n'osant plus parler, n'osant
plus pêcher, ne sachant que faire.

La voix de Roland les sauva :

« Par ici, par ici, les enfants ! Venez voir Beausire. Il vide la mer, ce
gaillard-là. » Le capitaine, en effet, faisait une pêche merveilleuse.

400 Mouillé jusqu'aux reins, il allait de mare en mare, reconnaissant
d'un seul coup d'œil les meilleures places, et fouillant, d'un mouvement lent et sûr de son lanet, toutes les cavités cachées sous les
varechs.

Et les belles salicoques transparentes, d'un blond gris, frétillaient
405 au fond de sa main quand il les prenait d'un geste sec pour les
jeter dans sa hotte.

Mme Rosémilly surprise, ravie, ne le quitta plus, l'imitant de son
mieux, oubliant presque sa promesse et Jean qui suivait, rêveur,
pour se donner tout entière à cette joie enfantine de ramasser des
410 bêtes sous les herbes flottantes.

Roland s'écria tout à coup :

---

1. **Galantes** : amoureuses.

« Tiens, Mme Roland qui nous rejoint. » Elle était restée d'abord seule avec Pierre sur la plage, car ils n'avaient envie ni l'un ni l'autre de s'amuser à courir dans les roches et à barboter dans les ₄₁₅ flaques ; et pourtant ils hésitaient à demeurer ensemble. Elle avait peur de lui, et son fils avait peur d'elle et de lui-même, peur de sa cruauté qu'il ne maîtrisait point.

Ils s'assirent donc, l'un près de l'autre, sur le galet.

Et tous deux, sous la chaleur du soleil calmée par l'air marin, ₄₂₀ devant le vaste et doux horizon d'eau bleue moirée[1] d'argent, pensaient en même temps : « Comme il aurait fait bon ici, autrefois ! » Elle n'osait point parler à Pierre, sachant bien qu'il répondrait une dureté ; et il n'osait pas parler à sa mère sachant aussi que, malgré lui, il le ferait avec violence.

₄₂₅ Du bout de sa canne il tourmentait les galets ronds, les remuait et les battait. Elle, les yeux vagues, avait pris entre ses doigts trois ou quatre petits cailloux qu'elle faisait passer d'une main dans l'autre, d'un geste lent et machinal. Puis son regard indécis, qui errait devant elle, aperçut, au milieu des varechs, son fils Jean ₄₃₀ qui pêchait avec Mme Rosémilly. Alors elle les suivit, épiant leurs mouvements, comprenant confusément, avec son instinct de mère, qu'ils ne causaient point comme tous les jours. Elle les vit se pencher côte à côte quand ils se regardaient dans l'eau, demeurer debout face à face quand ils interrogeaient leur cœur, puis grimper ₄₃₅ et s'asseoir sur le rocher pour s'engager l'un envers l'autre.

Leurs silhouettes se détachaient bien nettes, semblaient seules au milieu de l'horizon, prenaient dans ce large espace de ciel, de mer, de falaises, quelque chose de grand et de symbolique.

Pierre aussi les regardait, et un rire sec sortit brusquement de ses ₄₄₀ lèvres.

Sans se tourner vers lui, Mme Roland lui dit :

« Qu'est-ce que tu as donc ? » Il ricanait toujours :

« Je m'instruis. J'apprends comment on se prépare à être cocu. » Elle eut un sursaut de colère, de révolte, choquée du mot, exaspé-₄₄₅ rée de ce qu'elle croyait comprendre.

« Pour qui dis-tu ça ?

---

1. **Moirée :** qui présente des reflets chatoyants, comme la moire.

– Pour Jean, parbleu ! C'est très comique de les voir ainsi ! » Elle murmura, d'une voix basse, tremblante d'émotion :

« Oh ! Pierre, que tu es cruel ! Cette femme est la droiture même.
450 Ton frère ne pourrait trouver mieux. » Il se mit à rire tout à fait, d'un rire voulu et saccadé :

« Ah ! ah ! ah ! La droiture même ! Toutes les femmes sont la droiture même... et tous leurs maris sont cocus. Ah ! ah ! ah ! » Sans répondre elle se leva, descendit vivement la pente de galets,
455 et, au risque de glisser, de tomber dans les trous cachés sous les herbes, de se casser la jambe ou le bras, elle s'en alla, courant presque, marchant à travers les mares, sans voir, tout droit devant elle, vers son autre fils.

En la voyant approcher, Jean lui cria :
460 « Eh bien ? maman, tu te décides ? » Sans répondre elle lui saisit le bras comme pour lui dire :

« Sauve-moi, défends-moi. » Il vit son trouble et, très surpris :

« Comme tu es pâle ! Qu'est-ce que tu as ? » Elle balbutia :

« J'ai failli tomber, j'ai eu peur sur ces rochers. » Alors Jean la
465 guida, la soutint, lui expliquant la pêche pour qu'elle y prît intérêt. Mais comme elle ne l'écoutait guère, et comme il éprouvait un besoin violent de se confier à quelqu'un, il l'entraîna plus loin et, à voix basse :

« Devine ce que j'ai fait ?
470 – Mais... mais... je ne sais pas.

– Devine.

– Je ne... je ne sais pas.

– Eh bien, j'ai dit à Mme Rosémilly que je désirais l'épouser. » Elle ne répondit rien, ayant la tête bourdonnante, l'esprit en détresse au
475 point de ne plus comprendre qu'à peine. Elle répéta :

« L'épouser ?

– Oui, ai-je bien fait ? Elle est charmante, n'est-ce pas ?

– Oui... charmante... tu as bien fait.

– Alors tu m'approuves ?
480 – Oui... je t'approuve.

– Comme tu dis ça drôlement. On croirait que... que... tu n'es pas contente.

– Mais oui... je suis... contente.

– Bien vrai ?

136

485   – Bien vrai. » Et pour le lui prouver, elle le saisit à pleins bras et l'embrassa à plein visage, par grands baisers de mère.

    Puis, quand elle se fut essuyé les yeux, où des larmes étaient venues, elle aperçut là-bas sur la plage un corps étendu sur le ventre, comme un cadavre, la figure dans le galet : c'était l'autre, 490 Pierre, qui songeait, désespéré.

    Alors elle emmena son petit Jean plus loin encore, tout près du flot, et ils parlèrent longtemps de ce mariage où se rattachait son cœur.

    La mer montant les chassa vers les pêcheurs qu'ils rejoignirent, 495 puis tout le monde regagna la côte. On réveilla Pierre qui feignait de dormir ; et le dîner fut très long, arrosé de beaucoup de vins.

Clefs d'analyse

Action et personnages

1. Quel autre épisode l'excursion à Saint-Jouin rappelle-t-elle ?

2. À quel animal Pierre est-il comparé ? Quelle autre comparaison, dans le chapitre précédent, est ainsi rappelée ?

3. Pourquoi Jean n'intervient-il pas pour empêcher Pierre de torturer continuellement sa mère ? De quel autre personnage ce comportement le rapproche-t-il ?

4. « [...] les deux femmes, qui précédaient les trois hommes [...] » (l. 216-217). Faites l'inventaire de détail des personnages qui participent à l'excursion de Saint-Jouin. Que remarquez-vous ?

5. Quel événement est vu selon deux angles différents lors de la partie de pêche ?

6. Comment Jean, surpris, répond-il à Mme Rosémilly quand celle-ci évoque avec franchise la situation qui est la leur et les conséquences de sa déclaration ? Quel autre personnage rappelle-t-il ?

Langue

7. Quel est le sens du mot « perdu » dans l'expression « femme perdue » (l. 22) ?

8. Quelle est l'étymologie du mot « cocu » ? À quel registre de langue appartient-il ?

9. De quel organe souffre Mme Roland selon son mari ? Comment le comprenez-vous ?

10. Analysez la description des lignes 145-156. Quel est le champ sémantique qui domine ? En quoi est-ce surprenant ? Comment le comprendre ?

11. Quelle métaphore sert à dire la conquête amoureuse ? Quel autre épisode rappelle-t-elle ? Analysez le renversement des rôles dans la relation de séduction.

12. « [...] comme si le mal qui germait en lui avait attendu ce jour-là pour éclore » (l. 310-311). Quelle autre phrase celle-ci rappelle-t-elle ?

13. « Elle n'osait point parler à Pierre, sachant bien qu'il répondrait une dureté ; et il n'osait pas parler à sa mère sachant aussi que, malgré lui, il le ferait avec violence » (l. 422-424). Quelle figure dessinent les relations entre les pronoms personnels qui renvoient à Pierre et à sa mère ? Que symbolise-t-elle ?

Genre ou thèmes

14. Montrez que Pierre connaît, dans ce chapitre, une mort symbolique.

Écriture

15. Décrivez la scène de séduction selon le point de vue et la psychologie de Roland.

Pour aller plus loin

16. Que recoupe la notion de *locus amoenus* dans la littérature antique ?

✳ À retenir

Le mot « quiproquo » vient du latin *quid pro quod* qui signifie « quelque chose pour autre chose ». Il désigne un malentendu portant sur un mot, qui est compris différemment par les deux interlocuteurs. Il est généralement involontaire, et source de comique, mais il peut aussi être, comme c'est le cas dans ce chapitre, volontaire, et exploité par le personnage.

VII

Dans le break, en revenant, tous les hommes, hormis Jean, sommeillèrent. Beausire et Roland s'abattaient, toutes les cinq minutes, sur une épaule voisine qui les repoussait d'une secousse. Ils se redressaient alors, cessaient de ronfler, ouvraient les yeux, murmuraient : « Bien beau temps », et retombaient, presque aussitôt, de l'autre côté.

Lorsqu'on entra dans Le Havre, leur engourdissement était si profond qu'ils eurent beaucoup de peine à le secouer, et Beausire refusa même de monter chez Jean où le thé les attendait. On dut le déposer devant sa porte.

Le jeune avocat, pour la première fois, allait coucher dans son logis nouveau ; et une grande joie, un peu puérile[1], l'avait saisi tout à coup de montrer, justement ce soir-là, à sa fiancée, l'appartement qu'elle habiterait bientôt.

La bonne était partie, Mme Roland ayant déclaré qu'elle ferait chauffer l'eau et servirait elle-même, car elle n'aimait pas laisser veiller les domestiques, par crainte du feu.

Personne, autre qu'elle, son fils et les ouvriers, n'était encore entré, afin que la surprise fût complète quand on verrait combien c'était joli.

Dans le vestibule, Jean pria qu'on attendît. Il voulait allumer les bougies et les lampes, et il laissa dans l'obscurité Mme Rosémilly, son père et son frère, puis il cria : « Arrivez ! » en ouvrant toute grande la porte à deux battants.

La galerie vitrée, éclairée par un lustre et des verres de couleur cachés dans les palmiers, les caoutchoucs et les fleurs, apparaissait d'abord pareille à un décor de théâtre. Il y eut une seconde d'étonnement. Roland, émerveillé de ce luxe, murmura : « Nom d'un chien », saisi par l'envie de battre des mains comme devant les apothéoses[2].

---

1. **Puérile :** enfantine.
2. **Apothéoses :** au théâtre, scènes finales à grand spectacle.

Puis on pénétra dans le premier salon, petit, tendu avec une étoffe vieille or, pareille à celle des sièges. Le grand salon de consultation très simple, d'un rouge saumon pâle, avait grand air.

35 Jean s'assit dans le fauteuil devant son bureau chargé de livres, et d'une voix grave, un peu forcée :

« Oui, Madame, les textes de lois sont formels et me donnent, avec l'assentiment que je vous avais annoncé, l'absolue certitude qu'avant trois mois l'affaire dont nous nous sommes entretenus recevra une heureuse solution. » Il regardait Mme Rosémilly qui se

40 mit à sourire en regardant Mme Roland ; et Mme Roland, lui prenant la main, la serra.

Jean, radieux, fit une gambade[1] de collégien et s'écria :

« Hein, comme la voix porte bien. Il serait excellent pour plaider, ce salon. » Il se mit à déclamer :

45 « Si l'humanité seule, si ce sentiment de bienveillance naturelle que nous éprouvons pour toute souffrance devait être le mobile de l'acquittement que nous sollicitons de vous, nous ferions appel à votre pitié, Messieurs les jurés, à votre cœur de père et d'homme ; mais nous avons pour nous le droit, et c'est la seule question du

50 droit que nous allons soulever devant vous... » Pierre regardait ce logis qui aurait pu être le sien, et il s'irritait des gamineries de son frère, le jugeant, décidément, trop niais et pauvre d'esprit.

Mme Roland ouvrit une porte à droite.

« Voici la chambre à coucher », dit-elle.

55 Elle avait mis à la parer tout son amour de mère. La tenture était en cretonne[2] de Rouen qui imitait la vieille toile normande.

Un dessin Louis XV – une bergère dans un médaillon que fermaient les becs unis de deux colombes – donnait aux murs, aux rideaux, au lit, aux fauteuils un air galant et champêtre tout à fait

60 gentil.

« Oh ! c'est charmant, dit Mme Rosémilly, devenue un peu sérieuse, en entrant dans cette pièce.

– Cela vous plaît ? demanda Jean.

– Énormément.

---

1. **Gambade :** cabriole.
2. **Cretonne :** toile de coton très forte.

65   – Si vous saviez comme ça me fait plaisir. » Ils se regardèrent une seconde, avec beaucoup de tendresse confiante au fond des yeux.

Elle était gênée un peu cependant, un peu confuse dans cette chambre à coucher qui serait sa chambre nuptiale. Elle avait remarqué, en entrant, que la couche était très large, une vraie
70 couche de ménage, choisie par Mme Roland qui avait prévu sans doute et désiré le prochain mariage de son fils ; et cette précaution de mère lui faisait plaisir cependant, semblait lui dire qu'on l'attendait dans la famille.

Puis quand on fut rentré dans le salon, Jean ouvrit brusque-
75 ment la porte de gauche et on aperçut la salle à manger ronde, percée de trois fenêtres, et décorée en lanterne japonaise. La mère et le fils avaient mis là toute la fantaisie dont ils étaient capables. Cette pièce à meubles de bambou, à magots[1], à potiches[2], à soieries pailletées d'or, à stores transparents où des perles de verre
80 semblaient des gouttes d'eau, à éventails cloués aux murs pour maintenir les étoffes, avec ses écrans, ses sabres, ses masques, ses grues faites en plumes véritables, tous ses menus bibelots de porcelaine, de bois, de papier, d'ivoire, de nacre et de bronze avait l'aspect prétentieux et maniéré que donnent les mains inhabiles et
85 les yeux ignorants aux choses qui exigent le plus de tact, de goût et d'éducation artiste. Ce fut celle cependant qu'on admira le plus. Pierre seul fit des réserves avec une ironie un peu amère dont son frère se sentit blessé.

Sur la table, les fruits se dressaient en pyramides, et les gâteaux
90 s'élevaient en monuments.

On n'avait guère faim ; on suça les fruits et on grignota les pâtisseries plutôt qu'on ne les mangea. Puis, au bout d'une heure, Mme Rosémilly demanda la permission de se retirer.

Il fut décidé que le père Roland l'accompagnerait à sa porte et
95 partirait immédiatement avec elle, tandis que Mme Roland, en l'absence de la bonne, jetterait son coup d'œil de mère sur le logis afin que son fils ne manquât de rien.

« Faut-il revenir te chercher ? » demanda Roland.

Elle hésita, puis répondit :

---

1. **Magots :** figurines trapues grotesques d'origine extrême-orientale.
2. **Potiches :** grands vases en porcelaine d'Extrême-Orient.

100 « Non, mon gros, couche-toi. Pierre me ramènera. » Dès qu'ils furent partis, elle souffla les bougies, serra les gâteaux, le sucre et les liqueurs dans un meuble dont la clef fut remise à Jean ; puis elle passa dans la chambre à coucher, entrouvrit le lit, regarda si la carafe était remplie d'eau fraîche et la fenêtre bien fermée.

105 Pierre et Jean étaient demeurés dans le petit salon, celui-ci encore froissé[1] de la critique faite sur son goût, et celui-là de plus en plus agacé de voir son frère dans ce logis.

Ils fumaient assis tous les deux, sans se parler. Pierre tout à coup se leva :

110 « Cristi ! dit-il, la veuve avait l'air bien vanné ce soir, les excursions ne lui réussissent pas. » Jean se sentit soulevé soudain par une de ces promptes et furieuses colères de débonnaires[2] blessés au cœur.

Le souffle lui manquait, tant son émotion était vive, et il balbutia :

115 « Je te défends désormais de dire « la veuve » quand tu parleras de Mme Rosémilly. » Pierre se tourna vers lui, hautain :

« Je crois que tu me donnes des ordres. Deviens-tu fou, par hasard ? » Jean aussitôt s'était dressé :

« Je ne deviens pas fou, mais j'en ai assez de tes manières envers
120 moi. » Pierre ricana :

« Envers toi ? Est-ce que tu fais partie de Mme Rosémilly ?

– Sache que Mme Rosémilly va devenir ma femme. » L'autre rit plus fort :

« Ah ! ah ! très bien. Je comprends maintenant pourquoi je
125 ne devrai plus l'appeler "la veuve". Mais tu as pris une drôle de manière pour m'annoncer ton mariage.

– Je te défends de plaisanter... tu entends... je te le défends. » Jean s'était approché, pâle, la voix tremblante, exaspéré de cette ironie poursuivant la femme qu'il aimait et qu'il avait choisie.

130 Mais Pierre soudain devint aussi furieux. Tout ce qui s'amassait en lui de colères impuissantes, de rancunes écrasées, de révoltes domptées depuis quelque temps et de désespoir silencieux, lui montant à la tête, l'étourdit comme un coup de sang.

---

1. **Froissé :** vexé.
2. **Débonnaires :** hommes doux.

« Tu oses ?... Tu oses ?... Et moi je t'ordonne de te taire, tu
135 entends, je te l'ordonne ! » Jean, surpris de cette violence, se tut
quelques secondes, cherchant, dans ce trouble d'esprit où nous
jette la fureur, la chose, la phrase, le mot qui pourrait blesser son
frère jusqu'au cœur.

Il reprit, en s'efforçant de se maîtriser pour bien frapper, de ralen-
140 tir sa parole pour la rendre plus aiguë :

« Voilà longtemps que je te sais jaloux de moi, depuis le jour où
tu as commencé à dire "la veuve" parce que tu as compris que cela
me faisait mal. » Pierre poussa un de ces rires stridents et mépri-
sants qui lui étaient familiers :

145 « Ah ! ah ! mon Dieu ! Jaloux de toi !... moi ?... moi ?...

Moi ?... et de quoi ?... de quoi, mon Dieu ?... de ta figure ou de
ton esprit ?... » Mais Jean sentit bien qu'il avait touché la plaie de
cette âme :

« Oui, tu es jaloux de moi, et jaloux depuis l'enfance ; et tu es
150 devenu furieux quand tu as vu que cette femme me préférait et
qu'elle ne voulait pas de toi. » Pierre bégayait, exaspéré de cette
supposition :

« Moi... moi... jaloux de toi ? à cause de cette cruche, de cette
dinde, de cette oie grasse ?... » Jean qui voyait porter ses coups
155 reprit :

« Et le jour où tu as essayé de ramer plus fort que moi, dans la
Perle ? Et tout ce que tu dis devant elle pour te faire valoir ? Mais
tu crèves de jalousie ! Et quand cette fortune m'est arrivée, tu es
devenu enragé, et tu m'as détesté, et tu l'as montré de toutes les
160 manières, et tu as fait souffrir tout le monde, et tu n'es pas une
heure sans cracher la bile[1] qui t'étouffe. » Pierre ferma ses poings
de fureur avec une envie irrésistible de sauter sur son frère et de le
prendre à la gorge :

« Ah ! tais-toi, cette fois, ne parle point de cette fortune. » Jean se
165 récria :

« Mais la jalousie te suinte de la peau. Tu ne dis pas un mot à
mon père, à ma mère ou à moi, où elle n'éclate. Tu feins de me
mépriser parce que tu es jaloux ! tu cherches querelle à tout le
monde parce que tu es jaloux. Et maintenant que je suis riche, tu

---

1. **Bile :** liquide visqueux et amer secrété par une glande sous le foie pour favoriser la
digestion ; par métaphore, colère.

¹⁷⁰ ne te contiens plus, tu es devenu venimeux, tu tortures notre mère comme si c'était sa faute !... » Pierre avait reculé jusqu'à la cheminée, la bouche entrouverte, l'œil dilaté, en proie à une de ces folies de rage qui font commettre des crimes.

Il répéta d'une voix plus basse, mais haletante :

¹⁷⁵ « Tais-toi, tais-toi donc !

– Non. Voilà longtemps que je voulais te dire ma pensée entière ; tu m'en donnes l'occasion, tant pis pour toi. J'aime une femme ! Tu le sais et tu la railles devant moi, tu me pousses à bout ; tant pis pour toi. Mais je casserai tes dents de vipère, moi ! Je te forcerai à

¹⁸⁰ me respecter.

– Te respecter, toi ?

– Oui, moi !

– Te respecter... toi... qui nous as tous déshonorés, par ta cupidité !

¹⁸⁵ – Tu dis ? Répète... répète ?...

– Je dis qu'on n'accepte pas la fortune d'un homme quand on passe pour le fils d'un autre. » Jean demeurait immobile, ne comprenant pas, effaré devant l'insinuation qu'il pressentait :

« Comment ? Tu dis... répète encore ?

¹⁹⁰ – Je dis ce que tout le monde chuchote, ce que tout le monde colporte, que tu es le fils de l'homme qui t'a laissé sa fortune. Eh bien ! un garçon propre n'accepte pas l'argent qui déshonore sa mère.

– Pierre... Pierre... Pierre... y songes-tu ?... Toi... c'est toi... toi... qui prononces cette infamie ?

¹⁹⁵ – Oui... moi... c'est moi. Tu ne vois donc point que j'en crève de chagrin depuis un mois, que je passe mes nuits sans dormir et mes jours à me cacher comme une bête, que je ne sais plus ce que je dis ni ce que je fais, ni ce que je deviendrai tant je souffre, tant je suis affolé de honte et de douleur, car j'ai deviné d'abord et je sais

²⁰⁰ maintenant.

– Pierre... Tais-toi... Maman est dans la chambre à côté ! Songe qu'elle peut nous entendre... qu'elle nous entend. » Mais il fallait qu'il vidât son cœur ! et il dit tout, ses soupçons, ses raisonnements, ses luttes, sa certitude, et l'histoire du portrait encore une

²⁰⁵ fois disparu.

Il parlait par phrases courtes, hachées, presque sans suite, des phrases d'halluciné.

Il semblait maintenant avoir oublié Jean et sa mère dans la pièce voisine. Il parlait comme si personne ne l'écoutait, parce qu'il devait
210 parler, parce qu'il avait trop souffert, trop comprimé et refermé sa plaie. Elle avait grossi comme une tumeur, et cette tumeur venait de crever, éclaboussant tout le monde. Il s'était mis à marcher comme il faisait presque toujours ; et les yeux fixés devant lui, gesticulant, dans une frénésie de désespoir, avec des sanglots dans la gorge, des
215 retours de haine contre lui-même, il parlait comme s'il eût confessé sa misère et la misère des siens, comme s'il eût jeté sa peine à l'air invisible et sourd où s'envolaient ses paroles.

Jean éperdu, et presque convaincu soudain par l'énergie aveugle de son frère, s'était adossé contre la porte derrière laquelle il devi-
220 nait que leur mère les avait entendus.

Elle ne pouvait point sortir ; il fallait passer par le salon. Elle n'était point revenue ; donc elle n'avait pas osé.

Pierre tout à coup, frappant du pied, cria :

« Tiens, je suis un cochon d'avoir dit ça ! » Et il s'enfuit, nu-tête[1],
225 dans l'escalier.

Le bruit de la grande porte de la rue, retombant avec fracas, réveilla Jean de la torpeur profonde où il était tombé. Quelques secondes s'étaient écoulées, plus longues que des heures, et son âme s'était engourdie dans un hébétement[2] d'idiot. Il sentait bien
230 qu'il lui faudrait penser tout à l'heure, et agir, mais il attendait, ne voulant même plus comprendre, savoir, se rappeler, par peur, par faiblesse, par lâcheté. Il était de la race des temporiseurs qui remettent toujours au lendemain ; et quand il lui fallait, sur-le-champ, prendre une résolution, il cherchait encore, par instinct, à gagner
235 quelques moments.

Mais le silence profond qui l'entourait maintenant, après les voci-férations[3] de Pierre, ce silence subit des murs, des meubles, avec cette lumière vive des six bougies et des deux lampes, l'effraya si fort tout à coup qu'il eut envie de se sauver aussi.
240 Alors il secoua sa pensée, il secoua son cœur, et il essaya de réfléchir.

---

1. **Nu-tête :** sortir dans la rue sans son chapeau est le signe d'un trouble extrême.
2. **Hébétement :** abrutissement.
3. **Vociférations :** paroles bruyantes et emportées.

Jamais il n'avait rencontré une difficulté dans sa vie. Il est des hommes qui se laissent aller comme l'eau qui coule. Il avait fait ses classes avec soin, pour n'être pas puni, et terminé ses études
245 de droit avec régularité parce que son existence était calme. Toutes les choses du monde lui paraissaient naturelles sans éveiller autrement son attention. Il aimait l'ordre, la sagesse, le repos par tempérament, n'ayant point de replis dans l'esprit ; et il demeurait, devant cette catastrophe, comme un homme qui tombe à l'eau
250 sans avoir jamais nagé.

Il essaya de douter d'abord. Son frère avait menti par haine et par jalousie ?

Et pourtant, comment aurait-il été assez misérable pour dire de leur mère une chose pareille s'il n'avait pas été lui-même égaré
255 par le désespoir ? Et puis Jean gardait dans l'oreille, dans le regard, dans les nerfs, jusque dans le fond de la chair, certaines paroles, certains cris de souffrance, des intonations et des gestes de Pierre, si douloureux qu'ils étaient irrésistibles, aussi irrécusables[1] que la certitude.

260 Il demeurait trop écrasé pour faire un mouvement ou pour avoir une volonté. Sa détresse devenait intolérable ; et il sentait que, derrière la porte, sa mère était là qui avait tout entendu et qui attendait.

Que faisait-elle ? Pas un mouvement, pas un frisson, pas un souffle,
265 pas un soupir ne révélait la présence d'un être derrière cette planche. Se serait-elle sauvée ? Mais par où ? Si elle s'était sauvée... elle avait donc sauté par la fenêtre dans la rue !

Un sursaut de frayeur le souleva, si prompt et si dominateur qu'il enfonça plutôt qu'il n'ouvrit la porte et se jeta dans sa chambre.

270 Elle semblait vide. Une seule bougie l'éclairait, posée sur la commode.

Jean s'élança vers la fenêtre, elle était fermée, avec les volets clos. Il se retourna, fouillant les coins noirs de son regard anxieux, et il s'aperçut que les rideaux du lit avaient été tirés.

275 Il y courut et les ouvrit. Sa mère était étendue sur sa couche, la figure enfouie dans l'oreiller, qu'elle avait ramené de ses deux mains crispées sur sa tête, pour ne plus entendre.

---

1. **Irrécusables** : qu'on ne peut rejeter.

Il la crut d'abord étouffée. Puis l'ayant saisie par les épaules, il la retourna sans qu'elle lâchât l'oreiller qui lui cachait le visage et
280 qu'elle mordait pour ne pas crier.

Mais le contact de ce corps raidi, de ces bras crispés, lui communiqua la secousse de son indicible torture. L'énergie et la force dont elle retenait avec ses doigts et avec ses dents la toile gonflée de plumes sur sa bouche, sur ses yeux et sur ses oreilles pour qu'il ne
285 la vît point et ne lui parlât pas, lui firent deviner, par la commotion qu'il reçut, jusqu'à quel point on peut souffrir. Et son cœur, son simple cœur, fut déchiré de pitié. Il n'était pas un juge, lui, même un juge miséricordieux[1], il était un homme plein de faiblesse et un fils plein de tendresse. Il ne se rappela rien de ce que l'autre lui
290 avait dit, il ne raisonna pas et ne discuta point, il toucha seulement de ses deux mains le corps inerte de sa mère, et ne pouvant arracher l'oreiller de sa figure, il cria, en baisant sa robe :

« Maman, maman, ma pauvre maman, regarde-moi ! » Elle aurait semblé morte si tous ses membres n'eussent été parcourus d'un frémis-
295 sement presque insensible, d'une vibration de corde tendue. Il répétait :

« Maman, maman, écoute-moi. Ça n'est pas vrai. Je sais bien que ça n'est pas vrai. » Elle eut un spasme[2], une suffocation, puis tout à coup elle sanglota dans l'oreiller. Alors tous ses nerfs se détendirent, ses muscles raidis s'amollirent, ses doigts s'entrouvrant
300 lâchèrent la toile ; et il lui découvrit la face.

Elle était toute pâle, toute blanche, et de ses paupières fermées on voyait couler des gouttes d'eau. L'ayant enlacée par le cou, il lui baisa les yeux, lentement, par grands baisers désolés qui se mouillaient à ses larmes, et il disait toujours :
305 « Maman, ma chère maman, je sais bien que ça n'est pas vrai. Ne pleure pas, je le sais ! Ça n'est pas vrai ! » Elle se souleva, s'assit, le regarda, et avec un de ces efforts de courage qu'il faut, en certains cas, pour se tuer, elle lui dit :

« Non, c'est vrai, mon enfant. » Et ils restèrent sans paroles, l'un
310 devant l'autre. Pendant quelques instants encore elle suffoqua, tendant la gorge, en renversant la tête pour respirer, puis elle se vainquit de nouveau et reprit :

---

1. **Miséricordieux :** qui pardonne facilement.
2. **Spasme :** violente contraction musculaire involontaire.

« C'est vrai, mon enfant. Pourquoi mentir ? C'est vrai. Tu ne me croirais pas, si je mentais. » Elle avait l'air d'une folle. Saisi de ter-
315 reur, il tomba à genoux près du lit en murmurant :

« Tais-toi, maman, tais-toi. » Elle s'était levée, avec une résolution et une énergie effrayantes :

« Mais je n'ai plus rien à te dire, mon enfant, adieu. » Et elle mar-
cha vers la porte.

320 Il la saisit à pleins bras, criant :

« Qu'est-ce que tu fais, maman, où vas-tu ?

– Je ne sais pas... est-ce que je sais... je n'ai plus rien à faire...
puisque je suis toute seule. » Elle se débattait pour s'échapper. La
retenant, il ne trouvait qu'un mot à lui répéter :

325 « Maman... maman... maman... » Et elle disait dans ses efforts
pour rompre cette étreinte :

« Mais non, mais non, je ne suis plus ta mère maintenant, je ne
suis plus rien pour toi, pour personne, plus rien, plus rien ! Tu n'as
plus ni père ni mère, mon pauvre enfant... adieu. » Il comprit brus-
330 quement que s'il la laissait partir il ne la reverrait jamais, et, l'enle-
vant, il la porta sur un fauteuil, l'assit de force, puis s'agenouillant
et formant une chaîne de ses bras :

« Tu ne sortiras point d'ici, maman ; moi je t'aime et je te garde. Je
te garde toujours, tu es à moi. » Elle murmura d'une voix accablée :

335 « Non, mon pauvre garçon, ça n'est plus possible. Ce soir tu pleu-
res, et demain tu me jetterais dehors. Tu ne me pardonnerais pas
non plus. » Il répondit avec un si grand élan de si sincère amour :
« Oh ! moi ? moi ? Comme tu me connais peu ! » qu'elle poussa un
cri, lui prit la tête par les cheveux, à pleines mains, l'attira avec vio-
340 lence et le baisa éperdument[1] à travers la figure.

Puis elle demeura immobile, la joue contre la joue de son fils,
sentant, à travers sa barbe, la chaleur de sa chair ; et elle lui dit,
tout bas, dans l'oreille :

« Non, mon petit Jean. Tu ne me pardonnerais pas demain.
345 Tu le crois et tu te trompes. Tu m'as pardonné ce soir, et ce
pardon-là m'a sauvé la vie ; mais il ne faut plus que tu me voies. »
Il répéta, en l'étreignant :

« Maman, ne dis pas ça !

---

1. **Éperdument :** avec passion.

– Si, mon petit, il faut que je m'en aille. Je ne sais pas où, ni com-
350 ment je m'y prendrai, ni ce que je dirai, mais il le faut.

Je n'oserais plus te regarder, ni t'embrasser, comprends-tu ? »
Alors, à son tour, il lui dit, tout bas, dans l'oreille :

« Ma petite mère, tu resteras, parce que je le veux, parce que j'ai
besoin de toi. Et tu vas me jurer de m'obéir, tout de suite.

355   – Non, mon enfant.

– Oh ! maman, il le faut, tu entends. Il le faut.

– Non, mon enfant, c'est impossible. Ce serait nous condamner
tous à l'enfer. Je sais ce que c'est, moi, que ce supplice-là, depuis
un mois. Tu es attendri, mais quand ce sera passé, quand tu me
360 regarderas comme me regarde Pierre, quand tu te rappelleras ce
que je t'ai dit !... Oh !... mon petit Jean, songe... songe que je suis ta
mère !...

– Je ne veux pas que tu me quittes, maman. Je n'ai que toi.

– Mais pense, mon fils, que nous ne pourrons plus nous voir
365 sans rougir tous les deux, sans que je me sente mourir de honte et
sans que tes yeux fassent baisser les miens.

– Ça n'est pas vrai, maman.

– Oui, oui, oui, c'est vrai ! Oh ! j'ai compris, va, toutes les luttes
de ton pauvre frère, toutes, depuis le premier jour. Maintenant,
370 lorsque je devine son pas dans la maison, mon cœur saute à briser
ma poitrine, lorsque j'entends sa voix, je sens que je vais m'éva-
nouir. Je t'avais encore, toi ! Maintenant, je ne t'ai plus. Oh ! mon
petit Jean, crois-tu que je pourrais vivre entre vous deux ?

– Oui, maman. Je t'aimerai tant que tu n'y penseras plus.

375   – Oh ! oh ! comme si c'était possible !

– Oui, c'est possible.

– Comment veux-tu que je n'y pense plus entre ton frère et toi ?
Est-ce que vous n'y penserez plus, vous ?

– Moi, je te le jure !

380   – Mais tu y penseras à toutes les heures du jour.

– Non, je te le jure. Et puis, écoute : si tu pars, je m'engage et je me
fais tuer. » Elle fut bouleversée par cette menace puérile et étreignit
Jean en le caressant avec une tendresse passionnée. Il reprit :

« Je t'aime plus que tu ne crois, va, bien plus, bien plus.

385   Voyons, sois raisonnable. Essaie de rester seulement huit jours.
Veux-tu me promettre huit jours ? Tu ne peux pas me refuser

ça ? ». Elle posa ses deux mains sur les épaules de Jean, et le tenant
à la longueur de ses bras :

« Mon enfant... tâchons d'être calmes et de ne pas nous attendrir.
390 Laisse-moi te parler d'abord. Si je devais une seule fois entendre
sur tes lèvres ce que j'entends depuis un mois dans la bouche de
ton frère, si je devais une seule fois voir dans tes yeux ce que je
lis dans les siens, si je devais deviner rien que par un mot ou par
un regard que je te suis odieuse comme à lui... une heure après, tu
395 entends, une heure après... je serais partie pour toujours.

– Maman, je te le jure...

– Laisse-moi parler... Depuis un mois j'ai souffert tout ce qu'une
créature peut souffrir. À partir du moment où j'ai compris que ton
frère, que mon autre fils me soupçonnait, et qu'il devinait, minute
400 par minute, la vérité, tous les instants de ma vie ont été un martyre
qu'il est impossible de t'exprimer. » Elle avait une voix si douloureuse que la contagion de sa torture emplit de larmes les yeux de
Jean.

Il voulut l'embrasser, mais elle le repoussa :

405 « Laisse-moi... écoute... j'ai encore tant de choses à te dire pour
que tu comprennes... mais tu ne comprendras pas... c'est que... si je
devais rester... il faudrait... Non, je ne peux pas !

– Dis, maman, dis.

– Eh bien ! oui. Au moins je ne t'aurais pas trompé... Tu veux que
410 je reste avec toi, n'est-ce pas ? Pour cela, pour que nous puissions
nous voir encore, nous parler, nous rencontrer toute la journée
dans la maison, car je n'ose plus ouvrir une porte dans la peur de
trouver ton frère derrière elle, pour cela il faut, non pas que tu me
pardonnes – rien ne fait plus de mal qu'un pardon –, mais que
415 tu ne m'en veuilles pas de ce que j'ai fait... Il faut que tu te sentes
assez fort, assez différent de tout le monde pour te dire que tu n'es
pas le fils de Roland, sans rougir de cela et sans me mépriser !...
Moi j'ai assez souffert... j'ai trop souffert, je ne peux plus, non, je
ne peux plus ! Et ce n'est pas d'hier, va, c'est de longtemps... Mais
420 tu ne pourras jamais comprendre ça, toi ! Pour que nous puissions
encore vivre ensemble, et nous embrasser, mon petit Jean, dis-toi
bien que si j'ai été la maîtresse de ton père, j'ai été encore plus sa
femme, sa vraie femme, que je n'en ai pas honte au fond du cœur,
que je ne regrette rien, que je l'aime encore tout mort qu'il est,

425 que je l'aimerai toujours, que je n'ai aimé que lui, qu'il a été toute
ma vie, toute ma joie, tout mon espoir, toute ma consolation, tout,
tout, tout pour moi, pendant si longtemps ! Écoute, mon petit :
devant Dieu qui m'entend, je n'aurais jamais rien eu de bon dans
l'existence, si je ne l'avais pas rencontré, jamais rien, pas une ten-
430 dresse, pas une douceur, pas une de ces heures qui nous font tant
regretter de vieillir, rien ! Je lui dois tout ! Je n'ai eu que lui au
monde, et puis vous deux, ton frère et toi. Sans vous ce serait vide,
noir et vide comme la nuit. Je n'aurais jamais aimé rien, rien connu,
rien désiré, je n'aurais pas seulement pleuré, car j'ai pleuré, mon
435 petit Jean. Oh ! oui, j'ai pleuré, depuis que nous sommes venus ici.
Je m'étais donnée à lui tout entière, corps et âme, pour toujours,
avec bonheur, et pendant plus de dix ans j'ai été sa femme comme
il a été mon mari devant Dieu qui nous avait faits l'un pour l'autre.
Et puis, j'ai compris qu'il m'aimait moins. Il était toujours bon et
440 prévenant, mais je n'étais plus pour lui ce que j'avais été. C'était
fini ! Oh ! que j'ai pleuré !... Comme c'est misérable et trompeur, la
vie !... Il n'y a rien qui dure... Et nous sommes arrivés ici ; et jamais
je ne l'ai plus revu, jamais il n'est venu... Il promettait dans toutes
ses lettres !... Je l'attendais toujours !... et je ne l'ai plus revu !... et
445 voilà qu'il est mort !... Mais il nous aimait encore puisqu'il a pensé
à toi. Moi je l'aimerai jusqu'à mon dernier soupir, et je ne le renierai[1] jamais, et je t'aime parce que tu es son enfant, et je ne pourrais
pas avoir honte de lui devant toi ! Comprends-tu ? Je ne pourrais
pas ! Si tu veux que je reste, il faut que tu acceptes d'être son fils
450 et que nous parlions de lui quelquefois, et que tu l'aimes un peu,
et que nous pensions à lui quand nous nous regarderons. Si tu ne
veux pas, si tu ne peux pas, adieu, mon petit, il est impossible que
nous restions ensemble maintenant ! Je ferai ce que tu décideras. »
Jean répondit d'une voix douce :
455 « Reste, maman. » Elle le serra dans ses bras et se remit à pleurer ; puis elle reprit, la joue contre sa joue :
« Oui, mais Pierre ? Qu'allons-nous devenir avec lui ? » Jean
murmura :
« Nous trouverons quelque chose. Tu ne peux plus vivre auprès
460 de lui. » Au souvenir de l'aîné elle fut crispée d'angoisse :

---

1. **Renierai :** rejetterai.

152

« Non, je ne puis plus, non ! non ! » Et se jetant sur le cœur de Jean, elle s'écria, l'âme en détresse :

« Sauve-moi de lui, toi, mon petit, sauve-moi, fais quelque chose, je ne sais pas... trouve... sauve-moi !

465 — Oui, maman, je chercherai.

— Tout de suite... il faut... Tout de suite... ne me quitte pas !

— J'ai si peur de lui... si peur !

— Oui, je trouverai. Je te promets.

— Oh ! mais vite, vite ! Tu ne comprends pas ce qui se passe en
470 moi quand je le vois. » Puis elle lui murmura tout bas, dans l'oreille :
« Garde-moi ici, chez toi. » Il hésita, réfléchit et comprit, avec son bon sens positif, le danger de cette combinaison.

Mais il dut raisonner longtemps, discuter, combattre avec des arguments précis son affolement et sa terreur.

475 « Seulement ce soir, disait-elle, seulement cette nuit. Tu feras dire demain à Roland que je me suis trouvée malade.

— Ce n'est pas possible, puisque Pierre est rentré. Voyons, aie du courage. J'arrangerai tout, je te le promets, dès demain. Je serai à neuf heures à la maison. Voyons, mets ton chapeau.
480 Je vais te reconduire.

— Je ferai ce que tu voudras », dit-elle avec un abandon enfantin, craintif et reconnaissant.

Elle essaya de se lever ; mais la secousse avait été trop forte ; elle ne pouvait encore se tenir sur ses jambes.

485 Alors il lui fit boire de l'eau sucrée, respirer de l'alcali[1], et il lui lava les tempes avec du vinaigre. Elle se laissait faire, brisée et soulagée comme après un accouchement.

Elle put enfin marcher et prit son bras. Trois heures sonnaient quand ils passèrent à l'hôtel de ville.

490 Devant la porte de leur logis il l'embrassa et lui dit : « Adieu, maman, bon courage. » Elle monta, à pas furtifs, l'escalier silencieux, entra dans sa chambre, se dévêtit bien vite, et se glissa, avec l'émotion retrouvée des adultères anciens, auprès de Roland qui ronflait.

495 Seul dans la maison, Pierre ne dormait pas et l'avait entendue revenir.

---

1. **Alcali :** solution de gaz ammoniac destinée à ranimer quelqu'un.

Action et personnages

1. Qui est le personnage focal dans ce chapitre ?

2. Quel autre repas, qui se déroule dans le chapitre III, la forme des fruits dressés sur la table du nouvel appartement de Jean rappelle-t-elle ?

3. Où est Mme Roland pendant que Pierre révèle la vérité à Jean ? Dans quelle position est-elle ? Que fait Jean quand il la rejoint ?

4. Comment Mme Roland se comporte-t-elle dans l'appartement de son fils ?

5. Quelle exclamation pousse M. Roland lorsqu'il découvre l'appartement de Jean ? À quel nouvel animal est comparé Pierre dans ce chapitre ? Quel sens donnez-vous à ses associations ?

6. Quelle solution Mme Roland envisage-t-elle pour ne plus être confrontée au regard de Pierre ?

Langue

7. Quelle maxime, après les révélations de Pierre, décrit la nature de Jean ? De quel autre personnage est-il alors proche ?

8. « [...] dis-toi bien [...] que je n'ai aimé que lui, qu'il a été toute ma vie, toute ma joie, tout mon espoir, toute ma consolation, tout, tout, tout pour moi, pendant si longtemps ! » (l. 421-427). Quelle est cette figure de style ?

9. Étudiez, dans la réponse de Pierre : « Ah ! ah ! mon Dieu ! Jaloux de toi !... moi ?... moi ?... moi ?... et de quoi, mon Dieu ? de ta figure ou de ton esprit ?... » (l. 145-147), les marques stylistiques de l'émotion.

10. « Il regardait Mme Rosémilly qui se mit à sourire en regardant Mme Roland ; et Mme Roland, lui prenant la main, la serra » (l. 39-41). Étudiez la place des noms des personnages et des pronoms personnels dans cette phrase. Comment sont-ils distribués ?

Genre ou thèmes

11. Montrez que la relation entre Mme Roland et Jean rappelle celle qui la liait autrefois à Maréchal.

12. Quelle vision du mariage ce chapitre propose-t-il ?

Écriture

13. Rédigez, à la manière d'un avocat, un discours de défense de Mme Roland, et, à la manière d'un procureur, un discours d'accusation.

Pour aller plus loin

14. Faites des recherches sur la vogue de l'exotisme au XIXᵉ siècle, dont témoigne la décoration de la salle à manger en rotonde.

15. Faites des recherches sur la manière dont l'habitat est, au XIXᵉ siècle, socialement hiérarchisé (du rez-de-chaussée au dernier étage). Appuyez-vous sur des exemples tirés de romans de l'époque (*Le Père Goriot* de Balzac, *L'Assommoir* de Zola…).

✳ À retenir

On distingue trois types de point de vue, selon ce que le lecteur sait des pensées et émotions du personnage. Le point de vue omniscient est le fait d'un narrateur qui sait tout de tous les personnages. Le point de vue interne ne donne accès aux pensées que d'un seul personnage. Le point de vue externe ne révèle les pensées d'aucun personnage.

Clefs d'analyse

VIII

Quand il fut rentré dans son appartement, Jean s'affaissa sur un divan, car les chagrins et les soucis qui donnaient à son frère des envies de courir et de fuir comme une bête chassée, agissant diversement sur sa nature somnolente, lui cassaient les jambes et les
5 bras. Il se sentait mou à ne plus faire un mouvement, à ne pouvoir gagner son lit, mou de corps et d'esprit, écrasé et désolé. Il n'était point frappé, comme l'avait été Pierre, dans la pureté de son amour filial, dans cette dignité secrète qui est l'enveloppe des cœurs fiers, mais accablé par un coup du destin qui menaçait en même temps
10 ses intérêts les plus chers.

Quand son âme enfin se fut calmée, quand sa pensée se fut éclaircie ainsi qu'une eau battue et remuée, il envisagea la situation qu'on venait de lui révéler. S'il eût appris de toute autre manière le secret de sa naissance, il se serait assurément indigné
15 et aurait ressenti un profond chagrin ; mais après sa querelle avec son frère, après cette délation[1] violente et brutale ébranlant ses nerfs[2], l'émotion poignante[3] de la confession de sa mère le laissa sans énergie pour se révolter. Le choc reçu par sa sensibilité avait été assez fort pour emporter, dans un irrésistible attendrissement,
20 tous les préjugés et toutes les saintes susceptibilités de la morale naturelle[4]. D'ailleurs, il n'était pas un homme de résistance. Il n'aimait lutter contre personne et encore moins contre lui-même ; il se résigna donc, et, par un penchant instinctif, par un amour inné du repos, de la vie douce et tranquille, il s'inquiéta aussitôt
25 des perturbations qui allaient surgir autour de lui et l'atteindre du même coup. Il les pressentait inévitables, et, pour les écarter, il se décida à des efforts surhumains d'énergie et d'activité. Il fallait que tout de suite, dès le lendemain, la difficulté fût tranchée, car

---

1. **Délation :** dénonciation.
2. **Ébranlant ses nerfs :** le troublant profondément.
3. **Poignante :** bouleversante.
4. **Morale naturelle :** morale innée en l'homme.

il avait aussi par instants ce besoin impérieux des solutions immé-
30 diates qui constitue toute la force des faibles, incapables de vouloir
longtemps. Son esprit d'avocat, habitué d'ailleurs à démêler et à
étudier les situations compliquées, les questions d'ordre intime,
dans les familles troublées, découvrit immédiatement toutes les
conséquences prochaines de l'état d'âme de son frère. Malgré lui
35 il en envisageait les suites à un point de vue presque profession-
nel, comme s'il eût réglé les relations futures de clients après une
catastrophe d'ordre moral. Certes un contact continuel avec Pierre
lui devenait impossible. Il l'éviterait facilement en restant chez lui,
mais il était encore inadmissible que leur mère continuât à demeu-
40 rer sous le même toit que son fils aîné.

Et longtemps il médita, immobile sur les coussins, imaginant et
rejetant des combinaisons sans trouver rien qui pût le satisfaire.

Mais une idée soudain l'assaillit : « Cette fortune qu'il avait
reçue, un honnête homme la garderait-il ? »

45 Il se répondit : « Non », d'abord, et se décida à la donner aux
pauvres. C'était dur, tant pis. Il vendrait son mobilier et travaille-
rait comme un autre, comme travaillent tous ceux qui débutent.
Cette résolution virile et douloureuse fouettant son courage, il se
leva et vint poser son front contre les vitres. Il avait été pauvre,
50 il redeviendrait pauvre. Il n'en mourrait pas, après tout. Ses yeux
regardaient le bec de gaz qui brûlait en face de lui de l'autre côté
de la rue. Or, comme une femme attardée passait sur le trottoir,
il songea brusquement à Mme Rosémilly, et il reçut au cœur la
secousse des émotions profondes nées en nous d'une pensée
55 cruelle. Toutes les conséquences désespérantes de sa décision lui
apparurent en même temps. Il devrait renoncer à épouser cette
femme, renoncer au bonheur, renoncer à tout. Pouvait-il agir ainsi,
maintenant qu'il s'était engagé vis-à-vis d'elle ? Elle l'avait accepté
le sachant riche. Pauvre, elle l'accepterait encore ; mais avait-il le
60 droit de lui demander, de lui imposer ce sacrifice ? Ne valait-il pas
mieux garder cet argent comme un dépôt qu'il restituerait plus
tard aux indigents[1] ?

Et dans son âme où l'égoïsme prenait des masques honnêtes,
tous les intérêts diffusés luttaient et se combattaient. Les scrupules

---

1. **Indigents :** pauvres.

65 premiers cédaient la place aux raisonnements ingénieux, puis repa-
raissaient, puis s'effaçaient de nouveau.

Il revint s'asseoir, cherchant un motif décisif, un prétexte tout-
puissant pour fixer ses hésitations et convaincre sa droiture native.
Vingt fois déjà il s'était posé cette question : « Puisque je suis le fils
70 de cet homme, que je le sais et que je l'accepte, n'est-il pas naturel
que j'accepte aussi son héritage ? » Mais cet argument ne pouvait
empêcher le « non » murmuré par la conscience intime.

Soudain il songea : « Puisque je ne suis pas le fils de celui que
j'avais cru être mon père, je ne puis plus rien accepter de lui, ni
75 de son vivant, ni après sa mort. Ce ne serait ni digne ni équitable.
Ce serait voler mon frère. » Cette nouvelle manière de voir l'ayant
soulagé, ayant apaisé sa conscience, il retourna vers la fenêtre.

« Oui, se disait-il, il faut que je renonce à l'héritage de ma
famille, que je le laisse à Pierre tout entier, puisque je ne suis pas
80 l'enfant de son père. Cela est juste. Alors n'est-il pas juste aussi que
je garde l'argent de mon père à moi ? » Ayant reconnu qu'il ne pouvait profiter de la fortune de Roland, s'étant décidé à l'abandonner
intégralement, il consentit donc et se résigna à garder celle de
Maréchal, car en repoussant l'une et l'autre, il se trouverait réduit à
85 la pure mendicité.

Cette affaire délicate une fois réglée, il revint à la question de la
présence de Pierre dans la famille. Comment l'écarter ? Il déses-
pérait de découvrir une solution pratique, quand le sifflet d'un
vapeur entrant au port sembla lui jeter une réponse en lui suggé-
90 rant une idée.

Alors il s'étendit tout habillé sur son lit et rêvassa jusqu'au jour.

Vers neuf heures il sortit pour s'assurer si l'exécution de son
projet était possible. Puis, après quelques démarches et quelques
visites, il se rendit à la maison de ses parents. Sa mère l'attendait
95 enfermée dans sa chambre.

« Si tu n'étais pas venu, dit-elle, je n'aurais jamais osé descendre. »
On entendit aussitôt Roland qui criait dans l'escalier :

« On ne mange donc point aujourd'hui, nom d'un chien ! » On
ne répondit pas, et il hurla :
100 « Joséphine, nom de Dieu ! qu'est-ce que vous faites ? »

La voix de la bonne sortit des profondeurs du sous-sol :

« V'là, M'sieu, qué qui faut ?

– Où est Madame ?

– Madame est en haut avec m'sieu Jean. » Alors il vociféra en
levant la tête vers l'étage supérieur :

« Louise ? » Mme Roland entrouvrit la porte et répondit :

« Quoi ? mon ami.

– On ne mange donc pas, nom d'un chien !

– Voilà, mon ami, nous venons. » Et elle descendit, suivie de Jean.

Roland s'écria en apercevant le jeune homme :

« Tiens, te voilà, toi ! Tu t'embêtes déjà dans ton logis ?

– Non, père, mais j'avais à causer avec maman ce matin. » Jean
s'avança, la main ouverte, et quand il sentit se refermer sur ses
doigts l'étreinte[1] paternelle du vieillard, une émotion bizarre et
imprévue le crispa, l'émotion des séparations et des adieux sans
espoir de retour.

Mme Roland demanda :

« Pierre n'est pas arrivé ? » Son mari haussa les épaules :

« Non, mais tant pis, il est toujours en retard. Commençons sans
lui. » Elle se tourna vers Jean :

« Tu devrais aller le chercher, mon enfant ; ça le blesse quand on
ne l'attend pas.

– Oui, maman, j'y vais. » Et le jeune homme sortit.

Il monta l'escalier, avec la résolution fiévreuse d'un craintif qui
va se battre.

Quand il eut heurté la porte, Pierre répondit : « Entrez. » Il entra.
L'autre écrivait, penché sur sa table.

« Bonjour », dit Jean.

Pierre se leva :

« Bonjour. » Et ils se tendirent la main comme si rien ne s'était
passé.

« Tu ne descends pas déjeuner ?

– Mais... c'est que... j'ai beaucoup à travailler. » La voix de l'aîné
tremblait, et son œil anxieux demandait au cadet ce qu'il allait faire.

« On t'attend.

– Ah ! est-ce que... est-ce que notre mère est en bas ?...

– Oui, c'est même elle qui m'a envoyé te chercher.

– Ah, alors... je descends. »

---

1. **Étreinte** : poignée.

Devant la porte de la salle il hésita à se montrer le premier ; puis
140 il l'ouvrit d'un geste saccadé, et il aperçut son père et sa mère assis
à table, face à face.

Il s'approcha d'elle d'abord sans lever les yeux, sans prononcer
un mot, et s'étant penché il lui tendit son front à baiser comme il
faisait depuis quelque temps, au lieu de l'embrasser sur les joues
145 comme jadis. Il devina qu'elle approchait sa bouche, mais il ne
sentit point les lèvres sur sa peau, et il se redressa, le cœur battant,
après ce simulacre[1] de caresse.

Il se demandait : « Que se sont-ils dit, après mon départ ? » Jean
répétait avec tendresse « mère » et « chère maman », prenait soin
150 d'elle, la servait et lui versait à boire. Pierre alors comprit qu'ils
avaient pleuré ensemble, mais il ne put pénétrer[2] leur pensée ! Jean
croyait-il sa mère coupable ou son frère un misérable ?

Et tous les reproches qu'il s'était faits d'avoir dit l'horrible chose
l'assaillirent de nouveau, lui serrant la gorge et lui fermant la bouche,
155 l'empêchant de manger et de parler.

Il était envahi maintenant par un besoin de fuir intolérable,
de quitter cette maison qui n'était plus sienne, ces gens qui ne
tenaient plus à lui que par d'imperceptibles liens. Et il aurait voulu
partir sur l'heure, n'importe où, sentant que c'était fini, qu'il ne
160 pouvait plus rester près d'eux, qu'il les torturerait toujours malgré
lui, rien que par sa présence, et qu'ils lui feraient souffrir sans cesse
un insoutenable supplice.

Jean parlait, causait avec Roland. Pierre n'écoutant pas, n'entendait point. Il crut sentir cependant une intention dans la voix de
165 son frère et prit garde au sens des paroles.

Jean disait :

« Ce sera, paraît-il, le plus beau bâtiment de leur flotte. On parle
de six mille cinq cents tonneaux. Il fera son premier voyage le mois
prochain. » Roland s'étonnait :
170 « Déjà ! Je croyais qu'il ne serait pas en état de prendre la mer cet été.

– Pardon ; on a poussé les travaux avec ardeur pour que la première traversée ait lieu avant l'automne. J'ai passé ce matin aux
bureaux de la Compagnie et j'ai causé avec un des administrateurs.

---

1. **Simulacre :** semblant.
2. **Pénétrer :** connaître, deviner.

– Ah ! ah ! lequel ?

175 – M. Marchand, l'ami particulier du président du conseil d'administration.

– Tiens, tu le connais ?

– Oui. Et puis j'avais un petit service à lui demander.

– Ah ! alors tu me feras visiter en grand détail la *Lorraine* dès
180 qu'elle entrera dans le port, n'est-ce pas ?

– Certainement, c'est très facile ! » Jean paraissait hésiter, chercher ses phrases, poursuivre une introuvable transition. Il reprit :

« En somme, c'est une vie très acceptable qu'on mène sur ces grands transatlantiques[1]. On passe plus de la moitié des mois à
185 terre dans deux villes superbes, New York et Le Havre, et le reste en mer avec des gens charmants. On peut même faire là des connaissances très agréables et très utiles pour plus tard, oui, très utiles, parmi les passagers. Songe que le capitaine, avec les économies sur le charbon, peut arriver à vingt-cinq mille francs
190 par an, sinon plus... » Roland fit un « bigre ! » suivi d'un sifflement qui témoignaient d'un profond respect pour la somme et pour le capitaine.

Jean reprit :

« Le commissaire de bord peut atteindre dix mille, et le médecin
195 a cinq mille de traitement fixe, avec logement, nourriture, éclairage, chauffage, service, etc., etc. Ce qui équivaut à dix mille au moins, c'est très beau. » Pierre, qui avait levé les yeux, rencontra ceux de son frère, et le comprit.

Alors, après une hésitation, il demanda :
200 « Est-ce très difficile à obtenir, les places de médecin sur un transatlantique ?

– Oui et non. Tout dépend des circonstances et des protections. »
Il y eut un long silence, puis le docteur reprit :

« C'est le mois prochain que part la *Lorraine* ?
205 – Oui, le sept. » Et ils se turent.

Pierre songeait. Certes ce serait une solution s'il pouvait s'embarquer comme médecin sur ce paquebot. Plus tard on verrait ; il le quitterait peut-être. En attendant il y gagnerait sa vie sans demander

---

1. **Transatlantiques :** les paquebots qui traversaient l'Atlantique et reliaient Le Havre à New-York.

rien à sa famille. Il avait dû, l'avant veille, vendre sa montre, car
210 maintenant il ne tendait plus la main devant sa mère ! Il n'avait
donc aucune ressource, hors celle-là, aucun moyen de manger
d'autre pain que le pain de la maison inhabitable, de dormir dans
un autre lit, sous un autre toit. Il dit alors, en hésitant un peu :

« Si je pouvais, je partirais volontiers là-dessus, moi. » Jean
215 demanda :

« Pourquoi ne pourrais-tu pas ?

– Parce que je ne connais personne à la Compagnie transatlantique. » Roland demeurait stupéfait :

« Et tous tes beaux projets de réussite, que deviennent-ils ? »
220 Pierre murmura :

« Il y a des jours où il faut savoir tout sacrifier, et renoncer
aux meilleurs espoirs. D'ailleurs, ce n'est qu'un début, un moyen
d'amasser quelques milliers de francs pour m'établir ensuite. » Son
père, aussitôt, fut convaincu :
225 « Ça, c'est vrai. En deux ans tu peux mettre de côté six ou sept
mille francs, qui bien employés te mèneront loin. Qu'en penses-tu,
Louise ? » Elle répondit d'une voix basse, presque inintelligible :

« Je pense que Pierre a raison. » Roland s'écria :

« Mais je vais en parler à M. Poulin, que je connais beaucoup ! Il
230 est juge au tribunal de commerce et il s'occupe des affaires de la
Compagnie. J'ai aussi M. Lenient, l'armateur[1] qui est intime avec un
des vice-présidents. » Jean demanda à son frère :

« Veux-tu que je tâte aujourd'hui même M. Marchand ?

– Oui, je veux bien. » Pierre reprit, après avoir songé quelques
235 instants :

« Le meilleur moyen serait peut-être encore d'écrire à mes maîtres
de l'École de médecine qui m'avaient en grande estime. On embarque
souvent sur ces bateaux-là des sujets médiocres. Des lettres très
chaudes des professeurs Mas-Roussel, Rémusot, Flache et Borriquel
240 enlèveraient la chose en une heure mieux que toutes les recom-
mandations douteuses. Il suffirait de faire présenter ces lettres par
ton ami M. Marchand au conseil d'administration. » Jean approuvait tout à fait :

---

1. **Armateur :** qui exploite commercialement un bateau.

« Ton idée est excellente, excellente ! » Et il souriait, rassuré,
245 presque content, sûr du succès, étant incapable de s'affliger[1]
longtemps.

« Tu vas leur écrire aujourd'hui même, dit-il.

– Tout à l'heure, tout de suite. J'y vais. Je ne prendrai pas de café
ce matin, je suis trop nerveux. » Il se leva et sortit.

250 Alors Jean se tourna vers sa mère :

« Toi, maman, qu'est-ce que tu fais ?

– Rien... Je ne sais pas.

– Veux-tu venir avec moi jusque chez Mme Rosémilly ?

– Mais... oui... oui...

255 – Tu sais... il est indispensable que j'y aille aujourd'hui.

– Oui... oui... C'est vrai.

– Pourquoi ça, indispensable ? demanda Roland, habitué
d'ailleurs à ne jamais comprendre ce qu'on disait devant lui.

– Parce que je lui ai promis d'y aller.

260 – Ah ! très bien. C'est différent, alors. » Et il se mit à bourrer sa
pipe, tandis que la mère et le fils montaient l'escalier pour prendre
leurs chapeaux.

Quand ils furent dans la rue, Jean lui demanda :

« Veux-tu mon bras, maman ? » Il ne le lui offrait jamais, car ils
265 avaient l'habitude de marcher côte à côte. Elle accepta et s'appuya
sur lui.

Ils ne parlèrent point pendant quelque temps, puis il lui dit :

« Tu vois que Pierre consent parfaitement à s'en aller. » Elle
murmura :

270 « Le pauvre garçon !

– Pourquoi ça, le pauvre garçon ? Il ne sera pas malheureux du
tout sur la *Lorraine*.

– Non... je sais bien, mais je pense à tant de choses. » Longtemps
elle songea, la tête baissée, marchant du même pas que son
275 fils, puis avec cette voix bizarre qu'on prend par moments pour
conclure une longue et secrète pensée :

« C'est vilain, la vie ! Si on y trouve une fois un peu de douceur,
on est coupable de s'y abandonner et on le paie bien cher plus
tard. » Il dit, très bas :

---

1. **S'affliger** : s'attrister.

280 « Ne parle plus de ça, maman.

– Est-ce possible ? J'y pense tout le temps.

– Tu oublieras. » Elle se tut encore, puis, avec un regret profond : « Ah ! comme j'aurais pu être heureuse en épousant un autre homme ! » À présent, elle s'exaspérait contre Roland, rejetant sur 285 sa laideur, sur sa bêtise, sur sa gaucherie, sur la pesanteur de son esprit et l'aspect commun de sa personne toute la responsabilité de sa faute et de son malheur. C'était à cela, à la vulgarité[1] de cet homme, qu'elle devait de l'avoir trompé, d'avoir désespéré un de ses fils et fait à l'autre la plus douloureuse confession dont pût sai-290 gner le cœur d'une mère.

Elle murmura : « C'est si affreux pour une jeune fille d'épouser un mari comme le mien. » Jean ne répondait pas. Il pensait à celui dont il avait cru être jusqu'ici le fils, et peut-être la notion confuse qu'il portait depuis longtemps de la médiocrité paternelle, l'ironie 295 constante de son frère, l'indifférence dédaigneuse des autres et jusqu'au mépris de la bonne pour Roland avaient-ils préparé son âme à l'aveu terrible de sa mère. Il lui en coûtait moins d'être le fils d'un autre ; et après la grande secousse d'émotion de la veille, s'il n'avait pas eu le contrecoup de révolte, d'indignation et de colère 300 redouté par Mme Roland, c'est que depuis bien longtemps il souffrait inconsciemment de se sentir l'enfant de ce lourdaud bonasse[2].

Ils étaient arrivés devant la maison de Mme Rosémilly.

Elle habitait, sur la route de Sainte-Adresse, le deuxième étage d'une grande construction qui lui appartenait. De ses fenêtres on 305 découvrait toute la rade du Havre.

En apercevant Mme Roland qui entrait la première, au lieu de lui tendre les mains comme toujours, elle ouvrit les bras et l'embrassa, car elle devinait l'intention de sa démarche.

Le mobilier du salon, en velours frappé, était toujours recouvert 310 de housses. Les murs, tapissés de papier à fleurs, portaient quatre gravures achetées par le premier mari, le capitaine. Elles représen-taient des scènes maritimes et sentimentales. On voyait sur la pre-mière la femme d'un pêcheur agitant un mouchoir sur une côte, tandis que disparaît à l'horizon la voile qui emporte son homme.

---

1. **Vulgarité :** caractère commun et terre à terre.
2. **Bonasse :** faible (littéralement « trop bon »).

315 Sur la seconde, la même femme, à genoux sur la même côte, se
tord les bras en regardant au loin, sous un ciel plein d'éclairs, sur
une mer de vagues invraisemblables, la barque de l'époux qui va
sombrer.

Les deux autres gravures représentaient des scènes analogues
320 dans une classe supérieure de la société.

Une jeune femme blonde rêve, accoudée sur le bordage d'un
grand paquebot qui s'en va. Elle regarde la côte déjà lointaine d'un
œil mouillé de larmes et de regrets.

Qui a-t-elle laissé derrière elle ?

325 Puis, la même jeune femme assise près d'une fenêtre ouverte sur
l'Océan est évanouie dans un fauteuil. Une lettre vient de tomber
de ses genoux sur le tapis.

Il est donc mort, quel désespoir !

Les visiteurs, généralement, étaient émus et séduits par la tris-
330 tesse banale de ces sujets transparents et poétiques. On comprenait tout de suite, sans explication et sans recherche, et on plaignait les pauvres femmes, bien qu'on ne sût pas au juste la nature
du chagrin de la plus distinguée. Mais ce doute même aidait à la
rêverie. Elle avait dû perdre son fiancé ! L'œil, dès l'entrée, était
335 attiré invinciblement vers ces quatre sujets et retenu comme par
une fascination. Il ne s'en écartait que pour y revenir toujours, et
toujours contempler les quatre expressions des deux femmes qui
se ressemblaient comme deux sœurs. Il se dégageait surtout du
dessin net, bien fini, soigné, distingué à la façon d'une gravure de
340 mode, ainsi que du cadre bien luisant, une sensation de propreté
et de rectitude[1] qu'accentuait encore le reste de l'ameublement.

Les sièges demeuraient rangés suivant un ordre invariable, les
uns contre la muraille, les autres autour du guéridon[2]. Les rideaux
blancs, immaculés[3], avaient des plis si droits et si réguliers qu'on
345 avait envie de les friper un peu ; et jamais un grain de poussière
ne ternissait[4] le globe où la pendule dorée, de style Empire, une

---

1. **Rectitude :** droiture.
2. **Guéridon :** table ronde pourvue d'un seul pied central.
3. **Immaculés :** sans tache.
4. **Ternissait :** rendait terne, sans éclat.

mappemonde portée par un Atlas[1] agenouillé, semblait mûrir comme un melon d'appartement.

Les deux femmes, en s'asseyant, modifièrent un peu la place nor-
350 male de leurs chaises.

« Vous n'êtes pas sortie aujourd'hui ? demanda Mme Roland.

– Non. Je vous avoue que je suis un peu fatiguée. » Et elle rap-
pela, comme pour en remercier Jean et sa mère, tout le plaisir qu'elle avait pris à cette excursion et à cette pêche.

355 « Vous savez, disait-elle, que j'ai mangé ce matin mes salicoques. Elles étaient délicieuses. Si vous voulez, nous recommencerons un jour ou l'autre cette partie-là... » Le jeune homme l'interrompit :

« Avant d'en commencer une seconde, si nous terminions la première ?

360 – Comment ça ? Mais il me semble qu'elle est finie.

– Oh ! Madame, j'ai fait, de mon côté, dans ce rocher de Saint-Jouin, une pêche que je veux aussi rapporter chez moi. » Elle prit un air naïf[2] et malin :

« Vous ? Quoi donc ? Qu'est-ce que vous avez trouvé ?

365 – Une femme ! Et nous venons, maman et moi, vous demander si elle n'a pas changé d'avis ce matin. » Elle se mit à sourire :

« Non, Monsieur, je ne change jamais d'avis, moi. » Ce fut lui qui lui tendit alors sa main toute grande, où elle fit tomber la sienne d'un geste vif et résolu. Et il demanda :

370 « Le plus tôt possible, n'est-ce pas ?

– Quand vous voudrez.

– Six semaines ?

– Je n'ai pas d'opinion. Qu'en pense ma future belle-mère ? » Mme Roland répondit avec un sourire un peu mélancolique :

375 « Oh ! moi, je ne pense rien. Je vous remercie seulement d'avoir bien voulu Jean, car vous le rendrez très heureux.

– On fera ce qu'on pourra, maman. »

Un peu attendrie, pour la première fois, Mme Rosémilly se leva et, prenant à pleins bras Mme Roland, l'embrassa longtemps
380 comme un enfant ; et sous cette caresse nouvelle une émotion

---

1. **Atlas agenouillé :** dans la mythologie antique, Atlas porte le monde sur ses épaules.

2. **Naïf :** candide, innocent.

puissante gonfla le cœur malade de la pauvre femme. Elle n'aurait
pu dire ce qu'elle éprouvait. C'était triste et doux en même temps.
Elle avait perdu un fils, un grand fils, et on lui rendait à la place
une fille, une grande fille.

385   Quand elles se retrouvèrent face à face, sur leurs sièges, elles se
prirent les mains et restèrent ainsi, se regardant et se souriant, tandis que Jean semblait presque oublié d'elles.

Puis elles parlèrent d'un tas de choses auxquelles il fallait songer pour ce prochain mariage, et quand tout fut décidé, réglé,
390   Mme Rosémilly parut soudain se souvenir d'un détail et demanda :
« Vous avez consulté M. Roland, n'est-ce pas ? » La même rougeur couvrit soudain les joues de la mère et du fils. Ce fut la mère
qui répondit :
« Oh ! non, c'est inutile ! » Puis elle hésita, sentant qu'une expli-
395   cation était nécessaire, et elle reprit :
« Nous faisons tout sans rien lui dire. Il suffit de lui annoncer ce
que nous avons décidé. » Mme Rosémilly, nullement surprise, souriait, jugeant cela bien naturel, car le bonhomme comptait si peu.

Quand Mme Roland se retrouva dans la rue avec son fils :
400   « Si nous allions chez toi, dit-elle. Je voudrais bien me reposer. »
Elle se sentait sans abri, sans refuge, ayant l'épouvante de sa
maison.

Ils entrèrent chez Jean.

Dès qu'elle sentit la porte fermée derrière elle, elle poussa un
405   gros soupir comme si cette serrure l'avait mise en sûreté ; puis, au
lieu de se reposer, comme elle l'avait dit, elle commença à ouvrir
les armoires, à vérifier les piles de linge, le nombre des mouchoirs
et des chaussettes. Elle changeait l'ordre établi pour chercher des
arrangements plus harmonieux, qui plaisaient davantage à son
410   œil de ménagère ; et quand elle eut disposé les choses à son gré,
aligné les serviettes, les caleçons et les chemises sur leurs tablettes
spéciales, divisé tout le linge en trois classes principales, linge de
corps, linge de maison et linge de table, elle se recula pour contempler son œuvre, et elle dit :
415   « Jean, viens donc voir comme c'est joli. » Il se leva et admira
pour lui faire plaisir.

Soudain, comme il s'était rassis, elle s'approcha de son fauteuil
à pas légers, par-derrière, et, lui enlaçant le cou de son bras droit,

elle l'embrassa en posant sur la cheminée un petit objet enveloppé
420 dans un papier blanc, qu'elle tenait de l'autre main.

Il demanda :

« Qu'est-ce que c'est ? » Comme elle ne répondait pas, il comprit,
en reconnaissant la forme du cadre :

« Donne ! » dit-il.

425 Mais elle feignit de ne pas entendre, et retourna vers ses armoires.
Il se leva, prit vivement cette relique douloureuse et, traversant
l'appartement, alla l'enfermer à double tour, dans le tiroir de son
bureau. Alors elle essuya du bout de ses doigts une larme au bord
de ses yeux, puis elle dit, d'une voix un peu chevrotante[1] :

430 « Maintenant, je vais voir si ta nouvelle bonne tient bien ta cuisine. Comme elle est sortie en ce moment, je pourrai tout inspecter
pour me rendre compte. »

---

1. **Chevrotante :** tremblotante.

Clefs d'analyse

Action et personnages

1. Quelle évolution se confirme dans ce chapitre quant au choix du point de vue ?

2. Combien le médecin embarqué à bord d'un paquebot gagne-t-il en un an ? Combien Pierre espérait-il gagner lorsqu'il faisait ses projets d'installation ? Ses espoirs initiaux sont-ils confirmés ?

3. Quel événement fait immédiatement suite au départ de Pierre ? Quelle phrase de Mme Roland entre en écho avec cette situation ?

4. « Veux-tu mon bras, maman ? », demande Jean (l. 264). Que dit cette proposition des relations entre la mère et le fils ?

5. Qu'aperçoit-on de la fenêtre de la maison de Mme Rosémilly ? Quel autre lieu est-il ainsi rappelé ?

6. Quel rapport les deux tableaux accrochés sur les murs de Mme Rosémilly entretiennent-ils avec la fiction ? Avec quelle autre représentation, aperçue dans le chapitre V, entrent-ils en relation ? Quel sens prend leur association ?

Langue

7. Comment l'adjectif « malheureux » (l. 271) est-il construit ?

8. Quels mots servent à dire l'abattement de Jean lorsqu'il se couche sur le divan ? À qui fait-il penser ?

9. « La force des faibles » (l. 30). Quelle est cette figure de style ?

10. « Il devrait renoncer à épouser cette femme, renoncer au bonheur, renoncer à tout » (l. 56-57). Quelle est cette figure de style ?

11. Relevez, dans le récit de la nuit de Jean, les indices de l'omniscience du narrateur. À quel moment en revanche dissimule-t-il des informations ?

12. Analysez la logique de l'argumentation et l'utilisation des connecteurs logiques dans les lignes 73-81.

13. Quelle exclamation Roland pousse-t-il par deux fois pour marquer sa désapprobation quand Jean et Mme Roland tardent pour le déjeuner ? De quel autre personnage cette exclamation le rapproche-t-elle ?

Genre ou thèmes

14. Montrez que ce chapitre met en scène l'exclusion d'un membre de la famille et l'intégration d'un nouveau membre.

15. Montrez que Pierre connaît une double défaite dans ce chapitre.

Écriture

16. Imaginez deux gravures (et éventuellement dessinez-les) qui seraient conçues sur le modèle de celles de Mme Rosémilly et qui résumeraient l'action de *Pierre et Jean*.

Pour aller plus loin

17. Faites des recherches sur le genre pictural de l'impressionnisme.

✳ À retenir

La phrase exclamative sert à exprimer les sentiments et les émotions de celui qui parle. Elle est porteuse d'une affectivité intense. Elle est souvent nominale, mais peut aussi être verbale.

Clefs d'analyse

IX

Les lettres de recommandation des professeurs Mas-Roussel, Rémusot, Flache et Borriquel, écrites dans les termes les plus flatteurs pour le Dr Pierre Roland, leur élève, avaient été soumises par M. Marchand au conseil de la Compagnie transatlantique, appuyées par MM. Poulin, juge au tribunal de commerce, Lenient, gros armateur, et Marival, adjoint au maire du Havre, ami particulier du capitaine Beausire.

Il se trouvait que le médecin de la *Lorraine* n'était pas encore désigné, et Pierre eut la chance d'être nommé en quelques jours.

Le pli[1] qui l'en prévenait lui fut remis par la bonne Joséphine, un matin, comme il finissait sa toilette.

Sa première émotion fut celle du condamné à mort à qui on annonce sa peine commuée[2] ; et il sentit immédiatement sa souffrance adoucie un peu par la pensée de ce départ et de cette vie calme toujours bercée par l'eau qui roule, toujours errante, toujours fuyante.

Il vivait maintenant dans la maison paternelle en étranger muet et réservé. Depuis le soir où il avait laissé s'échapper devant son frère l'infâme secret découvert par lui, il sentait qu'il avait brisé les dernières attaches avec les siens. Un remords le harcelait d'avoir dit cette chose à Jean. Il se jugeait odieux, malpropre, méchant, et cependant il était soulagé d'avoir parlé.

Jamais il ne rencontrait plus le regard de sa mère ou le regard de son frère. Leurs yeux pour s'éviter avaient pris une mobilité surprenante et des ruses d'ennemis qui redoutent de se croiser. Toujours il se demandait : « Qu'a-t-elle pu dire à Jean ? A-t-elle avoué ou a-t-elle nié ? Que croit mon frère ? Que pense-t-il d'elle, que pense-t-il de moi ? » Il ne devinait pas et s'en exaspérait. Il ne leur parlait presque plus d'ailleurs, sauf devant Roland afin d'éviter ses questions.

---

1. **Pli :** papier replié formant une enveloppe.
2. **Commuée :** changée en une peine moindre.

30 Quand il eut reçu la lettre lui annonçant sa nomination, il la présenta, le jour même, à sa famille. Son père, qui avait une grande tendance à se réjouir de tout, battit des mains.

Jean répondit d'un ton sérieux, mais l'âme pleine de joie :

« Je te félicite de tout mon cœur, car je sais qu'il y avait beau-35 coup de concurrents. Tu dois cela certainement aux lettres de tes professeurs. » Et sa mère baissa la tête en murmurant :

« Je suis bien heureuse que tu aies réussi. » Il alla, après le déjeuner, aux bureaux de la Compagnie, afin de se renseigner sur mille choses ; et il demanda le nom du médecin de la *Picardie* qui devait 40 partir le lendemain, pour s'informer près de lui de tous les détails de sa vie nouvelle et des particularités qu'il y devait rencontrer.

Le Dr Pirette étant à bord, il s'y rendit, et il fut reçu dans une petite chambre de paquebot par un jeune homme à barbe blonde qui ressemblait à son frère. Ils causèrent longtemps.

45 On entendait dans les profondeurs sonores de l'immense bâtiment une grande agitation confuse et continue, où la chute des marchandises entassées dans les cales se mêlait aux pas, aux voix, au mouvement des machines chargeant les caisses, aux sifflets des contremaîtres et à la rumeur des chaînes traînées ou enroulées sur 50 les treuils par l'haleine rauque de la vapeur qui faisait vibrer un peu le corps entier du gros navire.

Mais lorsque Pierre eut quitté son collègue et se retrouva dans la rue, une tristesse nouvelle s'abattit sur lui, et l'enveloppa comme ces brumes qui courent sur la mer, venues du bout du monde et 55 qui portent dans leur épaisseur insaisissable quelque chose de mystérieux et d'impur comme le souffle pestilentiel de terres malfaisantes et lointaines.

En ses heures de plus grande souffrance il ne s'était jamais senti plongé ainsi dans un cloaque[1] de misère. C'est que la dernière 60 déchirure était faite ; il ne tenait plus à rien. En arrachant de son cœur les racines de toutes ses tendresses, il n'avait pas éprouvé encore cette détresse de chien perdu qui venait soudain de le saisir.

Ce n'était pas une douleur morale et torturante, mais l'affole-65 ment d'une bête sans abri, une angoisse matérielle d'être errant

---

1. **Cloaque :** bourbier.

qui n'a plus de toit et que la pluie, le vent, l'orage, toutes les forces brutales du monde vont assaillir. En mettant le pied sur ce paquebot, en entrant dans cette chambrette balancée sur les vagues, la chair de l'homme qui a toujours dormi dans un lit immobile et
70 tranquille s'était révoltée contre l'insécurité de tous les lendemains futurs. Jusqu'alors elle s'était sentie protégée, cette chair, par le mur solide enfoncé dans la terre qui le tient, et par la certitude du repos à la même place, sous le toit qui résiste au vent. Maintenant, tout ce qu'on aime braver dans la chaleur du logis fermé deviendrait un
75 enfer et une constante souffrance.

Plus de sol sous les pas, mais la mer qui roule, qui gronde et engloutit. Plus d'espace autour de soi, pour se promener, courir, se perdre par les chemins, mais quelques mètres de planches pour marcher comme un condamné au milieu d'autres prisonniers. Plus
80 d'arbres, de jardins, de rues, de maisons, rien que de l'eau et des nuages. Et sans cesse il sentirait remuer ce navire sous ses pieds. Les jours d'orage il faudrait s'appuyer aux cloisons, s'accrocher aux portes, se cramponner aux bords de la couchette étroite pour ne point rouler par terre. Les jours de calme il entendrait la trépida-
85 tion[1] ronflante de l'hélice et sentirait fuir ce bateau qui le porte, d'une fuite continue, régulière, exaspérante.

Et il se trouvait condamné à cette vie de forçat[2] vagabond, uniquement parce que sa mère s'était livrée aux caresses d'un homme.
90 Il allait devant lui, défaillant à présent sous la mélancolie désolée des gens qui vont s'expatrier. Il ne se sentait plus au cœur ce mépris hautain, cette haine dédaigneuse pour les inconnus qui passent, mais une triste envie de leur parler, de leur dire qu'il allait quitter la France, d'être écouté et consolé. C'était, au fond de lui,
95 un besoin honteux de pauvre qui va tendre la main, un besoin timide et fort de sentir quelqu'un souffrir de son départ.

Il songea à Marowsko. Seul le vieux Polonais l'aimait assez pour ressentir une vraie et poignante émotion ; et le docteur se décida tout de suite à l'aller voir.

---

1. **Trépidation** : vibration.
2. **Forçat** : criminel condamné aux travaux forcés ou à ramer sur les galères.

100   Quand il entra dans la boutique, le pharmacien, qui pilait[1] des poudres au fond d'un mortier[2] de marbre, eut un petit tressaillement et quitta sa besogne.

« On ne vous aperçoit plus jamais ? » dit-il.

Le jeune homme expliqua qu'il avait eu à entreprendre des
105 démarches nombreuses, sans en dévoiler le motif, et il s'assit en demandant :

« Eh bien ! les affaires vont-elles ? » Elles n'allaient pas, les affaires. La concurrence était terrible, le malade rare et pauvre dans ce quartier travailleur. On n'y pouvait vendre que des médicaments
110 à bon marché ; et les médecins n'y ordonnaient point ces remèdes rares et compliqués sur lesquels on gagne cinq cents pour cent. Le bonhomme conclut :

« Si ça dure encore trois mois comme ça, il faudra fermer boutique. Si je ne comptais pas sur vous, mon bon docteur, je me
115 serais déjà mis à cirer les bottes. » Pierre sentit son cœur se serrer, et il se décida brusquement à porter le coup, puisqu'il le fallait :

« Oh ! moi... moi... je ne pourrai plus vous être d'aucun secours. Je quitte Le Havre au commencement du mois prochain. » Marowsko ôta ses lunettes, tant son émotion fut vive :
120   « Vous... vous... qu'est-ce que vous dites là ?

– Je dis que je m'en vais, mon pauvre ami. » Le vieux demeurait atterré[3], sentant crouler son dernier espoir, et il se révolta soudain contre cet homme qu'il avait suivi, qu'il aimait, en qui il avait eu tant de confiance, et qui l'abandonnait ainsi.
125   Il bredouilla :

« Mais vous n'allez pas me trahir à votre tour, vous ? » Pierre se sentait tellement attendri qu'il avait envie de l'embrasser :

« Mais je ne vous trahis pas. Je n'ai point trouvé à me caser ici et je pars comme médecin sur un paquebot transatlantique.
130   – Oh ! monsieur Pierre ! Vous m'aviez si bien promis de m'aider à vivre !

– Que voulez-vous ! Il faut que je vive moi-même. Je n'ai pas un sou de fortune. » Marowsko répétait :

---

1. **Pilait :** broyait.
2. **Mortier :** récipient hémisphérique servant à broyer certaines substances.
3. **Atterré :** anéanti.

« C'est mal, c'est mal, ce que vous faites. Je n'ai plus qu'à mourir
135 de faim, moi. À mon âge, c'est fini. C'est mal. Vous abandonnez
un pauvre vieux qui est venu pour vous suivre. C'est mal. » Pierre
voulait s'expliquer, protester, donner ses raisons, prouver qu'il
n'avait pu faire autrement ; le Polonais n'écoutait point, révolté de
cette désertion, et il finit par dire, faisant allusion sans doute à des
140 événements politiques :

« Vous autres Français, vous ne tenez pas vos promesses[1]. »

Alors Pierre se leva, froissé à son tour, et le prenant d'un peu
haut :

« Vous êtes injuste, père Marowsko. Pour se décider à ce que j'ai
145 fait, il faut de puissants motifs ; et vous devriez le comprendre.
Au revoir. J'espère que je vous retrouverai plus raisonnable. » Et il
sortit.

« Allons, pensait-il, personne n'aura pour moi un regret sincère. »
Sa pensée cherchait, allant à tous ceux qu'il connaissait, ou qu'il
150 avait connus, et elle retrouva, au milieu de tous les visages défilant
dans son souvenir, celui de la fille de brasserie qui lui avait fait
soupçonner sa mère.

Il hésita, gardant contre elle une rancune instinctive, puis soudain, se décidant, il pensa : « Elle avait raison, après tout. » Et il
155 s'orienta pour retrouver sa rue.

La brasserie était, par hasard, remplie de monde et remplie aussi
de fumée. Les consommateurs, bourgeois et ouvriers, car c'était
un jour de fête, appelaient, riaient, criaient, et le patron lui-même
servait, courant de table en table, emportant des bocks vides et les
160 rapportant pleins de mousse.

Quand Pierre eut trouvé une place, non loin du comptoir, il
attendit, espérant que la bonne le verrait et le reconnaîtrait.

Mais elle passait et repassait devant lui, sans un coup d'œil, trottant menu[2] sous ses jupes avec un petit dandinement gentil.

165 Il finit par frapper la table d'une pièce d'argent. Elle accourut :

« Que désirez-vous, Monsieur ? » Elle ne le regardait pas, l'esprit
perdu dans le calcul des consommations servies.

---

1. **Vous autres Français, vous ne tenez pas vos promesses** : l'insurrection polonaise
escomptait le soutien de la France, qui avait été promise, mais qui ne vint pas.

2. **Trottant menu** : marchant rapidement à petits pas.

« Eh bien ! fit-il, c'est comme ça qu'on dit bonjour à ses amis ? »
Elle fixa ses yeux sur lui, et d'une voix pressée :

170 « Ah ! c'est vous. Vous allez bien. Mais je n'ai pas le temps
aujourd'hui. C'est un bock que vous voulez ?

– Oui, un bock. » Quand elle l'apporta, il reprit :

« Je viens te faire mes adieux. Je pars. » Elle répondit avec
indifférence :

175 « Ah bah ! Où allez-vous ?

– En Amérique.

– On dit que c'est un beau pays. » Et rien de plus. Vraiment il
fallait être bien malavisé pour lui parler ce jour-là. Il y avait trop de
monde au café !

180 Et Pierre s'en alla vers la mer. En arrivant sur la jetée, il vit la
Perle qui rentrait portant son père et le capitaine Beausire. Le matelot Papagris ramait ; et les deux hommes, assis à l'arrière, fumaient
leur pipe avec un air de parfait bonheur.

Le docteur songea en les voyant passer : « Bienheureux les sim-
185 ples d'esprit. » Et il s'assit sur un des bancs du brise-lames pour
tâcher de s'engourdir dans une somnolence de brute.

Quand il rentra, le soir, à la maison, sa mère lui dit, sans oser
lever les yeux sur lui :

« Il va te falloir un tas d'affaires pour partir, et je suis un peu
190 embarrassée. Je t'ai commandé tantôt ton linge de corps et j'ai
passé chez le tailleur pour les habits ; mais n'as-tu besoin de rien
d'autre, de choses que je ne connais pas, peut-être ? » Il ouvrit la
bouche pour dire : « Non, de rien. » Mais il songea qu'il lui fallait
au moins accepter de quoi se vêtir décemment, et ce fut d'un ton
195 très calme qu'il répondit :

« Je ne sais pas encore, moi ; je m'informerai à la Compagnie. » Il
s'informa, et on lui remit la liste des objets indispensables.

Sa mère, en la recevant de ses mains, le regarda pour la première
fois depuis bien longtemps, et elle avait au fond des yeux l'expres-
200 sion si humble, si douce, si triste, si suppliante des pauvres chiens
battus qui demandent grâce.

Le 1er octobre, la *Lorraine*, venant de Saint-Nazaire, entra au
port du Havre, pour en repartir le 7 du même mois à destination
de New York ; et Pierre Roland dut prendre possession de la petite
205 cabine flottante où serait désormais emprisonnée sa vie.

Le lendemain, comme il sortait, il rencontra dans l'escalier sa mère qui l'attendait et qui murmura d'une voix à peine intelligible :

« Tu ne veux pas que je t'aide à t'installer sur ce bateau ?

– Non, merci, tout est fini. » Elle murmura :

« Je désire tant voir ta chambrette.

– Ce n'est pas la peine. C'est très laid et très petit. » Il passa, la laissant atterrée, appuyée au mur, et la face blême.

Or Roland, qui visita la *Lorraine* ce jour-là même, ne parla pendant le dîner que de ce magnifique navire et s'étonna beaucoup que sa femme n'eût aucune envie de le connaître puisque leur fils allait s'embarquer dessus.

Pierre ne vécut guère dans sa famille pendant les jours qui suivirent. Il était nerveux, irritable, dur, et sa parole brutale semblait fouetter tout le monde. Mais la veille de son départ il parut soudain très changé, très adouci. Il demanda, au moment d'embrasser ses parents avant d'aller coucher à bord pour la première fois :

« Vous viendrez me dire adieu, demain sur le bateau ? » Roland s'écria :

« Mais oui, mais oui, parbleu. N'est-ce pas, Louise ?

– Mais certainement », dit-elle tout bas.

Pierre reprit :

« Nous partons à onze heures juste. Il faut être là-bas à neuf heures et demie au plus tard.

– Tiens ! s'écria son père, une idée. En te quittant nous courrons bien vite nous embarquer sur la *Perle* afin de t'attendre hors des jetées et de te voir encore une fois. N'est-ce pas, Louise ?

– Oui, certainement. » Roland reprit :

« De cette façon, tu ne nous confondras pas avec la foule qui encombre le môle quand partent les transatlantiques. On ne peut jamais reconnaître les siens dans le tas. Ça te va ?

– Mais oui, ça me va. C'est entendu. » Une heure plus tard il était étendu dans son petit lit marin, étroit et long comme un cercueil. Il y resta longtemps, les yeux ouverts, songeant à tout ce qui s'était passé depuis deux mois dans sa vie, et surtout dans son âme. À force d'avoir souffert et fait souffrir les autres, sa douleur agressive et vengeresse s'était fatiguée, comme une lame émoussée[1]. Il

---

1. **Émoussée** : usée.

n'avait presque plus le courage d'en vouloir à quelqu'un et de quoi que ce soit, et il laissait aller sa révolte à vau-l'eau[1] à la façon de son existence. Il se sentait tellement las de lutter, las de frapper, las
245 de détester, las de tout, qu'il n'en pouvait plus et tâchait d'engourdir[2] son cœur dans l'oubli, comme on tombe dans le sommeil. Il entendait vaguement autour de lui les bruits nouveaux du navire, bruits légers, à peine perceptibles en cette nuit calme du port ; et de sa blessure jusque-là si cruelle il ne sentait plus aussi que les
250 tiraillements douloureux des plaies qui se cicatrisent.

Il avait dormi profondément quand le mouvement des matelots le tira de son repos. Il faisait jour, le train de marée[3] arrivait au quai amenant les voyageurs de Paris.

Alors il erra sur le navire au milieu de ces gens affairés, inquiets,
255 cherchant leurs cabines, s'appelant, se questionnant et se répondant au hasard, dans l'effarement du voyage commencé. Après qu'il eut salué le capitaine et serré la main de son compagnon le commissaire du bord, il entra dans le salon où quelques Anglais sommeillaient déjà dans les coins. La grande pièce aux murs de
260 marbre blanc encadrés de filets d'or prolongeait indéfiniment dans les glaces la perspective de ses longues tables flanquées de deux lignes illimitées de sièges tournants, en velours grenat[4]. C'était bien là le vaste hall flottant et cosmopolite[5] où devaient manger en commun les gens riches de tous les continents. Son luxe opulent
265 était celui des grands hôtels, des théâtres, des lieux publics, le luxe imposant et banal qui satisfait l'œil des millionnaires. Le docteur allait passer dans la partie du navire réservée à la seconde classe, quand il se souvint qu'on avait embarqué la veille au soir un grand troupeau d'émigrants, et il descendit dans l'entrepont.
270 En y pénétrant, il fut saisi par une odeur nauséabonde d'humanité pauvre et malpropre, puanteur de chair nue plus écœurante que celle du poil ou de la laine des bêtes. Alors, dans une sorte de souterrain obscur et bas, pareil aux galeries des mines, Pierre

---

1. **À vau-l'eau :** aller comme au fil de l'eau, sans direction définie.
2. **Engourdir :** endormir.
3. **Train de marée :** train qui emporte les produits de la marée.
4. **Grenat :** couleur du grenat, une pierre rouge sombre.
5. **Cosmopolite :** qui comprend des personnes de nombreux pays.

275 aperçut des centaines d'hommes, de femmes et d'enfants étendus sur des planches superposées ou grouillant par tas sur le sol. Il ne distinguait point les visages mais voyait vaguement cette foule sordide[1] en haillons[2], cette foule de misérables vaincus par la vie, épuisés, écrasés, partant avec une femme maigre et des enfants exténués pour une terre inconnue, où ils espéraient ne point mou-
280 rir de faim, peut-être.

Et songeant au travail passé, au travail perdu, aux efforts stériles, à la lutte acharnée, reprise chaque jour en vain, à l'énergie dépensée par ces gueux, qui allaient recommencer encore, sans savoir où, cette existence d'abominable misère, le docteur eut envie de
285 leur crier : « Mais foutez-vous donc à l'eau avec vos femelles et vos petits ! » Et son cœur fut tellement étreint par la pitié qu'il s'en alla, ne pouvant supporter leur vue.

Son père, sa mère, son frère et Mme Rosémilly l'attendaient déjà dans sa cabine.
290 « Si tôt, dit-il.

– Oui, répondit Mme Roland d'une voix tremblante, nous voulions avoir le temps de te voir un peu. » Il la regarda. Elle était en noir, comme si elle eût porté un deuil, et il s'aperçut brusquement que ses cheveux, encore gris le mois dernier, devenaient tout
295 blancs à présent.

Il eut grand-peine à faire asseoir les quatre personnes dans sa petite demeure, et il sauta sur son lit. Par la porte restée ouverte on voyait passer une foule nombreuse comme celle d'une rue un jour de fête, car tous les amis des embarqués et une armée de simples
300 curieux avaient envahi l'immense paquebot. On se promenait dans les couloirs, dans les salons, partout, et des têtes s'avançaient jusque dans la chambre tandis que des voix murmuraient au-dehors : « C'est l'appartement du docteur. » Alors Pierre poussa la porte ; mais dès qu'il se sentit enfermé avec les siens, il eut envie de la
305 rouvrir, car l'agitation du navire trompait leur gêne et leur silence.

Mme Rosémilly voulut enfin parler :
« Il vient bien peu d'air par ces petites fenêtres, dit-elle.

– C'est un hublot », répondit Pierre.

---

1. **Sordide :** d'une misère extrême.
2. **Haillons :** vêtements déchirés.

Il en montra l'épaisseur qui rendait le verre capable de résister
310 aux chocs les plus violents, puis il expliqua longuement le système
de fermeture. Roland à son tour demanda :

« Tu as ici même la pharmacie ? » Le docteur ouvrit une armoire
et fit voir une bibliothèque de fioles qui portaient des noms latins
sur des carrés de papier blanc.

315 Il en prit une pour énumérer les propriétés de la matière qu'elle
contenait, puis une seconde, puis une troisième, et il fit un vrai
cours de thérapeutique qu'on semblait écouter avec une grande
attention.

Roland répétait en remuant la tête :

320 « Est-ce intéressant, cela ! » On frappa doucement contre la porte.

« Entrez ! » cria Pierre.

Et le capitaine Beausire parut.

Il dit, en tendant la main :

« Je viens tard parce que je n'ai pas voulu gêner vos épanche-
325 ments. » Il dut aussi s'asseoir sur le lit. Et le silence recommença.

Mais, tout à coup, le capitaine prêta l'oreille. Des commande-
ments lui parvenaient à travers la cloison, et il annonça :

« Il est temps de nous en aller si nous voulons embarquer dans la
Perle pour vous voir encore à la sortie, et vous dire adieu en pleine
330 mer. » Roland père y tenait beaucoup, afin d'impressionner les voyageurs de la *Lorraine* sans doute, et il se leva avec empressement :

« Allons, adieu, mon garçon. » Il embrassa Pierre sur ses favoris,
puis rouvrit la porte.

Mme Roland ne bougeait point et demeurait les yeux baissés,
335 très pâle.

Son mari lui toucha le bras :

« Allons, dépêchons-nous, nous n'avons pas une minute à perdre. »
Elle se dressa, fit un pas vers son fils et lui tendit, l'une après
l'autre, deux joues de cire blanche, qu'il baisa sans dire un mot.
340 Puis il serra la main de Mme Rosémilly, et celle de son frère en lui
demandant :

« À quand ton mariage ?

– Je ne sais pas encore au juste. Nous le ferons coïncider avec
un de tes voyages. » Tout le monde enfin sortit de la chambre et
345 remonta sur le pont encombré de public, de porteurs de paquets et
de marins.

180

Chapitre IX

La vapeur ronflait dans le ventre énorme du navire qui semblait frémir d'impatience.

« Adieu, dit Roland toujours pressé.

350 — Adieu », répondit Pierre debout au bord d'un des petits ponts de bois qui faisaient communiquer la *Lorraine* avec le quai.

Il serra de nouveau toutes les mains et sa famille s'éloigna.

« Vite, vite, en voiture ! » criait le père.

Un fiacre les attendait qui les conduisit à l'avant-port où Papagris
355 tenait la *Perle* toute prête à prendre le large.

Il n'y avait aucun souffle d'air ; c'était un de ces jours secs et calmes d'automne, où la mer polie semble froide et dure comme de l'acier.

Jean saisit un aviron, le matelot borda l'autre et ils se mirent à ramer. Sur le brise-lames, sur les jetées, jusque sur les parapets de
360 granit, une foule innombrable, remuante et bruyante, attendait la *Lorraine*.

La *Perle* passa entre ces deux vagues humaines et fut bientôt hors du môle.

Le capitaine Beausire, assis entre les deux femmes, tenait la barre
365 et il disait :

« Vous allez voir que nous nous trouverons juste sur sa route, mais là, juste. » Et les deux rameurs tiraient de toute leur force pour aller le plus loin possible. Tout à coup Roland s'écria :

« La voilà. J'aperçois sa mâture et ses deux cheminées. Elle sort
370 du bassin.

— Hardi ! les enfants », répétait Beausire.

Mme Roland prit son mouchoir dans sa poche et le posa sur ses yeux.

Roland était debout, cramponné au mât ; il annonçait :
375 « En ce moment elle évolue dans l'avant-port... Elle ne bouge plus... Elle se remet en mouvement... Elle a dû prendre son remorqueur... Elle marche... bravo ! Elle s'engage dans les jetées !... Entendez-vous la foule qui crie... bravo !... c'est le *Neptune* qui la tire... je vois son avant maintenant... la voilà, la voilà... Nom de
380 Dieu, quel bateau ! Nom de Dieu ! regardez donc !... »

Mme Rosémilly et Beausire se retournèrent ; les deux hommes cessèrent de ramer ; seule Mme Roland ne remua point.

L'immense paquebot, traîné par un puissant remorqueur qui avait l'air, devant lui, d'une chenille, sortait lentement et royalement

385 du port. Et le peuple havrais massé sur les môles, sur la plage, aux
fenêtres, emporté soudain par un élan patriotique se mit à crier :
« Vive la *Lorraine* ! » acclamant et applaudissant ce départ magnifique, cet enfantement d'une grande ville maritime qui donnait à
la mer sa plus belle fille. Mais elle, dès qu'elle eut franchi l'étroit
390 passage enfermé entre deux murs de granit, se sentant libre enfin,
abandonna son remorqueur, et elle partit toute seule comme un
énorme monstre courant sur l'eau.

« La voilà... la voilà !... criait toujours Roland. Elle vient droit sur
nous. » Et Beausire, radieux, répétait :
395 « Qu'est-ce que je vous avais promis, hein ? Est-ce que je connais
leur route ? » Jean, tout bas, dit à sa mère :

« Regarde, maman, elle approche. » Et Mme Roland découvrit ses
yeux aveuglés par les larmes.

La *Lorraine* arrivait, lancée à toute vitesse dès sa sortie du
400 port, par ce beau temps clair, calme. Beausire, la lunette braquée,
annonça :

« Attention ! M. Pierre est à l'arrière, tout seul, bien en vue.

Attention ! » Haut comme une montagne et rapide comme un
train, le navire, maintenant, passait presque à toucher la *Perle*. Et
405 Mme Roland éperdue, affolée, tendit les bras vers lui, et elle vit son
fils, son fils Pierre, coiffé de sa casquette galonnée[1], qui lui jetait à
deux mains des baisers d'adieu. Mais il s'en allait, il fuyait, disparaissait, devenu déjà tout petit, effacé comme une tache imperceptible sur le gigantesque bâtiment. Elle s'efforçait de le reconnaître
410 encore et ne le distinguait plus.

Jean lui avait pris la main.

« Tu as vu ? dit-il.

– Oui, j'ai vu. Comme il est bon ! » Et on retourna vers la ville.

« Cristi ! ça va vite », déclarait Roland avec une conviction
415 enthousiaste.

Le paquebot, en effet, diminuait de seconde en seconde comme
s'il eût fondu dans l'Océan. Mme Roland tournée vers lui le regardait s'enfoncer à l'horizon vers une terre inconnue, à l'autre bout
du monde. Sur ce bateau que rien ne pouvait arrêter, sur ce bateau
420 qu'elle n'apercevrait plus tout à l'heure, était son fils, son pauvre

---

1. **Galonnée :** ornée de galons, signes de ses fonctions.

fils. Et il lui semblait que la moitié de son cœur s'en allait avec lui, il lui semblait aussi que sa vie était finie, il lui semblait encore qu'elle ne reverrait jamais plus son enfant.

« Pourquoi pleures-tu, demanda son mari, puisqu'il sera de
425 retour avant un mois ? » Elle balbutia :

« Je ne sais pas. Je pleure parce que j'ai mal. » Lorsqu'ils furent revenus à terre, Beausire les quitta tout de suite pour aller déjeuner chez un ami. Alors Jean partit en avant avec Mme Rosémilly, et Roland dit à sa femme :

430 « Il a une belle tournure, tout de même, notre Jean.

– Oui », répondit la mère.

Et comme elle avait l'âme trop troublée pour songer à ce qu'elle disait, elle ajouta :

« Je suis bien heureuse qu'il épouse Mme Rosémilly. » Le bon-
435 homme fut stupéfait :

« Ah bah ! Comment ? Il va épouser Mme Rosémilly ?

– Mais oui. Nous comptions te demander ton avis aujourd'hui même.

– Tiens ! Tiens ! Y a-t-il longtemps qu'il est question de cette
440 affaire-là ?

– Oh ! non. Depuis quelques jours seulement. Jean voulait être sûr d'être agréé par elle avant de te consulter. » Roland se frottait les mains :

« Très bien, très bien. C'est parfait. Moi je l'approuve absolu-
445 ment. » Comme ils allaient quitter le quai et prendre le boulevard François-Ier, sa femme se retourna encore une fois pour jeter un dernier regard sur la haute mer ; mais elle ne vit plus rien qu'une petite fumée grise, si lointaine, si légère qu'elle avait l'air d'un peu de brume.

Clefs d'analyse

Action et personnages

1. Qui remet à Pierre le pli annonçant qu'il sera médecin de bord de la *Lorraine* ? Quelle autre nouvelle ce personnage avait-il annoncée ? Les deux événements peuvent-ils être associés ?

2. Comment Pierre se juge-t-il ? Quel autre personnage a prononcé une condamnation de même nature lors du repas de fête, au chapitre II ?

3. Quelle est la dernière phrase que prononce la serveuse ? Quelle autre phrase prononcée par Jean rappelle-t-elle ?

4. Quelle autre épisode l'excursion finale en barque évoque-t-elle ?

Langue

5. Quel sens a l'expression « sans doute » (l. 331) ?

6. Quelle est la signification du mot « cloaque » dans ce passage (l. 59) ? Donnez ses autres significations.

7. Proposer une expression synonyme de « logis fermé » (l. 74) ? Quelle autre expression est ainsi rappelée ?

8. Étudiez le dernier temps de l'identification de Pierre à un animal (l. 64-75). Quel trajet est-il ainsi dessiné ? Quel autre personnage a été comparé au même animal (chapitre 4) ?

9. Pourquoi Pierre pense-t-il soudainement au vieux Marowsko ?

10. Relevez toutes les expressions qui montrent que Pierre voit sa vie comme celle d'un malfaiteur.

11. « [...] quand il se souvint qu'on avait embarqué la veille au soir un grand troupeau d'émigrants [...] » (l. 268-269). L'expression est-elle appropriée ? Quelle vision des émigrants suppose-t-elle ?

12. « Mais foutez-vous donc à l'eau avec vos femelles et vos petits ! » (l. 285-286), s'écrie Pierre. Cette injonction vous semble-t-elle en adéquation avec la profession de Pierre ?

13. À quoi est comparé le lit de la cabine de Pierre ? Quel sens donnez-vous à cette comparaison ?

Genre ou thèmes

14. Montrez que Pierre a perdu la maîtrise de la situation qui était la sienne jusqu'alors.

15. Montrez que le départ de Pierre est, pour lui, une mort symbolique et, pour la famille, une renaissance.

Écriture

16. Imaginez les pensées de Pierre, apercevant sa mère du pont du paquebot.

Pour aller plus loin

17. « Bienheureux les simples d'esprit », dit Pierre à propos de son père et de Papagris. Quelle est l'origine de cette expression ? En connaissez-vous d'autres tirées de la même source ?

✳ À retenir

Tout récit décrit une quête dans laquelle le sujet, c'est-à-dire le personnage principal, vise un objet. Il est aidé dans son entreprise par des personnages qui viennent à son secours ou qui favorisent son entreprise (les adjuvants), et il est entravé dans ses efforts par des personnages qui tentent de l'empêcher de parvenir à ses fins (les opposants).

Clefs d'analyse

L'action et les personnages

1. Pierre est :
- ☐ a. médecin
- ☐ b. juge
- ☐ c. avocat

2. Les cheveux de Mme Rosémilly sont :
- ☐ a. noirs
- ☐ b. châtains
- ☐ c. blonds

3. Jean ressemble :
- ☐ a. à Maréchal
- ☐ b. à M. Roland
- ☐ c. à Mme Roland

4. Pierre choisit d'embarquer comme médecin sur la *Lorraine* pour :
- ☐ a. devenir riche
- ☐ b. visiter le monde
- ☐ c. fuir sa famille

5. Pierre reproche à sa mère :
- ☐ a. d'avoir trompé son père
- ☐ b. de l'avoir trompé, lui, son fils
- ☐ c. de préférer son frère

6. Pierre découvre la vérité :
- ☐ a. grâce au portrait de Maréchal
- ☐ b. grâce à une lettre de Maréchal
- ☐ c. grâce à l'aveu de sa mère

7. Pierre reste étendu sur le sable de la plage de Saint-Jouin, parce que :
- ☐ a. Il est fatigué ?
- ☐ b. Il s'en veut d'avoir blessé une nouvelle fois sa mère ?
- ☐ c. Il est mort ?

8. **Mme Rosémilly est attirée par :**
   - ☐ a. le capitaine Beausire
   - ☐ b. Jean
   - ☐ c. Pierre

9. **Mme Roland et Jean n'informent pas M. Roland du projet de mariage avec Mme Rosémilly parce que :**
   - ☐ a. M. Roland est distrait.
   - ☐ b. M. Roland ne s'intéresse qu'à la pêche.
   - ☐ c. L'avis de M. Roland ne compte pas.

10. **À la fin du roman, Pierre embarque à bord :**
    - ☐ a. de la *Normandie*
    - ☐ b. du *Prince-Albert*
    - ☐ c. de la *Lorraine*

Les personnages

Barrez ce qui est faux :

1. M. Roland est un ancien boulanger. Il vit maintenant de ses rentes, en Bretagne, en compagnie de sa femme, de ses deux fils, Pierre et Jean, et de sa fille, Mme Rosémilly. Ses passions sont le canotage et la pêche. Il se réjouit de l'héritage de Jean, mais soupçonne Maréchal, son ancien ami, d'avoir été l'amant de sa femme.

2. Pierre est le fils cadet de la famille Roland. Après avoir longuement hésité, il s'est finalement décidé pour la carrière de médecin. Il est ambitieux et souhaite s'enrichir rapidement. Lorsque son frère hérite, il se réjouit pour lui. Mais ses soupçons sur les origines de Jean sont attisés par deux personnages, le vieux Marowsko, un général polonais contraint à l'exil en France, et une prostituée qui officie dans une brasserie. Pierre apprend la vérité en découvrant une lettre d'amour de Maréchal à sa mère.

187

3. M. Beausire est un ancien bijoutier, maintenant à la retraite. Il est très ami avec Pierre, avec qui il part souvent canoter. Physiquement proche de M. Roland, il est, comme lui, un bon vivant, il aime bien boire et bien manger. Mais il pense que les excès de table sont néfastes et qu'il convient d'être tempérant.

4. Mme Rosémilly est une jeune femme, qui n'a encore jamais été mariée. Elle voue une nette préférence à Pierre, qui la repousse. C'est une femme de tête, décidée et sûre d'elle-même. Lors de la partie de campagne à Saint-Jouin, elle est séduite par Jean, mais n'accepte de l'épouser qu'au terme d'une discussion amoureuse longue et passionnée.

5. Joséphine est la domestique de la famille Roland. Issue d'une famille de la petite-bourgeoisie, elle s'exprime avec élégance et fait preuve d'une intelligence rare.

6. Jean a 27 ans, il est le frère cadet de Pierre. Énergique et décidé, il a mené à bien ses études de droit et va embrasser la carrière d'avocat. Lorsqu'il apprend qu'il hérite de la fortune de Maréchal, il s'interroge : « Maréchal n'était-il vraiment qu'un ami de la famille ? » Il décide pourtant d'accepter l'héritage, car il pense avant tout à ses propres intérêts. Comme Pierre ne cesse de harceler sa mère depuis qu'il a compris qu'elle avait autrefois trompé son mari, Jean échafaude un plan pour l'éloigner de la famille : Pierre ira habiter dans son appartement, qu'il lui cède.

7. Mme Roland est la femme de Gérôme. Elle aime les promenades en mer et la poésie. D'une nature douce et soumise, elle s'efforce d'atténuer la rivalité entre Pierre et Jean. Elle a été courtisée autrefois par un ami de la famille, Maréchal, qui l'a séduite et dont elle a eu un enfant, Jean. Mais, prise de remords, elle a mis un terme à cette liaison et la regrette encore amèrement aujourd'hui.

8. Le roman se déroule en **Normandie**, dans la ville du Havre et en bord de mer, à Trouville et à Saint-Jouin. L'action s'étend sur **plusieurs années et multiplie les intrigues secondaires**.

Citations

Qui dit... ?

1. Moi, quand je viens ici, j'ai des désirs fous de partir, de m'en aller avec tous ces bateaux, vers le nord ou vers le sud.

2. J'en conclus que les Réalistes de talent devraient s'appeler plutôt des Illusionnistes.

3. Eh bien ! il a de la chance ton frère d'avoir des amis de cette espèce-là ! Vrai, ça n'est pas étonnant qu'il te ressemble si peu.

4. Quand je vois mon père faire ce qu'il y a de plus mauvais et de plus dangereux pour lui, il est bien naturel que je le prévienne. Je serais un mauvais fils si j'agissais autrement.

5. Moi [...] je bois à la mémoire bénie de monsieur Maréchal.

6. Cristi ! Si j'avais de l'argent !

7. Oh ! s'il avait pu [...] prendre dans ses bras [sa mère] à ce moment, comme il l'eût embrassée, caressée, comme il se fût agenouillé pour demander grâce.

8. Il ne lui restait qu'un père, ce gros homme, qu'il n'aimait pas, malgré lui.

9. S'il avait été la mari de cette femme, lui son enfant, il l'aurait saisie par les poignets, par les épaules ou par les cheveux, et jetée à terre, frappée, meurtrie, écrasée !

10. Je m'instruis. J'apprends comme on se prépare à être cocu. [...] Toutes les femmes sont la droiture même... et tous leurs maris sont cocus.

11. Oui, tu es jaloux de moi, et jaloux depuis l'enfance ; et tu es devenu furieux quand tu as vu que cette femme me préférait et qu'elle ne voulait pas de toi.

12. Je m'étais donnée à lui tout entière, corps et âme, avec bonheur, et pendant plus de dix ans j'ai été sa femme comme il a été mon mari devant Dieu qui nous avait faits l'un pour l'autre.

13. Mais foutez-vous donc à l'eau avec vos femelles et vos petits !

De qui dit-on ?...

1. Il lui fallait la lumière, la certitude, car il n'aimait que sa mère au monde.

2. [...] depuis longtemps il souffrait inconsciemment de se sentir l'enfant de ce lourdaud bonasse.

3. Il est des hommes qui se laissent aller comme l'eau qui coule.

4. Le bonhomme regardait la mer autour de lui avec un air satisfait de propriétaire.

5. C'était un venin qu'il portait à présent dans les veines et qui lui donnait des envies de mordre à la façon d'un chien enragé.

6. Son amour de la tranquillité le poussait à la patience.

7. Elle monta, à pas furtifs, l'escalier silencieux, entra dans sa chambre, se dévêtit bien vite, et se glissa, avec l'émotion retrouvée des adultères anciens, auprès de Roland qui ronflait.

8. En arrachant de son cœur les racines de toutes ses tendresses, il n'avait pas éprouvé encore cette détresse de chien perdu qui venait soudain de le saisir.

9. Elle était en noir, comme si elle eût porté un deuil, et il s'aperçut brusquement que ses cheveux, encore gris le mois dernier, devenaient tout blancs à présent.

La structure de *Pierre et Jean*

1. Classez les événements suivants dans l'ordre chronologique et précisez le chapitre dans lequel ils se déroulent.

a. Roland, Mme Roland, Pierre, Jean, Mme Rosémilly font une excursion en barque pour pêcher.

....

b. Pierre part réfléchir sur le port après avoir appris que Jean héritait d'une fortune inattendue.

....

c. Honteux d'avoir révélé le secret de leur mère à Jean, Pierre s'attarde dans sa chambre et arrive en retard au déjeuner.

....

d. Pierre part en excursion sur la plage de Trouville.

....

e. La famille Roland et Mme Rosémilly partent en excursion sur la plage de Saint-Jouin pour pêcher des crevettes.

....

f. Pierre rend visite à Marowsko, puis à la fille de la brasserie, pour leur annoncer son départ.

....

g. Pierre gâche le repas destiné à fêter l'héritage de Jean.

....

h. Pierre rend visite à Marowsko, qui voit d'un mauvais œil le fait que l'héritage de Maréchal aille entièrement à Jean.

....

i. Occupé par la recherche d'un appartement, Pierre arrive en retard au déjeuner familial.

....

j. Le notaire des Roland annonce que Jean est l'héritier de la fortune d'un ancien ami de la famille, Maréchal.

....

k. Pierre quitte brusquement le repas familial quand il comprend que Mme Roland a menti à propos du portrait de Maréchal.
....

l. Pierre persécute sa mère par des allusions incessantes à sa faute passée.
....

m. Pierre part réfléchir sur le port après avoir interrogé ses parents sur l'année de leur rencontre avec Maréchal.
....

n. Pierre rend visite à la fille de la brasserie, qui met en doute les origines de Jean.
....

o. Occupé par sa recherche d'un appartement, Pierre arrive en retard au déjeuner familial.
....

p. Pierre demande à sa mère le portrait de M. Maréchal.
....

q. Pierre se souvient que M. Maréchal était blond, comme Jean.
....

r. Troublé par les révélations de Pierre sur la faute de leur mère, Jean n'arrive pas à trouver le sommeil.
....

s. M. Roland, Mme Roland, Jean, Mme Rosémilly et le capitaine Beausire font une excursion en barque.
....

t. Troublé par le souvenir qui lui est revenu du portrait de M. Maréchal, Pierre ne dort pas une partie de la nuit.
....

u. Pierre révèle à Jean, dans son appartement, le secret de leur mère.
....

v. Jean convainc Pierre d'embarquer comme médecin à bord de la *Lorraine*.
....

2. Associez entre eux les événements qui se font écho.

Les étapes de l'enquête de Pierre

Complétez le tableau suivant en associant chaque étape de l'enquête de Pierre à l'indice (objet, fait, parole, etc.) qui permet sa progression :

Moment de l'enquête	Indice	Chapitre
1 Premiers soupçons	Remarque de Marowsko : « Ça ne fera pas un bon effet. »	Chapitre n°II
2 Premiers soupçons (suite)	Remarques de la fille de la brasserie :	Chapitre n°
3 Intuition	Souvenir du portrait de M. Maréchal :	Chapitre n°
4 Piège	Remarque de Pierre :	Chapitre n°
5 Confirmation	Réponse de Mme Roland à une question de Pierre :	Chapitre n°
6 Confirmation (suite)	Paroles de M. Roland :	Chapitre n°
7 Certitude	Comportement de Mme Roland :	Chapitre n°

Le vocabulaire d'analyse du roman

Reliez les mots à leur définition :

Incipit •
• Figure de ressemblance qui identifie deux éléments en substituant le comparant au comparé

Quiproquo •
• Retour en arrière

Analepse •
• Malentendu qui fait prendre un mot pour un autre

Point de vue •
• Premières phrases d'un roman

Opposant •
• Discours qui participe à la fois du discours direct et du discours indirect

Discours indirect libre •
• Position du narrateur qui définit ce que connaît, pense ou ressent un personnage

Narrateur •
• Figure de ressemblance qui consiste à rapprocher deux éléments par le biais d'une ressemblance

Roman d'analyse •
• Événement inattendu qui vient transformer la situation

Métaphore •
• Personnage qui aide le personnage principal

Péripétie •
• Voix fictive qui raconte l'histoire

Adjuvant •
• Personnage qui s'oppose à l'action du personnage principal

Comparaison •
• Roman qui privilégie l'étude des motivations psychologiques des personnages

Roman objectif •
• Théorie artistique de la vraisemblance en art

Réalisme •
• Récit court décrivant une action s'étendant sur une durée brève, centrée sur un moment de crise et mettant en scène un nombre limité de personnages

Nouvelle •
• Roman qui privilégie la représentation impartiale des personnages et des événements sans intervention ni commentaire du narrateur

Avez-vous bien lu ?

POUR
APPROFONDIR

Thèmes et prolongements

❖ *Pierre et Jean* : roman ou nouvelle ?

Dans la préface « Le roman », Maupassant définit *Pierre et Jean* comme un « petit roman ». Comment le comprendre ? Comme le signe de l'influence de la nouvelle et de ses caractéristiques sur le récit. Doit-on en conclure que le modèle de la nouvelle est si prégnant dans l'écriture de Maupassant qu'il ne peut rédiger autre chose, quand bien même il pense écrire un roman ? Malgré ses dimensions respectables, *Pierre et Jean* obéit en effet aux règles du genre : brièveté, rapidité, concision, schématisme et stylisation.

Brièveté et concision

L'histoire de la famille Roland s'étend sur une durée brève, deux mois seulement : de la fin de l'été (« C'était l'époque des récoltes mûres », VI, l. 145) au 7 octobre 1885 avec le départ de Pierre.

Par ailleurs, conformément à l'esthétique de la nouvelle et à la théorie du roman, *Pierre et Jean* est centré sur un moment de crise – un tournant – qui va modifier profondément, et à jamais, les relations des membres de la famille Roland. *Pierre et Jean* est ainsi le récit d'une « catastrophe émouvante » (« Le roman », l. 168-169).

À la différence du roman, la nouvelle est donc fondée sur une intense concentration dramatique : un bouleversement maximum en un minimum de temps, dont la couleur des cheveux de Mme Roland porte la trace : « [...] et il [Pierre] s'aperçut brusquement que ses cheveux, encore gris le mois dernier, devenaient tout blancs à présent » (IX, l. 293-295).

La symbolique de l'espace

Si l'action est brève et concentrée, les lieux sont également peu nombreux. L'essentiel de l'action se déroule dans la ville du Havre, entre le port et la maison familiale, avec deux excursions seulement hors de la ville, mais brèves : l'une à Trouville, l'autre à Saint-Jouin. Par ailleurs, les descriptions sont rares, en vertu de l'exigence de concision de la nouvelle, et elles ont donc toujours valeur de symbole. Dans le chapitre I, la description de la côte normande distingue, et en fait oppose, la basse et la haute Normandie : « En basse Normandie, la côte plate descendait en pâturages, en prairies et en champs jusqu'à la mer. Le rivage de la haute Normandie, au contraire, était droit, une grande falaise, découpée, dentelée, superbe, faisant jusqu'à Dunkerque une immense muraille blanche [...] » (I, l. 332-336). Or le contraste des paysages reprend la relation entre les deux frères, que tout oppose.

Les personnages

Le personnel du roman, comme la domesticité des Roland, est lui aussi réduit : six personnages principaux (Roland, Mme Roland, Pierre et Jean, Mme Rosémilly, le capitaine Beausire), auxquels font écho six personnages secondaires (Papagris, Joséphine, Lecanu, Marowsko, la fille de brasserie, Maréchal).

Si la psychologie des personnages est assez développée, ils n'en restent pas moins des « types », voire des stéréotypes : Roland, le cocu imbécile et heureux ; Mme Rosémilly, la jeune veuve au solide sens pratique ; Mme Roland, la modeste caissière aux rêves romantiques, campée de façon lapidaire : « une économe bourgeoise un peu sentimentale, douée d'une âme tendre de caissière » (I, l. 98-99).

Les personnages sont ainsi loin d'avoir l'épaisseur des personnages de roman et ne se définissent que par quelques traits caractéristiques, physiques et moraux. Pierre lui-même, qui est pourtant le personnage dont la psychologie est la plus fouillée, manque singulièrement de substance. Sa psychologie se résume en effet à l'oscillation, répétitive, entre deux uniques pensées, obsédantes : « Ma mère est pure, je l'aime »/« Ma mère est fautive, je la hais ». À la différence d'un personnage de roman, Pierre ne connaît aucune évolution et ne fait que passer de l'interrogation à la certitude, de l'amour à la haine, de l'inclusion à l'exclusion.

Pour approfondir

✥ Le double dans *Pierre et Jean*

La symétrie entre le nombre de personnages principaux et de personnages secondaires (six dans les deux cas) permet de mettre au jour une caractéristique singulière propre à *Pierre et Jean* : un principe de symétrie et de dédoublement, étroitement lié au thème central de l'œuvre, celui des frères ennemis. Ce principe affecte à la fois la caractérisation des personnages, la distribution des lieux et la composition du récit.

Les relations de symétrie entre les personnages

Tous les personnages sont ainsi associés à d'autres, avec qui ils forment couple. Le père Marowsko et la fille de brasserie sont ainsi appariés, bien qu'ils apparaissent dans des chapitres différents – mais consécutifs –, puisqu'ils sont ceux qui engagent Pierre dans son enquête sur les origines de Jean. Le capitaine Beausire est un double de M. Roland, avec qui il partage non seulement la passion du canotage, de la pêche et de la bonne chère, mais aussi l'embonpoint et la petite taille (III, l. 333-341). Quant au couple que formeront, après la partie de campagne à Saint-Jouin, Jean et Mme Rosémilly, il est déjà programmé par leurs caractéristiques physiques : l'un et l'autre sont blonds. Par ailleurs, Mme Roland et Mme Rosémilly ont des noms proches, qui s'ouvrent sur la même syllabe, et elles sont toutes deux des objets de désir : immédiatement pour Mme Rosémilly, convoitée par Pierre et Jean, qui s'affrontent ; plus implicitement pour Mme Roland, mais l'enquête de Pierre mettra au jour la nature désirable, et désirante, de sa mère.

Le couple Pierre-Marowsko

L'association peut être plus secrète. Marowsko est étroitement associé à Pierre, c'est une évidence : ils sont amis, et le pharmacien a suivi le médecin au Havre pour bénéficier de son soutien et de son aide. Mais ce n'est pas tout. Au cours de son enquête, Pierre est comparé à plusieurs reprises à un limier : « Avec une ténacité de chien qui suit une piste évaporée » (IV, l. 309-310) ; « C'était un venin qu'il portait à présent dans les veines et qui lui donnait des envies de mordre à la façon d'un chien enragé » (VI, l. 110-111) ; « En arrachant de son cœur les racines de toutes ses tendresses, il n'avait pas éprouvé encore cette détresse de chien perdu qui venait soudain de le saisir » (IX, l. 60-63). Comment est décrite l'affection que Marowsko nourrit à l'endroit de Pierre ? Comme un « amour de chien fidèle » (IV, l. 215-216). Remarquons enfin que cette proximité se double d'une identité plus fondamentale. Le passé de Marowsko est l'avenir de Pierre : l'exil.

On le voit, dans *Pierre et Jean*, les caractéristiques des personnages servent plus à les mettre en relation – à les *identifier*, au sens premier du terme – qu'à les individualiser et à les distinguer, comme c'est le cas dans le roman.

Échos et résonances : le rétablissement de l'équilibre familial

La composition du récit est, elle aussi, soumise à ces effets d'échos et de symétrie, comme le montrent de façon exemplaire l'ouverture et la clôture de *Pierre et Jean*. Le récit s'ouvre et se referme sur une excursion en barque, qui croise à chaque fois la route d'un paquebot, la *Normandie* et la *Lorraine*. Entre les deux sorties, le nombre de personnages à bord de la *Perle* ne change pas, cinq à chaque fois (Roland/Mme Roland/Pierre et Jean/Mme Rosémilly, lors de la sortie initiale ; Roland/Mme Roland/Jean et Mme Rosémilly/le capitaine Beausire, lors de la sortie finale). Un personnage manque pourtant lors de la sortie finale, Pierre. Ces deux épisodes résument tout le roman : le retour à l'ordre chez les Roland (qui se dit par la présence d'un même nombre de personnages dans la barque à l'ouverture et à la clôture) s'est fait par l'exclusion d'un de ses membres, Pierre. Mais cette disparition est compensée par l'arrivée de Mme Rosémilly, comme le confirme une phrase de Mme Roland : « Elle avait perdu un fils, un grand fils, et on lui rendait à la place une fille, une grande fille » (VIII, l. 383-384). Pierre devenu « étranger » (V, l. 346) à sa famille est chassé et, symétriquement, Mme Rosémilly, considérée lors de l'entrevue avec le notaire Lecanu comme une « étrangère » (I, l. 457) par la famille Roland, est intégrée au sein de la famille. La structure familiale reste inchangée.

Thèmes et prolongements

Écho et exclusion : Pierre

L'exclusion de Pierre se dit aussi dans l'écho entre les deux paquebots, qui apparaissent à l'orée et à la clôture du récit, la *Normandie*
et la *Lorraine*. Pierre devra au terme du récit quitter la région qu'il
habitait, la Normandie, pour New-York, à bord de la *Lorraine*, c'est-
à-dire une région annexée par la Prusse à la suite de la défaite française de 1870, soit une région désormais *étrangère*.

L'exclusion du personnage de sa famille est précédée par deux
autres exclusions, du récit et de la fiction. Dans le récit, Pierre cesse,
dès le chapitre VI, d'être l'unique personnage focal, comme il l'était
jusqu'à présent : un autre le chasse et prend sa place, Jean ; dans la
fiction, Pierre perd au chapitre VIII la maîtrise de la connaissance
qui était la sienne jusqu'à présent, et qui était au principe de son
enquête. Il ne saura ainsi jamais ce que Mme Roland a dit à Jean, ni
ce que sait ce dernier : « Toujours il se demandait : "Qu'a-t-elle pu
dire à Jean ? A-t-elle avoué ou a-t-elle nié ? Que croit mon frère ? Que
pense-t-il d'elle, que pense-t-il de moi ?" » (IX, l. 25-28).

L'image en miroir

Ce principe de symétrie, ce schématisme dualiste, se lit aussi dans la
distribution des espaces doubles ou qui se dédoublent.

Doubles, les lieux d'excursion, par exemple, où une excursion à la
plage de Trouville fait écho à une excursion sur la plage de Saint-
Jouin. Et les deux sorties mènent Pierre à la même conclusion : les
femmes sont des proies consentantes, qui provoquent le désir de
ces prédateurs que sont les hommes. À Trouville, c'est la métaphore
de la chasse qui sert à dire la conquête amoureuse : « Et ces hommes,
assis près d'elles, les yeux dans les yeux, parlant la bouche près de
la bouche, les appelaient et les désiraient, les chassaient comme
un gibier souple et fuyant, bien qu'il semblât si proche et si facile »
(V, l. 267-270). Cette même image se retrouve lors de l'excursion à
Saint-Jouin : « Jean, l'œil allumé, regardait fuir devant lui la cheville
mince, la jambe fine, la hanche souple et le grand chapeau provocant de Mme Rosémilly » (VI, l. 219-221).

Pour approfondir

L'image inversée

Trouville n'est pas seulement un écho de Saint-Jouin, mais aussi une image inversée : la proie y devient en effet prédatrice. Le narrateur note ainsi que Mme Rosémilly « était adroite et rusée, ayant la main souple et le flair de chasseur qu'il fallait. Presque à chaque coup, elle ramenait des bêtes trompées et surprises par la lenteur ingénieuse de sa poursuite » (VI, l. 338-341). Il n'est ici encore question que de crevettes. Mais sa prochaine proie s'avance déjà, Jean, blond d'ailleurs comme les salicoques (VI, l. 404), et qui sera lui aussi pris au filet sans avoir vraiment compris ce qui lui arrivait : « Il ne s'attendait guère à cet exposé net de la situation, et il répondit niaisement : – Mais oui » (VI, l. 376-378).

La chambre à coucher de Jean complique encore la configuration. Elle est associée à un autre lieu, la chambre à coucher des Roland. Et, comme précédemment, les deux lieux se ressemblent mais s'opposent aussi. Mme Roland éprouve en effet dans cette chambre, où son fils la couvre de baisers et auprès duquel elle « demeur[e] immobile, la joue contre la joue de son fils, sentant à travers sa barbe, la chaleur de sa chair » (VII, l. 341-342), les émotions qu'elle n'éprouve plus depuis longtemps avec Roland – mais les a-t-elles seulement jamais éprouvées ? Ainsi, lorsqu'elle se glisse auprès de Roland qui ronfle, c'est avec « l'émotion retrouvée des adultères anciens » (VII, l. 493). Mais le dédoublement est aussi interne à l'appartement, qui a non seulement été convoité auparavant par Pierre avant d'être loué par Jean, mais qui possède « deux portes sur des rues différentes » et « deux salons » (III, l. 125-126).

La valeur symbolique de la symétrie

Cette symétrie interne a une valeur symbolique, puisqu'elle définit le personnage qui, le premier, a visité l'appartement. Pierre est en effet un être divisé, partagé entre la confiance qu'il a en sa mère et le soupçon (« Je suis fou, pensa-t-il, je soupçonne ma mère » / « S'était-elle donnée ?... Mais oui, puisque cet homme n'avait pas eu d'autre amie [...] » (IV, l. 410 et 453-454). Puis, quand la faute de

Pour approfondir

Thèmes et prolongements

Mme Roland est découverte, il est partagé entre l'amour qu'il continue de nourrir pour elle et la haine et le mépris qu'il ressent pour son
crime : « Quand il avait bien avivé la plaie saignante, ouverte par lui
dans ce cœur de femme et de mère, quand il sentait combien elle
était misérable et désespérée, il s'en allait seul, par la ville, si tenaillé
par les remords, si meurtri par la pitié, si désolé de l'avoir ainsi broyée
sous son mépris de fils, qu'il avait envie de se jeter à la mer, de se
noyer pour en finir » (VI, l. 95-100). Le personnage principal de *Pierre
et Jean*, roman publié la même année que *Le Horla*, est un être aux prises
avec un double, un autre qui est lui et dans lequel il ne se reconnaît
pourtant pas : « Il se sentait mieux, content d'avoir compris, de
s'être surpris lui-même, d'avoir dévoilé l'autre qui est en nous » (II,
l. 54-56).

Ouverture

Ces effets de symétrie n'enferment pas pour autant le roman dans
une structure fermée et le récit de Maupassant se clôt sur une
incertitude, une interrogation. Le retour de Pierre est programmé,
notamment pour assister au mariage de son frère. Pourtant, son
départ est identifié à une mort. Lors de son départ, Mme Roland est
vêtue de noir, « comme si elle eût porté un deuil » (IX, l. 293), le lit
de la cabine de Pierre sur le paquebot est « étroit et long comme un
cercueil » (IX, l. 237) et il semble à Mme Roland « qu'elle ne reverr[a]
jamais plus son enfant » (IX, l. 423). Cette mort est-elle uniquement
symbolique ? Rien ne permet de le nier, mais rien ne permet non
plus de l'affirmer. Et ce d'autant plus qu'une métaphore antérieure
résonne de façon funèbre et, peut-être, prémonitoire : « Pierre marchait au milieu de ces gens, plus perdu, plus séparé d'eux, plus isolé,
plus noyé dans sa pensée torturante, que si on l'avait jeté à la mer du
pont d'un navire, à cent lieues au large » (V, l. 244-246).

✤ Le thème de l'eau dans *Pierre et Jean*

La mer et, plus largement, l'élément liquide sont omniprésents dans *Pierre et Jean*. La ville où se déroule l'essentiel de l'action est une ville portuaire, les deux excursions se font au bord de la mer et les personnages multiplient les sorties en mer.

L'omniprésence de l'eau

L'élément liquide entre en jeu dans nombre de métaphores qui le diffractent dans tout le récit. La maxime de vie du père Roland résonne ainsi : « Le plus sage dans la vie c'est de se la couler douce » (III, l. 94) ; de son côté, Beausire prononce, lors du repas de fête, un « compliment coulant » (III, l. 512-513) ; sur la barque, Pierre « boit » la brise (IV, l. 91) ; sur la plage de Trouville, il est « noyé dans sa pensée torturante » (V, l. 245) ; quand Pierre révèle à Jean le secret de leur mère, ce dernier est « comme un homme qui tombe à l'eau sans avoir jamais nagé » (VII, l. 249-250) et son âme met du temps à s'éclaircir « ainsi qu'une eau battue et remuée » (VIII, l. 12) ; les larmes de Mme Roland sont des « gouttes d'eau » (VII, l. 302) ; Pierre laisse aller sa révolte « à vau-l'eau » (IX, l. 243) ; la foule amassée sur le quai pour le départ de la *Lorraine* forme « deux vagues humaines » (IX, l. 262).

L'omniprésence du thème a bien sûr une origine biographique (la passion de Maupassant pour le canotage), mais aussi une fonction plus essentielle dans l'économie symbolique du roman.

L'ambivalence de l'eau

L'exemple du champagne permet de pointer l'ambivalence essentielle de l'élément liquide : il réjouit les convives et il est « comme une onde tiède et bienfaisante portant de la joie avec elle » (III, l. 476-477) ; mais il est aussi néfaste et dangereux : il « brûle l'estomac, désorganise le système nerveux, alourdit la circulation et prépare l'apoplexie » dit ainsi Pierre (III, l. 406-407).

Pour approfondir

Thèmes et prolongements

Que symbolise la mer ? Pour le comprendre, revenons sur la rencontre impromptue de Pierre et Jean, sur le port, après l'annonce de l'héritage : « Lorsqu'il fut rentré dans la ville, il se demanda de nouveau ce qu'il ferait, mécontent de cette promenade écourtée ; d'avoir été privé de la mer par la présence de son frère » (II, l. 149-151). Pierre sera privé une seconde fois de la mer, quand Jean lui ravit l'appartement qu'il a choisi et qui a, précisément, « vue sur la mer » (III, l. 128). Mais Jean ne prive pas seulement Pierre de la *mer*, il lui ravit aussi la *mère*. Cette identification est encore renforcée par une comparaison associant étroitement la mère et l'élément liquide : « Est-ce que l'âme, est-ce que la vie de cette femme simple, chaste et loyale, n'étaient pas plus claires que l'eau ? » (IV, l. 413-415).

La métaphore de l'eau

La mer est donc la métaphore de la mère, et elle dit sa double nature, ou, mieux, la vision de la mère avant et près la découverte par Pierre de sa faute. Avant, Mme Roland est une mère aimante et aimée ; après, une mère distante et méprisée. Comme elle, l'eau a deux faces, positive et négative, bénéfique et maléfique, vivifiante et létale. L'océan est ainsi à la fois la mer dont on « jouit » (I, l. 212), et la « mer qui roule, gronde et engloutit » (IX, l. 76-77), « froide et dure comme de l'acier » (IX, l. 357).

Mais la mère prend aussi la forme métaphorique d'un objet étroitement lié à la mer : le paquebot, dont le « ventre énorme » (IX, l. 347) regorge d'émigrés, et dont le départ est comparé à un « enfantement » (IX, l. 388). Le narrateur note que, depuis son installation au Havre, « un embonpoint assez visible [...] alourdissait sa taille autrefois très souple et très mince » (I, l. 225-226) ; lorsqu'elle quitte Jean, la nuit de la révélation de sa faute, Mme Roland est « brisée et soulagée comme après un accouchement » (VII, l. 486-487). Or que souhaite Pierre avec ardeur, presque avec fureur ? Que les émigrés se jettent à l'eau. Ne peut-on faire le lien avec cette phrase : « Pierre, âgé de cinq ans à la naissance de Jean, avait regardé avec une hostilité de petite bête gâtée cette autre petite bête apparue tout à coup dans les bras de son père et de sa mère, et tant aimée, tant caressée par eux » (I, l. 80-84) ?

❖ Adultère, filiation et paternité dans *Pierre et Jean*

> L'enquête de Jean transforme le regard qu'il pose sur sa mère : « Il l'examinait avec une curiosité stupéfaite. C'était sa mère, cette femme ! Toute cette figure, vue dès l'enfance, dès que son œil avait pu distinguer, ce sourire, cette voix si connue, si familière, lui paraissaient brusquement nouveaux et autres de ce qu'ils avaient été jusque-là pour lui. Il comprenait à présent que, l'aimant, il ne l'avait jamais regardée » (V, l. 171-177).

Œdipe

Sa mère lui est devenue littéralement étrangère. Et la nature des relations qu'il entretient avec elle change aussi. Le fils aimant devient haineux et aigri, et il se transforme tout d'abord en enquêteur implacable (chapitre V), puis en procureur sans pitié, comme l'annonçait une comparaison précoce : « Alors, il la regardait d'un regard froid de *magistrat* qui instruit le *procès* des femmes, de toutes les femmes, ces pauvres êtres » (I, 136-138). Puis le fils envieux se transforme en mari jaloux, et l'objet de sa jalousie change. Au début du récit, c'est Jean que Pierre jalouse : « Donc, j'ai été jaloux de Jean, pensa-t-il. C'est vraiment assez bas, cela ! (II, l. 57-59). Mais quand son enquête confirme ses soupçons, sa jalousie se déplace : « Il la regardait [sa mère] avec une colère exaspérée de fils trompé, volé dans son affection sacrée, et avec une jalousie d'homme longtemps aveugle qui découvre enfin une trahison honteuse. S'il avait été le mari de cette femme, lui, son enfant, il l'aurait saisie par les poignets, par les épaules ou par les cheveux et jetée à terre, frappée, meurtrie, écrasée ! » (V, l. 386-391). Pierre, qui « n'aimait que sa mère au monde » (IV, l. 256) confond donc tendresse et amour, et éprouve pour sa mère un amour incestueux, œdipien. Cette association est préparée par une réflexion antérieure : « Il se mit à songer aux femmes. Il les connaissait très peu, n'ayant eu au Quartier latin que des liaisons de quinzaine, rompues quand était mangé l'argent du mois, et

205

renouées ou remplacées le mois suivant. [...] Comme il aurait voulu connaître une femme, une vraie femme ! » (III, l. 180-187). Qu'est-ce qu'une « vraie femme » pour Pierre ? Sa « mère ». L'identification œdipienne de Pierre est d'ailleurs indiquée par le texte. Ainsi de cet « œil rouge » (IV, l. 468) du phare que Pierre aperçoit dans le moment où il acquiert la conviction que sa mère s'est « donnée » (IV, l. 453), et qui évoque les yeux sanglants d'Œdipe aveuglé. Au terme du récit, Pierre est rejeté à la fois par Jean et par sa mère : « Il vivait maintenant dans la maison paternelle en étranger muet et réservé. Depuis le soir où il avait laissé s'échapper devant son frère l'infâme secret découvert par lui, il sentait qu'il avait brisé les dernières attaches avec les siens » (IX, l. 17-20).

Pierre et Jean

Ce dont Pierre rêve, c'est Jean qui l'obtient. Jean lui dérobe non seulement l'appartement qu'il a visité, mais aussi sa mère. Et les relations qu'il aurait tant voulu préserver avec sa mère, c'est Jean qui en aura l'exclusivité, comme le montre la scène de la chambre à coucher. Notons que cette scène a lieu précisément dans l'appartement que Pierre convoitait. Un autre écho unit les deux scènes : avant son excursion à Trouville, Pierre veut entrer dans la chambre de sa mère, mais celle-ci lui répond qu'elle est encore au lit (V, l. 132-167) ; après l'altercation avec Pierre, Jean rejoint sa mère dans la chambre à coucher, et une scène aussi émouvante qu'ambiguë les unit alors, qui fait retrouver à Mme Roland les émotions de l'adultère d'autrefois. On peut donc entendre le titre d'une autre façon : Pierre *est* Jean – c'est-à-dire qu'il rêverait d'être Jean. Mais puisque ce dernier lui ravit et son appartement et sa mère, Pierre *hait* Jean.

Pierre ou Jean

L'enquête de Pierre l'amène à comprendre progressivement que Roland n'est pas le père de Jean. Le premier indice est fondé sur les différences physiques et de caractère : les frères ne se ressemblent « ni de figure, ni de démarche, ni de tournure, ni d'intelligence » (III,

l. 299-300). La différence de caractère entre les frères est redoublée et confirmée par une différence physique : quand l'un a les cheveux noirs, l'autre les a blonds (I, l. 38 et 42) ; si l'un a des bras « velus, un peu maigres, mais nerveux », l'autre a des bras « gras et blancs, un peu roses, avec une bosse de muscles qui roul[ent] sous la peau » (I, l. 263-264) ; si l'un est « emporté », l'autre est « calme » ; si l'un est « doux », l'autre est « rancunier » (I, l. 69-70).

Si les frères se ressemblent si peu, c'est qu'ils n'ont pas le même père : « Son père, surtout, étonnait son œil et sa pensée. Ce gros homme flasque, content et niais, c'était son père, à lui ! Non, non, Jean ne lui ressemblait en rien » (V, l. 348-350). Mais la suite de cette réflexion démontre que Pierre *est* Jean : « [...] il ne lui restait qu'un père, ce gros homme, qu'il n'aimait pas, malgré lui » (V, l. 356-357). Pierre ne se reconnaît pas en effet en ce père, « dont ces manies, les affirmations niaises, les opinions vulgaires et la médiocrité trop visible l'irritaient sans cesse » (IV, l. 48-50).

Père et fils

Le plus étonnant n'est pas là pourtant, puisque le rejet du père est cohérent avec l'attachement œdipien à la mère. Ce qui surprend, c'est la nature de Jean. Ce dernier, qui est pourtant le fils illégitime, est en effet très proche de son père, et Pierre se trompe lorsqu'il pense que Jean « ne ressembl[e] en rien » à Roland. Les deux personnages sont proches physiquement, tout d'abord. Roland est « flasque » (V, l. 349), Jean se sent « mou » (VIII, l. 5). Leurs caractères sont proches aussi. Selon Roland, dans la vie, il faut « se la couler douce » (III, l. 94) ; Jean nourrit de son côté « un amour inné du repos, de la vie douce et tranquille » (VIII, l. 23-24) et il appartient à cette race d'hommes « qui se laissent aller comme l'eau qui coule » (VII, l. 243). Ils sont aussi tous deux des êtres « positifs » (IV, l. 370 ; VII, l. 472), c'est-à-dire pragmatiques. Enfin, leur aveuglement les unit.

Pierre et Jean met donc en scène, de façon paradoxale, un fils légitime qui ne se reconnaît plus dans son propre père, et un fils illégitime qui est le double d'un père qui n'est pourtant pas le sien.

Pour approfondir

Textes et images

✣ L'adultère

L'adultère est un thème récurrent dans la littérature du XIXe siècle. Outre sa dimension éminemment romanesque, il est au croisement de plusieurs enjeux essentiels de la société de l'époque : la nature de la femme et de son désir ; la religion catholique, l'ordre moral et la stabilité de la société ; la conservation et la transmission du patrimoine.

Documents :

❶ Guy de Maupassant, « Le Testament » *(Les Contes de la Bécasse)*, Le Livre de Poche, 2007.

❷ Honoré de Balzac, *Le Père Goriot*.

❸ Charles Dickens, *Les Aventures d'Oliver Twist*, traduction de Sylvère Monod, Le Livre de Poche, 2005.

❹ Honoré de Balzac, *La Physiologie du mariage*.

❺ Honoré Daumier, *La Plainte en adultère*, caricature, 1840.

❻ Nicolas Poussin, *Christ et la femme adultère*, peinture, 1653.

❼ *Adultère (mode d'emploi)*, affiche du film de Christine Pascal, 1995.

❶ Ma mère, Mme de Courcils, était une pauvre petite femme timide, que son mari avait épousée pour sa fortune. Toute sa vie fut un martyre. D'âme aimante, craintive, délicate, elle fut rudoyée sans répit par celui qui aurait dû être mon père, un de ces rustres qu'on appelle des gentilshommes campagnards. Au bout d'un mois de mariage, il vivait avec une servante. Il eut en outre pour maîtresses les femmes et les filles de ses fermiers ; ce qui ne l'empêcha point d'avoir deux enfants de sa femme ; on devrait compter trois, en me comprenant. Ma mère ne disait rien ; elle vivait dans cette maison toujours bruyante comme ces petites souris qui glissent sous les meubles. Effacée, disparue, frémissante, elle regardait les gens de ses yeux inquiets et clairs, toujours mobiles, des yeux d'être effaré que la peur ne quitte pas. Elle était jolie pourtant, fort jolie, toute blonde d'un blond gris, d'un blond timide ; comme si ses cheveux avaient été un peu décolorés par ses craintes incessantes.

Parmi les amis de M. de Courcils qui venaient constamment au château se trouvait un ancien officier de cavalerie, veuf, homme redouté, tendre et violent, capable des résolutions les plus énergiques, M. de Bourneval, dont je porte le nom. C'était un grand gaillard maigre, avec de grosses moustaches noires. Je lui ressemble beaucoup. Cet homme avait lu, et ne pensait nullement comme ceux de sa classe. Son arrière-grand-mère avait été une amie de J.-J. Rousseau, et on eût dit qu'il avait hérité quelque chose de cette liaison d'une ancêtre. Il savait par cœur *Le Contrat social, La Nouvelle Héloïse* et tous ces livres philosophants qui ont préparé de loin le futur bouleversement de nos antiques usages, de nos préjugés, de nos lois surannées, de notre morale imbécile.

Il aima ma mère, paraît-il, et en fut aimé. Cette liaison demeura tellement secrète, que personne ne la soupçonna. La pauvre femme, délaissée et triste, dut s'attacher à lui d'une façon désespérée, et prendre dans son commerce toutes ses manières de penser, des théories de libre sentiment, des audaces d'amour indépendant ; mais, comme elle était si craintive qu'elle n'osait jamais parler haut, tout cela fut refoulé, condensé, pressé en son cœur qui ne s'ouvrit jamais.

Mes deux frères étaient durs pour elle, comme leur père, ne la caressaient point, et, habitués à ne la voir compter pour rien dans la maison, la traitaient un peu comme une bonne.

Je fus le seul de ses fils qui l'aima vraiment et qu'elle aima.

2 – Pour sauver la vie de Maxime [l'amant d'Anastasie], enfin pour sauver tout mon bonheur, reprit la comtesse encouragée par ces témoignages d'une tendresse chaude et palpitante, j'ai porté chez cet usurier que vous connaissez, un homme fabriqué par l'enfer, que rien ne peut attendrir, ce monsieur Gobseck, les diamants de famille auxquels tient tant monsieur de Restaud, les siens, les miens, tout, je les ai vendus. Vendus ! comprenez-vous ? il a été sauvé! Mais, moi, je suis morte. Restaud a tout su.

– Par qui ? Comment ? Que je le tue ! cria le père Goriot.

– Hier, il m'a fait appeler dans sa chambre. J'y suis allée... « Anastasie, m'a-t-il dit d'une voix... (oh ! sa voix a suffi, j'ai tout deviné), où sont vos diamants? » « Chez moi ». « Non, m'a-t-il dit en me regardant, ils sont là, sur ma commode. » Et il m'a montré l'écrin qu'il avait couvert de son mouchoir. » Vous savez d'où ils viennent? » m'a-t-il dit. Je suis tombée à ses genoux... j'ai pleuré, je lui ai demandé de quelle mort il voulait me voir mourir.

– Tu as dit cela ! s'écria le père Goriot. Par le sacré nom de Dieu, celui qui vous fera mal à l'une ou à l'autre, tant que je serai vivant, peut être sûr que je le brûlerai à petit feu! Oui, je le déchiquetterai comme...

Le père Goriot se tut, les mots expiraient dans sa gorge. « Enfin, ma chère, il m'a demandé quelque chose de plus difficile à faire que de mourir. Le ciel préserve toute femme d'entendre ce que j'ai entendu ! »

– J'assassinerai cet homme, dit le père Goriot tranquillement. Mais il n'a qu'une vie, et il m'en doit deux. Enfin, quoi ? reprit-il en regardant Anastasie.

– Eh bien ! dit la comtesse en continuant après une pause, il m'a regardée: « Anastasie, m'a-t-il dit, j'ensevelis tout dans le silence, nous resterons ensemble, nous avons des enfants. Je ne tuerai pas monsieur de Trailles, je pourrais le manquer, et pour m'en défaire autrement je pourrais me heurter contre la justice humaine. Le tuer dans vos bras, ce serait déshonorer les enfants. Mais pour ne voir périr ni vos enfants, ni leur père, ni moi, je vous impose deux conditions. Répondez : Ai-je un enfant à moi ? » J'ai dit oui. « Lequel ? » a-t-il demandé. « Ernest, notre aîné. » « Bien, a-t-il dit. Maintenant, jurez-moi de m'obéir désormais sur un seul point. » J'ai juré. « Vous signerez la vente de vos biens quand je vous le demanderai. »

Textes et images

❸ – [...] Je sais bien que du mariage infortuné auquel votre père fut contraint, à peine sorti de l'enfance, par l'orgueil familial, et la plus sordide, la plus bornée des ambitions, vous fûtes l'unique postérité, combien contraire à la nature. [...] je connais aussi, poursuivit le vieillard, la souffrance, la lente torture, les supplices interminables que produisit cette union mal assortie. Je sais avec quel accablement, quelle lassitude chacun de ces deux misérables époux traîna la lourde chaîne de ce mariage dans un monde qui avait perdu toute saveur pour eux. Je sais comment aux froideurs du formalisme succédèrent les sarcasmes non déguisés ; comment l'indifférence fit place à l'impatience, l'impatience à la haine, et la haine au dégoût, jusqu'au moment où ils rompirent brutalement leurs grinçantes attaches, et se retirèrent loin de l'autre, chacun d'eux en emportant avec soi un fragment qui l'irritait, mais dont rien d'autre que la mort ne pouvait desserrer les rivets, pour le cacher dans un cercle de relations nouvelles sous les dehors les plus gais qu'ils surent affecter. [...] Alors que leur séparation durait déjà depuis quelque temps [...], il entra en relation avec d'autres amis. [...] ces nouveaux amis étaient un officier de marine en retraite, veuf depuis six mois environ, avec deux enfants ; il en avait eu d'autres, mais heureusement, seuls sur le nombre avaient survécu des deux-là. C'étaient deux filles ; l'une était une magnifique créature de dix-neuf ans, et l'autre n'était qu'une enfant de deux ou trois ans. [...] Ils habitaient [...] dans une région où s'était rendu votre père, dans cette période d'instabilité, et où il venait de se fixer. Ils entrèrent en relation, se lièrent, devinrent amis, tout cela très rapidement ? Votre père avait des dons exceptionnels. [...] Le connaissant de mieux en mieux, le vieil officier l'aimait de plus en plus. Plût au ciel que les choses en fussent restées là. Mais il en fut de même pour sa fille. [...] Au bout d'un an il se trouvait lié par des engagements solennels, à cette jeune fille ; il était l'objet du premier et unique amour, ardent et sincère, d'une fille innocente.

Pour approfondir

211

4 MÉDITATION XIX DE L'AMANT

Nous offrons les maximes suivantes à vos méditations.

[...]

LXV.

Parler d'amour, c'est faire l'amour.

LXVI.

Chez un amant, le désir le plus vulgaire se produit toujours comme l'élan d'une admiration consciencieuse.

LXVII.

Un amant a toutes les qualités et tous les défauts qu'un mari n'a pas.

LXVIII.

Un amant ne donne pas seulement la vie à tout, il fait aussi oublier la vie : le mari ne donne la vie à rien.

LXIX.

Toutes les singeries de sensibilité qu'une femme fait abusent toujours un amant ; et, là où un mari hausse nécessairement les épaules, un amant est en extase.

LXX.

Un amant ne trahit que par ses manières le degré d'intimité auquel il est arrivé avec une femme mariée.

[...]

LXXIII.

Un amant obéit à tous les caprices d'une femme ; et, comme un homme n'est jamais vil dans les bras de sa maîtresse, il emploiera pour lui plaire des moyens qui souvent répugnent à un mari.

LXXIV.

Un amant apprend à une femme tout ce qu'un mari lui a caché.

LXXV.

Toutes les sensations qu'une femme apporte à son amant, elle les échange ; elles lui reviennent toujours plus fortes ; elles sont aussi riches de ce qu'elles ont donné que de ce qu'elles ont reçu.

C'est un commerce où presque tous les maris finissent par faire banqueroute.

Pour approfondir

LXXVI.

Un amant ne parle à une femme que de ce qui peut la grandir ; tandis qu'un mari, même en aimant, ne peut se défendre de donner des conseils, qui ont toujours un air de blâme.

LXXVII.

Un amant procède toujours de sa maîtresse à lui, c'est le contraire chez les maris.

LXXVIII.

Un amant a toujours le désir de paraître aimable. Il y a dans ce sentiment un principe d'exagération qui mène au ridicule, il faut en savoir profiter.

LXXIX.

Quand un crime est commis, le juge d'instruction sait (sauf le cas d'un forçat libéré qui assassine au bagne) qu'il n'existe pas plus de cinq personnes auxquelles il puisse attribuer le coup. Il part de là pour établir ses conjectures. Un mari doit raisonner comme le juge : il n'a pas trois personnes à soupçonner dans la société quand il veut chercher quel est l'amant de sa femme.

LXXX.

Un amant n'a jamais tort.

LXXXI.

L'amant d'une femme mariée vient lui dire : – Madame, vous avez besoin de repos. Vous avez à donner l'exemple de la vertu à vos enfants. Vous avez juré de faire le bonheur d'un mari, qui, à quelques défauts près (et j'en ai plus que lui), mérite votre estime. Eh ! bien, il faut me sacrifier votre famille et votre vie, parce que j'ai vu que vous aviez une jolie jambe. Qu'il ne vous échappe même pas un murmure ; car un regret est une offense que je punirais d'une peine plus sévère que celle de la loi contre les épouses adultères. Pour prix de ces sacrifices, je vous apporte autant de plaisirs que de peines. Chose incroyable, un amant triomphe !... La forme qu'il donne à son discours fait tout passer.

Il ne dit jamais qu'un mot : – J'aime. Un amant est un héraut qui proclame ou le mérite, ou la beauté, ou l'esprit d'une femme. Que proclame un mari ?

Textes et images

Somme toute, l'amour qu'une femme mariée inspire ou celui qu'elle ressent est le sentiment le moins flatteur qu'il y ait au monde : chez elle, c'est une immense vanité ; chez son amant, c'est égoïsme. L'amant d'une femme mariée contracte trop d'obligations pour qu'il se rencontre trois hommes par siècle qui daignent s'acquitter ; il devrait consacrer toute sa vie à sa maîtresse, qu'il finit toujours par abandonner : l'un et l'autre le savent, et depuis que les sociétés existent, l'une a toujours été aussi sublime que l'autre a été ingrat. Une grande passion excite quelquefois la pitié des juges qui la condamnent, mais où voyez-vous des passions vraies et durables ? Quelle puissance ne faut-il pas à un mari pour lutter avec succès contre un homme dont les prestiges amènent une femme à se soumettre à de tels malheurs !

Nous estimons que, règle générale, un mari peut, en sachant bien employer les moyens de défense que nous avons déjà développés, amener sa femme jusqu'à l'âge de vingt-sept ans, non pas sans qu'elle ait choisi d'amant, mais sans qu'elle ait commis le grand crime. Il se rencontre bien çà et là des hommes qui, doués d'un profond génie conjugal, peuvent conserver leurs femmes pour eux seuls, corps et âme, jusqu'à trente ou trente-cinq ans ; mais ces exceptions causent une sorte de scandale et d'effroi. Ce phénomène n'arrive guère qu'en province, où la vie étant diaphane et les maisons vitrifiées, un homme s'y trouve armé d'un immense pouvoir. Cette miraculeuse assistance donnée à un mari par les hommes et par les choses s'évanouit toujours au milieu d'une ville dont la population monte à deux cent cinquante mille âmes.

Il serait donc à peu près prouvé que l'âge de trente ans est l'âge de la vertu. [...]

5

z Bauger Rue du Croissant 16   Chez Aubert gal. Vero-Dodat .   Imp. d'Aubert & Cⁱᵉ

LA PLAINTE EN ADULTÈRE .

Magistrats, mon client est sur de son fait. Mais cette conviction personnelle ne lui suffisait pas,
fallait encore qu'il la fit partager à votre tribunal, au nombreux auditoire qui nous entoure
a France entière. Telle est la tâche que je me suis chargé d'accomplir dans l'intérêt même de mon
ent, et je crois avoir réussi à rendre la chose claire à tous les yeux. Maintenant il ne manque plus à
n client que de voir sa   position sociale constatée par un jugement authentique, et vous êtes trop

Pour approfondir

215

6

ROBERT BONER PRÉSENTE

RICHARD BERRY

KARIN VIARD

VINCENT CASSEL

UN FILM DE
CHRISTINE PASCAL

Adultère
(mode
d'emploi)

T.C.D

Pour approfondir

Textes et images

❖ Étude des textes

Savoir lire

1. Relevez le nombre de personnages présents dans ces extraits, et la place qu'ils occupent les uns par rapport aux autres. Quels types se dessinent ?
2. Relevez les arguments qui s'opposent, dans les différents extraits, à l'adultère.
3. Quelles sont les causes qui provoquent l'adultère ?

Savoir faire

4. Quels sont les mots que vous connaissez pour désigner un enfant né d'un adultère ? À quels registres de langue appartiennent-ils ?
5. Essayez d'assortir les maximes extraites de *La Physiologie du mariage* aux différentes situations présentes dans les autres extraits.
6. Faites des recherches sur le droit du divorce au XIXe siècle.

❖ Étude des images

Savoir analyser

1. Quel est le lieu représenté dans la caricature de Daumier ? Qui est le plaignant ? Qui est l'accusé ? Quels sont les traits caractéristiques d'une caricature ?
2. Quelle couleur domine dans l'affiche du film *Adultère (mode d'emploi)* ? Pourquoi l'héroïne porte-t-elle des lunettes noires ?
3. Quel passage de l'Évangile selon saint Jean est illustré dans ce tableau ? Expliquez les positions, les gestes et les expressions des personnages représentés.

Savoir faire

4. Imaginez les paroles du procureur dans la gravure de Daumier, ainsi que les pensées respectives du mari et de la femme.
5. *Pierre et Jean* est adapté au cinéma. Choisissez la scène du roman qui pourrait servir d'illustration à l'affiche et concevez-en la réalisation.

Pour approfondir

218

Textes et images

✤ La représentation de la mer

L'océan est un objet privilégié de la description littéraire et de la représentation picturale. Mais sa nature même, mouvante et ondoyante, aux frontières et aux limites parfois indécises, aux couleurs et aux reflets changeants, est un défi pour l'écrivain et pour le peintre, qui doivent déployer tout leur art pour essayer de la cerner.

Documents :

❶ La Genèse (chapitre 1 ; verset 6-verset 10), *La Bible des écrivains*, Bayard, 2001.

❷ Virginia Woolf, *Les Vagues*, 1931, traduction de Marguerite Yourcenar, Le Livre de Poche, 2002.

❸ Marc Antoine Girard de Saint Amant, « La Solitude », poème, 1617.

❹ Claude Monet, *Sur la plage à Trouville*, 1870-1871.

❺ James Abbott McNeill Whistler, *Mer et pluie*, 1865.

❻ James Abbot McNeill Whistler, *Trouville*, 1865.

①

6

Dieu dit : « Qu'il y ait un firmament au milieu des eaux et qu'il sépare les eaux d'avec les eaux ! »

7

Dieu fit le firmament et il sépara les eaux inférieures au firmament d'avec les eaux supérieures. Il en fut ainsi.

8

Dieu appela le firmament « ciel ». Il y eut un soir, il y eut un matin : deuxième jour.

9

Dieu dit : « Que les eaux inférieures au ciel s'amassent en un seul lieu et que le continent paraisse ! » Il en fut ainsi.

10

Dieu appela « terre » le continent : il appela « mer » l'amas des eaux. Dieu vit que cela était bon.

Pour approfondir

2 Le soleil ne s'était pas encore levé. La mer et le ciel eussent semblé confondus, sans les mille plis légers des ondes pareils aux craquelures d'une étoffe froissée. Peu à peu, à mesure qu'une pâleur se répandait dans le ciel, une barre sombre à l'horizon le sépara de la mer, et la grande étoffe grise se raya de larges lignes bougeant sous sa surface, se suivant, se poursuivant l'une l'autre en un rythme sans fin.

Chaque vague se soulevait en s'approchant du rivage, prenait forme, se brisait, et traînait sur le sable un mince voile d'écume blanche. La houle s'arrêtait, puis s'éloignait de nouveau, avec le soupir d'un dormeur dont le souffle va et vient sans qu'il en ait conscience. Peu à peu la barre noire de l'horizon s'éclaircit : on eût dit que de la lie s'était déposée au fond d'une vieille bouteille, laissant leur transparence aux vertes parois de verre. Tout au fond, le ciel lui aussi devint translucide comme si un blanc sédiment s'en était détaché, ou comme si le bras d'une femme couchée sous l'horizon avait soulevé une lampe : des bandes de blanc, de jaune, de vert s'allongèrent sur le ciel comme les branches plates d'un éventail. Puis la femme invisible souleva plus haut sa lampe ; l'air enflammé parut se diviser en fibres rouges et jaunes, s'arracher à la verte surface dans une palpitation brûlante, comme les lueurs fumeuses au sommet des feux de joie. Peu à peu les fibres se fondirent en une seule masse incandescente ; la lourde couverture grise du ciel se souleva, se transmua en un million d'atomes bleu tendre. La surface de la mer devint lentement transparente ; les larges lignes noires disparurent presque sous ces ondulations et sous ces étincelles. Le bras qui tenait la lampe l'éleva sans hâte : une large flamme apparut enfin. Un disque de lumière brûla sur le rebord du ciel, et la mer tout autour ne fut plus qu'une seule coulée d'or.

3 Que c'est une chose agréable
D'être sur le bord de la mer,
Quand elle vient à se calmer
Après quelque orage effroyable

Et que les chevelus tritons,
Hauts sur les vagues secouées,
Frappent les airs d'étranges tons
Avec leurs trompes enrouées,
Dont l'éclat rend respectueux
Les vents les plus impétueux !

Tantôt l'onde, brouillant l'arène,
Murmure et frémit de courroux,
Se roulant dessus les cailloux
Qu'elle apporte et qu'elle rentraîne.
Tantôt, elle étale en ses bords,
Que l'ire de Neptune outrage,
Des gens noyés, des monstres morts,
Des vaisseaux brisés du naufrage,
Des diamants, de l'ambre gris,
Et mille autres choses de prix.

Tantôt, la plus claire du monde,
Elle semble un miroir flottant,
Et nous représente à l'instant
Encore d'autres cieux sous l'onde ;
Le soleil s'y fait si bien voir,
Y contemplant son beau visage,
Qu'on est quelque temps à savoir,
Si c'est lui-même ou son image ;
Et d'abord il semble à nos yeux,
Qu'il s'est laissé tomber des cieux.

4

5

6

❖ Étude des textes

Savoir lire

1. À quels autres éléments la mer est-elle associée dans ces extraits ?
2. Quels sont les sens que la représentation de la mer éveille ?
3. Comment la mer est-elle métaphorisée dans les textes 2 et 3 ?

Savoir faire

4. Explicitez les références mythologiques présentes dans les textes 2 et 3.
5. Comment la formation de l'océan est-elle expliquée dans les mythes des autres civilisations ?
6. Écrivez un poème versifié décrivant une tempête.

❖ Étude des images

Savoir analyser

1. Analysez la composition des représentations picturales en traçant leurs lignes de force.
2. Essayez de repérer avec précision les limites entre terre et mer, entre mer et ciel.

Savoir faire

3. Recherchez d'autres représentations de la mer peintes cette fois par des peintres appartenant au mouvement pointilliste.
4. Faites des recherches sur la représentation de la mer dans les traditions picturales autres qu'occidentale.
5. Imaginez une tempête en mer vue de sous la surface des eaux.

Pour approfondir

Vers le brevet

Sujet 1 : *Pierre et Jean*, chapitre II, lignes 73-91, p. 63.

Questions

I - Le regard

1. Quel est le discours dominant dans cet extrait ?

2. Relevez dans l'extrait deux termes appartenant au champ lexical de la vision. Ces mots sont-ils parfaitement synonymes ? Expliquez leur emploi.

3. Qui parle dans cet extrait ? Qui voit ? Relevez les pronoms personnels sujets. Que remarquez-vous ?

II - La progression de la description

1. Relevez les verbes conjugués dans les deux premières lignes du passage. À quel temps sont-ils conjugués ? Justifiez leur emploi.

2. Relevez les connecteurs. Classez-les en deux catégories. Comment se distribuent-ils ?

3. Quel trajet suit la description ? Selon quel axe est-elle construite ?

III - La transformation du réel

1. « Sur sa droite, au-dessus de Sainte-Adresse, les deux phares électriques du cap de la Hève, semblables à deux cyclopes monstrueux et jumeaux [...]. » Quelle est la figure de style utilisée ?

2. À quel style sont rapportées les paroles des lignes 87-88 ? Qui parle ? Quelle est la figure de style utilisée ?

3. « À éclats et à éclipses » (l. 83) : quels sont les procédés stylistiques utilisés ? Quel est l'effet produit ?

4. Relevez un exemple d'anaphore.
5. Quelle est la tonalité dominante de ce passage : réaliste, poétique ou fantastique ? Qu'est-ce qui vous permet de le dire ?

Réécriture

Transposez le texte au présent.

Rédaction

L'étude de ce texte vous fait réagir. Vous écrivez un article pour la rubrique « *Coup de cœur* »/« *Coup de griffe* » du journal de votre collège. Après avoir brièvement résumé le sujet et qualifié l'ambiance de cette description, vous dites pourquoi vous aimez (*« Coup de cœur »*) – ou vous rejetez (*« Coup de griffe »*) – ce genre de description. Vous illustrerez vos arguments par des exemples tirés de votre culture personnelle (lecture, cinéma...).

Petite méthode pour la rédaction

Commencez par lire deux fois le texte qui vous est proposé, sans vous intéresser, dans un premier temps, aux questions. Repérez bien qui sont **les personnages**, quel est **le lieu** de l'action, ainsi que **l'époque** à laquelle il se déroule. Faites ensuite **l'étude du plan de l'extrait**.

Les questions posées vous aident à comprendre la signification du texte et la construction du sens. Elles s'enchaînent donc selon une progression, que vous devez comprendre et sur laquelle vous devez vous appuyer.

Questions

I - La situation de communication

1. Qui est monsieur de Trailles ? De quelle nature est le chantage que fait monsieur de Restaud à sa femme ?

2. À quel style sont rapportées les paroles des personnages ?

3. Quelles sont les deux situations d'énonciation mises en scène dans cet extrait ? Justifiez votre réponse.

4. Que pensez-vous du nom de l'usurier ?

II - Les marques de l'émotion

1. De quelle nature est cette proposition : « dit le père Goriot tranquillement » ? Comment est formé l'adverbe ?

2. Quel type de phrase domine dans les deux premières répliques de Goriot ? Dans la dernière ? Quelle évolution remarquez-vous ?

3. Relevez l'expansion du nom « témoignage ». Quelle est sa fonction grammaticale ? Que traduit cette expansion ?

4. Quel est le mode et le temps du verbe « préserve » ? Qu'exprime-t-il ?

5. Quels procédés stylistiques servent à traduire l'émotion de Delphine de Restaud ?

III - Le conflit

1. « Les mots expiraient dans sa gorge » : quelle est la figure de style utilisée ? Quelle est la valeur de l'imparfait ?

2. « Il a été sauvé ! Mais moi je suis morte » : quelle est la figure de style utilisée ?

3. Quel champ lexical domine dans les propos du père Goriot ? Quel écho trouvent-ils dans ceux d'Anastasie ?

4. Les relations entre les personnages sont-elles amicales ou conflictuelles ? Justifiez votre réponse.

Réécriture

 Transposez la dernière réplique de monsieur de Restaud au style indirect.

Rédaction

 Imaginez que monsieur de Restaud ait porté plainte quand il a constaté la disparition des bijoux de sa femme. Maxime de Trailles est convoqué par la police. Il doit se justifier. Racontez l'interrogatoire de Maxime et ses réponses en variant les types de discours (narratif, argumentatif, descriptif) et les manières de rapporter les paroles des personnages (style direct, style indirect, etc.).

Petite méthode pour la rédaction

Essayez de toujours cerner avec attention le **rapport qu'entretient le sujet de rédaction avec l'extrait** que vous avez étudié (même thème, mêmes personnages, même contexte, ou non). Déterminez ensuite la **situation de communication** qui doit être mise en place, et ses contraintes spécifiques : qui parle ? à qui ? où ? quand ? comment ? N'oubliez pas que vous avez le droit d'utiliser un dictionnaire pour cette partie de l'épreuve.

Outils de lecture

Actant : la notion d'actant est proche de celle de personnage. Mais un actant peut être un personnage appartenant à un règne non humain, un personnage abstrait ou collectif.

Adjuvant : selon le modèle actantiel proposé par Greimas, actant qui aide à la réalisation des projets du personnage occupant la fonction de sujet de l'action.

Ambivalence : coexistence de sentiments contradictoires (amour et haine).

Analepse : retour en arrière.

Analyse : le roman d'analyse privilégie l'étude des motivations psychologiques des personnages (encore appelé « roman psychologique »).

Catastrophe : du grec *katastrophè*, « changement soudain et inattendu ».

Champ lexical : regroupe tous les mots d'un texte se rapportant à une même notion.

Chiasme : croisement de termes selon une structure A/B/B/A.

Comparaison : figure de ressemblance qui consiste à rapprocher deux éléments par le biais d'une ressemblance.

Dénouement : fin du récit, quand tous les problèmes sont résolus.

Dialogue : paroles qu'échangent les personnages.

Discours indirect libre : discours qui participe à la fois du discours direct et du discours indirect.

Discours indirect : paroles rapportées par le détour d'un verbe introducteur et d'une conjonction de subordination. La transcription des paroles au discours indirect entraîne la transposition des pronoms personnels, des temps des verbes, des compléments de temps et de lieu, des adjectifs possessifs.

Élément perturbateur : rupture introduite par un événement qui perturbe la stabilité de la situation initiale.

Ellipse : raccourci narratif qui entraîne la suppression d'épisodes, qui ne sont pas racontés.

Énonciation : action d'énoncer.

Exposition : au début de la pièce, présentation des faits importants et des rapports entre les principaux personnages.

Fiction : histoire racontée.

Gradation : série de plusieurs termes, généralement de nature identique, exprimant de manière de plus en plus – ou de moins en moins – intense une idée ou un sentiment.

Implicite : ce qui n'est pas dit, mais qu'il est possible de comprendre par déduction ou analyse.

Incipit : premières phrases d'un roman.

Maxime : propos bref, concis et frappant, à visée morale.

Métaphore : figure de ressemblance qui identifie deux éléments en désignant un objet par un mot convenant à un autre.

Mise en abyme : procédé par lequel une partie de l'œuvre (le plus souvent un élément de la fiction : objet, représentation, œuvre d'art, etc.) évoque l'œuvre dans son entier (thèmes, composition, organisation, etc.).

Narrateur : personnage fictif qui raconte l'histoire.

Nouvelle : récit bref, rapide et concis décrivant une action s'étendant sur une durée brève, centrée sur un moment de crise et mettant en scène un nombre limité de personnages.

Œdipe : phase du développement psychique de l'enfant fondée sur le désir de la mère et la rivalité avec le père.

Omniscience : définit la qualité d'un narrateur qui connaît les pensées et les sentiments de tous les personnages.

Onomastique : analyse des noms de personnages et de lieux.

Opposant : selon le modèle actantiel proposé par Greimas, actant qui s'oppose aux désirs et visées du personnage occupant la fonction de sujet de l'action.

Oxymore : association de deux termes contradictoires.

Paradoxe : fait ou propos contraire à la logique et à la raison commune.

Péripétie : épisode imprévu et inattendu qui transforme les relations entre les personnages et qui provoque la surprise du lecteur.

Outils de lecture

Physiognomonie : théorie scientifique du XIXᵉ qui affirme la correspondance entre physique et moral.

Point de vue : perspective particulière selon laquelle les événements sont décrits et commentés.

Quiproquo : malentendu qui fait prendre un mot pour un autre, et, plus largement, situation qui résulte d'un malentendu.

Réalisme : théorie artistique de la vraisemblance en art.

Récit : discours oral ou écrit relatant un événement ou une suite d'événements.

Roman objectif : roman qui privilégie la représentation impartiale des personnages et des événements sans intervention ni commentaire du narrateur.

Stéréotype : personnage type, défini par des traits, physiques et/ou moraux, caractéristiques.

Bibliographie et filmographie

Autres œuvres de Maupassant

Une vie, 1883.
▶ Jeanne, l'héroïne de ce premier roman, naturaliste, de Maupassant, est une anti-Bovary, qui ne trouve dans ses rêves et la nostalgie du passé aucune raison d'agir. Sa vie est ainsi une succession répétitive et cyclique de désillusions, de trahisons, de séparations, et de deuils.

Bel-Ami, 1885.
▶ Roman de l'affairisme et de l'arrivisme, *Bel-Ami* fait le récit de l'ascension de Georges Duroy, pigiste, puis journaliste, et enfin, directeur politique de *la Vie française*. Duroy – devenu entre temps Du Roy de Cantel – conquiert les femmes et la fortune, dans un même mouvement qui mêle ambition, cynisme et rouerie.

Le Horla, 1882-1887.
▶ Nouvelle fantastique en forme de journal intime, *Le Horla* fait le récit de la progressive prise de possession du narrateur par une entité inconnue qui provoque sa mort. Ou bien était-il simplement fou ?

Boule de suif, 1880.
▶ Publié initialement dans le recueil *Les Soirées de Médan*, *Boule de suif* fait le récit de la lâcheté, de l'hypocrisie et de la cruauté d'un groupe de « gredins honnêtes » (commerçants, bourgeois et aristocrates) qui partagent la vie, le temps d'un voyage en diligence, d'une prostituée au grand cœur.

Autres œuvres sur un thème proche de *Pierre et Jean*

Le Testament (1882), *Le Papa de Simon* (1879), *Le Champ d'oliviers* (1890), *Le Legs* (1884), Guy de Maupassant.
Sans famille (1878), Hector Malo.
Le Rouge et le Noir (1830), Stendhal.
Les Misérables (1862), Victor Hugo.
Ursule Mirouët (1841), *La Physiologie du mariage* (1830),
La Femme de trente ans (1831-1834), Honoré de Balzac.
Une page d'amour (1882), *Thérèse Raquin* (1867), *La Fortune des Rougon* (1871), Émile Zola.
Madame Bovary (1862), Gustave Flaubert.

Bibliographie et filmographie

Autres œuvres sur un thème proche de la préface « Le roman »

Émile Zola, Préface à la deuxième édition de *Thérèse Raquin* (1868), *Le Roman expérimental* (1880), *Les Romanciers naturalistes* (1881).

Sur la vie et l'œuvre de Maupassant

La Modernité de Maupassant, Gérard Delaisement, Rive droite, 1995.
Maupassant, Henri Troyat, Flammarion, 1989.
Guy de Maupassant et l'Art du roman, André Vial, Nizet, 1954.

Sur *Pierre et Jean*

Pierre et Jean, symphonie bourgeoise, Joseph-Marc Bailbe, Études Normandes, 1979.
Pierre et Jean, the Banal as Tragic, Denis Boak, Essays in French Litterature, novembre 1978.
More on the Meaning of Pierre et Jean, Dzintars Freimanis, The French Review, avril 1963.
On the Meaning of Maupassant's Pierre et Jean, Elliott Grant, The French Review, avril 1963.
Quelques éléments de réflexion à propos de Pierre et Jean, Pierre Guido, *le Bel Ami*, n° 7, juin 1958.
Maupassant, Pierre et Jean, Robert Lethbridge, Londres, Grant and Luther, 1984.
Pierre, Jean et Guy, Roger Nimier, *Arts*, 27 avril-3 mai 1960.
Lire l'écriture, Marie-Claire Rpars-Wuillemier, *Esprit*, n° 21, décembre 1974.
The Meaning of Maupassant Pierre et Jean, Murray Sachs, The French Review, janvier 1961.
Paysages extérieurs, paysages intérieurs dans Pierre et Jean, Renée de Smirnoff, *Maupassant multiple*, actes du colloque de Toulouse, 13-15 décembre 1993, *Les Cahiers de littérature*, 1995.

Filmographie

Pierre et Jean, 1924, film de Donatier, muet.
Pierre et Jean, 1943, film d'André Cayatte.
Pierre et Jean, (Una mujer sin amor), 1951, film de Luis Buñuel.
Pierre et Jean, 1973, téléfilm de Michel Favart.

Crédits photographiques

Direction de la collection : Carine Girac Marinier

Édition : Claude Nimmo

Lecture-correction : service lecture-correction Larousse

Recherche iconographique : Valérie Perrin, Agnès Calvo

Direction artistique : Uli Meindl

Couverture et maquette intérieure : Serge Cortesi, Sophie Rivoire, Uli Meindl

Responsable de fabrication : Marlène Delbeken

Photocomposition : CGI
Impression : La Tipografica Varese Srl (Italie)
Dépôt légal : Août 2008 – 301609/07
N° Projet : 11031697 – Août 2015